절대고수
一代高手
강호풍 新무협 판타지 소설
FANTASTIC ORIENTAL HEROES

절대고수 1

강호풍 新무협 판타지 소설

초판 1쇄 찍은 날 § 2011년 5월 26일
초판 1쇄 펴낸 날 § 2011년 6월 2일

지은이 § 강호풍
펴낸이 § 서경석

총괄팀장 § 유경화
편집책임 § 어정원
편집 § 주소영 · 박우진

펴낸곳 § 도서출판 청어람
등록번호 § 제1081-1-89호
등록일자 § 1999. 5. 31
어람번호 § 제2-2099호

주소 § 경기도 부천시 원미구 심곡2동 163-2 서경B/D 3F (우) 420-822
전화 § 032-656-4452 팩스 § 032-656-4453
http://www.chungeoram.com
E-mail § chungeoram@chungeoram.com

ⓒ 강호풍, 2011

ISBN 978-89-251-2530-5 04810
ISBN 978-89-251-2529-9 (세트)

강호풍 新무협 판타지 소설
FANTASTIC ORIENTAL HEROES
1
절대고수
도서출판
청어람

序   7

제1장   비겁함이 올바른 것인가?   11

제2장   혈동야차(血童夜叉)   51

제3장   고금제일외공고수(古今第一外功高手)   77

제4장   야습(夜襲)   105

제5장   야율강이 남긴 것   133

제6장   하늘이 이어주는 인연   153

제7장   예의 바른 소년, 천방지축 소녀   175

제8장   무루, 도전하다   207

제9장   기록을 갈아치우는 남자   225

제10장   돌아온 기억   257

제11장   돈 뜯기는 살문(殺門)   275

제12장   돌아온 무루, 복수의 시작   295

절대고수는 없다. '절대(絶代)'란 거창한 칭호는 다음 시대에 나올
초인을 위해 지금을 살고 있는 우리가 남겨둬야만 하는 여백과 같은
것이다.
그렇게 생각했었다, 그를 만나기 전까진.

—당금 천하제일인 적검왕(赤劍王)의 일기에서

1

기(氣)는 크게 세 종류로 나뉜다.

선천지기와 후천지기, 그리고 자연기.

선천지기(先天之氣)란 세상의 모든 생경체가 가지고 태어나는 기를 뜻하며 생명을 이루게 하는 근원적인 힘이다.

무릇 모든 기운의 정수이며 근간이라 할 수 있어 원기(元氣)라 불리는 선천지기는 시간이 흐를수록 쇠해지고 모두 소진하였을 때는 해당 존재가 죽음, 소멸에 이르게 된다.

이에 반해 후천지기(後天之氣)는 호흡과 음식 등을 통해 생성되는 기운으로서 점차 흩어지는 선천지기를 보완해 생명을 일정 기간 동안 이어지게 한다.

마지막으로 자연기(自然氣)는 음(陰)과 양(陽)의 기운, 금(金), 수(水), 목(木), 화(火), 토(土)의 기운, 즉 음양오행(陰陽五行)의 기운이 각자, 혹은 맞물려 파생하는 모든 기운을 총칭한다.

세상에 존재하는 생명체들은 이 세 가지 기운과 조화를 이뤄가며 살고 생(生)을 마치게 된다.

그런데 사람들 중 극소수가 이 기운 중 후천지기와 자연기에 주목을 하기 시작했고, 그것을 힘으로 만들려는 노력을 기울였다.

후천지기를 증진시키기 위해 호흡을 체계화하여 단전호흡(丹田呼吸)이나 토납법(吐納法)으로 발전시켰다. 그 결과로 하단전에 기운을 쌓아 내력을 만들어냈고, 그 힘을 더욱 증진시키기 위해 고도화된 호흡법, 즉 내공심법(內功心法)이 탄생했다.

강력한 힘을 원하는 자들은 육체적인 수련 외에도 이러한 내공심법에도 심혈을 기울였고, 그 대표적인 사람들이 도산검림(刀山劍林)의 강호에 살고 있는 무림인(武林人)이다.

무림인은 자연기를 재료로, 내공심법을 도구로 이용해 후천지기인 내력을 쌓는 데 부단한 노력을 했다.

그들 중에서 기를 힘으로 변화시키는 상승의 내공심법과 영약을 독점한 일부 무림인들은 범인(凡人)이 감히 꿈에서조차 상상하기도 어려운 힘을 발휘했다.

＊　　　　＊　　　　＊

많은 사람들은 내공심법의 창시자로 역근경(易筋經)과 세수경(洗髓經)이란 두 가지 진경(眞經)을 남긴 소림사의 달마 대사를 꼽는다.

하지만 엄밀히 말하면 달마 대사는 이미 세상에 존재하던 무수한 토납법과 그 토대 위에서 영글기 시작한 초기의 내공심법들을 구년면벽(九年面壁)의 명상과 참선을 거쳐 집대성한 인물이라 하는 것이 타당할 것이다.

그것이 수제자인 혜가 선사로 이어지며 고도화된 상승 내공심법 및 상승 무공들을 꽃피우게 한다.

이런 상승의 내공심법은 불가에서 도가로, 그리고 점차 무림 곳곳으로 퍼져 나가 더 다양한 내공심법들을 만들어내기에 이른다.

그런데 이 과정에서 가장 중요시된 것이 바로 하단전이다. 무릇 인간의 몸에는 수백 개의 단전이 존재하고, 그 중추를 이루는 것은 삼단전(三丹田)이다.

상단전(上丹田), 중단전(中丹田), 하단전(下丹田).

달마 대사는 인간이 기를 쌓는 데 가장 적합한 단전을 하단전으로 보았다.

왜냐하면 상단전과 중단전은 인간의 체내에서 선천지기가 몰려 있는 곳이고, 선천지기는 후천적 노력으로 증진시킬 수 없는 기운이라 판단한 것이다.

물론 달마가 내공심법을 연구하던 당시에도 상단전과 중단전을 이용하고 연구하는 사람들은 존재했다.

그러나 달마 대사는 이를 좌방(左旁), 즉 사술(邪術)이라 여겼다.

하늘이 내려준 선천지기를 함부로 남용, 이용하려는 행위는 힘을 위해 생명을 단축시키는 어리석은 짓이라 천명한 것이다.

하단전을 중심으로 하는 내공심법이 혜가 선사를 거쳐 세상으로 퍼져 나가면서 그 외의 단전은 철저하게 무시되었다. 정도(正道)의 길을 외면하는 사마외도(邪魔外道)의 무리도 예외는 아니었다. 그들이 선택한 내공심법은 정종무학(正宗武學)과 다를지언정 운기행공(運氣行功)의 중심은 역시 하단전이었다.

간혹 상단전과 중단전을 연구하려던 사람들은 하늘만이 내려준 생명의 기운을 갉아먹는 사람들이라며 조롱을 받았다.

그리고 이 일설(一說)은 사람들에게 타당하게 받아들여졌다. 왜냐하면 상단전과 중단전을 이용하는 운기행공을 한 사람치고 제대로 된 고수의 반열에 오른 사람이 없었기 때문이다. 그들 대부분은 세상의 비아냥을 받다가 요절했다.

그리하여 마침내 세상의 모든 무림인은 하단전을 중심으로 운기행공을 하고 내공을 쌓았다.

2

오래된 전설이 있다. 오랜 세월이 지나며 사람들의 기억 속에서 잊힌 신화가 있다.

천부의 신화[天府神話]!

아주 오래전, 세상은 마물과 요괴로 넘쳐 났다. 그들은 끊임없이 인간을 괴롭혔다.

늘 도망만 다니던 사람들 중에서 일부가 사악한 요마(妖魔)들과 싸우기 시작했고, 용기있는 자들이 뭉쳐 함께 대적하기도 했다. 그러나 인간의 힘으로 요마에 대항하기는 역부족이었다.

사람들은 불안과 공포에 떨면서 하늘에 기원했다, 자신들을 지켜줄 전사를 내려달라고.

그러던 어느 날 한 젊은 사내가 삼 척(三尺) 길이의 청동검을 들고 나타나 요마들과 싸우고 더 나아가 물리치기 시작했다.

그는 천부(天府)라는 조직을 만들어 용사들을 모았고, 그들에게 강해지는 법과 싸우는 법을 가르쳤다.

천부의 부주는 인간 세상을 위해 하늘이 선택한 사람이었다.

하늘에 의해 선택된 인간.

천명(天命)을 대리하는 사자(使者).

천부주는 하늘만이 부여할 수 있다는 선천지기를 상단전과 중단전을 이용해 증진시키는 방법과 힘으로 변화시키는 방법을 알고 있었다.

그는 선천지기를 두 가지 종류로 나누었다.

주선천지기(主先天之氣)와 종선천지기(從先天之氣).

주선천지기는 하늘이 부여한 생명력을 의미하는 기운으로 결코 인위적으로 만들어낼 수 없는 기운이다. 즉, 선천지기 고유의 본래 의미와 다름이 없다.

그러나 종선천지기는 달랐다.

생명을 연장시키는 힘을 제외하고는 주선천지기와 거의 같은 성질을 가졌다. 이러한 종선천지기를 힘으로 화해 외부로 표출하는 발경(發經)이 가능하게 만든 것이 바로 천부주였다.

원기(元氣)라 불리는 선천지기를 사용하는 천부주의 능력 앞에서 무시무시한 힘을 자랑하던 요마들은 속절없이 무너지고 패퇴했다.

요마들의 분탕질에 노해 하늘이 내린 사람, 천부주(天府主)는 마침내 마물들을 세상에서 완전히 몰아내고 이 세상을 온전히 인세(人世)라 불릴 수 있게 만들었다.

하지만 정작 요마가 사라진 세상이 도래하자 천부는 오히려 사람들에게 두려움과 시기의 대상이 되었다.

천부가 가진 미증유의 힘이 문제였다.

세상을 농락할 정도로 거대한 힘을 가진 요마를 물리친 천부였다. 그런 천부가 천하를 도모하고자 한다면 그것은 여반장(如反掌), 손을 뒤집는 것처럼 쉬운 일이었다.

이에 천부의 칠대부주였던 천신공(天臣公)은 봉문을 선언하고 속세와 인연을 끊었다.

천명은 세상을 구하라는 것에 있었지 두렵게 하는 것이 아니라는 대의천명이었다. 그렇게 그들이 세상에서 자취를 감추고 수십 년이 지나고 또 수백 년이 흘렀다.

천부의 신화는 사람들의 기억 속에서 바래갔고, 계속 세월이 흘러 천 년이 지났다. 그리고 또 천 년이 흘러갔다.

천부 신화는 세상에서 완전히 잊힌 신화가 되었다.

第一章

비겁함이 올바른 것인가?

1

땅거미가 어둑하니 내려선 지 오래된 어느 가을날의 밤이었다. 휘영청 둥근 보름달이 조금씩 천공의 중심을 향해 무거운 몸을 이끌었다.

열세 살의 한무루(漢無漏)는 낮은 야산의 산중턱에 있는 두 개의 붉은 봉분 앞에 무릎을 꿇고 있었다.

하나는 부모의 시신을 합장한 무덤이고 작은 봉분은 여동생의 무덤이었다. 무덤 위의 까만 허공을 응시하던 무루는 뒤에서 나는 인기척에 고개를 돌렸다.

아버지와 가장 절친하던 동료이자 자신에게 항상 살갑게 대해줬던 중년인이 어둠을 헤치며 다가오고 있었다.

청송표국(靑松鏢局)의 표두 소유량.

이 무덤을 만들어준 장본인이기도 하다. 가족을 죽인 흉수가 두려워 아무도 건드리지 않는 가족의 시신을 거두어준 사람.

무루는 무릎을 짚으며 일어서서는 허리를 숙였다.

"오셨어요?"

소유량은 고개를 끄덕이며 안타까운 눈빛으로 무루를 보았다. 참으려 했지만 그의 입술 사이로 한숨이 절로 터져 나왔다.

백주의 태양처럼, 물결을 거스르는 잉어처럼 늘 밝고 활기차던 무루였다. 그러나 지금 목전의 무루는 너무나 초췌해 금방이라도 쓰러질 것만 같았다. 별처럼 빛나던 영롱한 눈빛은 슬픔과 한(恨)으로 가득했다.

"무루야, 벌써 곡기를 끊은 지 사흘째다. 산 사람은 살아야지. 그리고 오늘은 제발 같이 돌아가자. 언제까지 이곳에서 밤을 새울 것이냐?"

그는 붉은 무덤 앞에 앉으며 들고 온 음식 보따리를 풀었다. 그러나 무루는 음식은 보지도 않으며 소유량의 앞에 마주 앉았다.

"아저씨, 그러고 보니 고맙다는 말씀도 못 드렸네요. 이렇게 제 가족을……."

"됐다. 당연히 내가 해야 할 일이었는데 무슨 공치사냐? 그딴 건 됐고, 이거나 좀 먹어라. 네가 힘든 건 알겠다마는 이러다가 굶어 죽기라도 한다면 죽은 네 부친을 나중에 내가 저승에 가서 어찌 보겠느냐?"

소유량은 가볍게 손사래 치고는 걱정스러운 표정으로 말했다. 그러나 무루는 고개를 젓다가 정색하며 입을 열었다.

"제 가족을 죽인 자들이 흑룡문이라 들었어요."

흑룡문(黑龍門).

강서(江西) 땅을 주름잡는 삼대사파 중 하나다.

개파한 지는 불과 삼십사 년으로 오래되지 않았다. 그러나 상당한 재력을 바탕으로 많은 고수들을 영입하면서 욱일승천하는 기세를 천하에 과시하고 있는 방파였다.

무루가 꺼낸 말에 소유량의 얼굴이 찰나 경련을 일으키다가 이내 굳어들었다. 녀석이 분명 이 질문을 해올 줄 짐작하고 있는 바였다. 하지만 막상 현실로 다가오니 어찌 응해야 할지 눈앞이 캄캄했다.

소유량은 부러 시큰둥한 낯빛을 지으며 반문했다.

"그건 왜 묻는 것이냐? 복수라도 하려는 것이냐? 글만 읽는 네가? 이 녀석아, 네 가족도 그건 원하지 않을 것이다. 너마저 개죽음을 당한다면 네 가족은 저승에서도 눈을 감지 못할 게야. 엉뚱한 생각일랑은 제발 접거라."

소유량의 냉소적이면서도 동시에 간곡한 말에 무루는 처연한 표정으로 고개를 올렸다. 붉은색으로 곱게 물든 단풍이 산에서 내려오는 바람에 금방이라도 떨어질 듯 우태롭게 흔들렸다.

"제가 무슨 힘이 있어서 복수를 하겠어요? 그들은 바람이고 저는 흔들리는 이파리인 걸요."

말하는 어조나 내용은 체념의 냄새가 짙게 풍겼다. 그러나 소유량은 무루의 눈에 담긴 적개심을 놓치지 않았다. 무루의 가슴에서 들끓고 있는 분노의 냄새를 오롯이 느꼈다.

"그런데 왜?"

"제 가족이 죽은 이유 정도는 알아야 하지 않나요? 그것도 모르고서야 제가 어찌 자식이라 할 수 있으며 죽은 누이의 오라버니라 할 수 있겠어요?"

소유량의 눈가가 짐짓 일그러졌다.

무루가 내건 명분에 딴죽을 걸 만한 변명거리가 없었다. 결국 그는 깊은 한숨을 몇 차례 내쉬고 말했다.

"경솔한 행동은 않겠다고 약조해 준다면 말해주마."

"아저씨, 제가 어떤 녀석인지 잘 아시잖아요. 저는 바보 같은 짓을 할 정도로 아둔하지 않아요."

소유량은 무루의 말에 픽 하니 고소를 머금었다.

"알지. 네 가족을 제외하면 세상에서 내가 널 가장 잘 알지."

한무루(漢無漏).

지금은 고혼이 되어 바로 앞 무덤에 누워 있는 청송표국 표사 한철혼의 하나밖에 없는 아들.

무가(武家)에서는 천형의 신체라고 불리는 태양절맥(太陽絶脈)을 타고난 아이다. 하단전 주변의 혈도가 너무 뜨거워 내공을 쌓을 수 없는 저주받은 육신의 주인이다.

그러나 음이 있으면 양이 있듯이 태양절맥으로 태어난 아이들은 대개 오성이 뛰어났다. 무루 역시 학문에 타고난 재능을 보였다.

무루의 부모는 자식의 이러한 재능을 키워주기 위해 강서성의 성도인 남창(南昌)으로 작년 봄에 유학을 보냈고, 그 때문에 무루는 이번 화(禍)를 피할 수 있었던 것이다.

물론 이건 표면적인 이유다.

소유량은 무루가 얼마나 의지가 강한 아이인지 잘 알고 있었

다. 무루는 단지 태양절맥이라 학문에 뛰어난 성취를 보인 것이
아니었다.

　한번 파고들기 시작하면 너무나 집요해 무서우리만큼 집중력
을 보이는 성정으로 인해 주변 사람들에게 신동이란 말을 듣게
된 아이다.

　무루의 집중력은 굳이 학문에만 국한된 것이 아니었다. 비록
내력을 쌓을 수 없는 체질이었지만 무공을 보는 눈도 아주 뛰어
났다. 표국 내에서 표사들끼리 비무가 벌어질 때가 종종 있었는
데, 무루는 그 승자를 맞히는 데 귀신같은 재주를 보였다.

　또한 살다 보면 누군가에게 억울한 경우를 당하는 경우가 있
는 법인데, 그런 일이 생기면 아이들은 대개 부모에게 도움을
청하게 마련이다.

　그러나 무루는 한 번도 부모의 손을 빌린 적이 없었다. 자신
의 힘으로 수단과 방법을 가리지 않고 반드시 복수를 했다.

　일례로, 무루가 여덟 살 때였다.

　국주의 아들이 또래인 무루가 신동 소리를 듣는 것을 시기해
자신의 가죽신을 훔쳤다고 모함한 적이 있었다. 그로 인해 무루
는 상당한 꾸짖음을 들어야 했고 매서운 회초리도 감내해야 했
다.

　그때 무루가 보인 언행은 지금 소유량이 생각해도 소름이 끼
칠 정도였다. 무루는 피멍이 맺히도록 매를 맞으면서도 침묵했
다.

　작은 신음 한 번 없이.

　보다 못한 부친이 나서 훔친 가죽신을 어서 내놓으라고 말하

자 무루는 이미 강에다 버렸다고 대꾸했다. 매질의 아픔으로 눈물이 그렁했지만 아주 차가운 표정으로.

그때 국주를 포함한 사람들은 무루가 범인이 아님을 직감했다. 머쓱해진 국주는 아이들 일에 너무 과민했다며 일을 대충 마무리 지었다.

그렇게 일은 끝나는 듯싶었다.

그런데 달포쯤 지났을 때 갑자기 국주의 아들이 울며 사람들 앞에서 자신의 잘못을 실토했다. 무루가 훔쳤다는 가죽신을 신고서.

실토하는 국주의 아들은 얼굴이 반쪽이 되어 있었다.

사람들은 이 일의 배후에 무루가 있음을 눈치챘다. 하지만 그 사정을 짐작할 수는 없었다. 그 일의 전모는 의문에 묻혔는데, 소유량은 나중에 친구였던 무루의 부친을 통해 일부 알게 되었다.

무루는 자신이 잘못했으니 당분간 국주 아들의 시종 노릇을 하며 참회하겠다고 요청했다. 국주를 포함한 어른들은 굳이 그럴 필요까지는 없다고 다독였지만 무루는 고개를 저었다.

신상필벌(信賞必罰)!

죄가 있으면 벌이 있어야 한다.

무루는 그것이 제대로 지켜지지 않으면 표국의 법도가 서지 않을 터이고, 또다시 도둑질이 발생할 수 있다고 강변했다. 사소한 우여곡절을 겪긴 했지만 결국 무루의 끈질기고 집요한 청은 받아들여졌다.

하지만 사람들은 몰랐다.

그날부터 무루의 복수가 시작되었다는 것을 말이다.

국주의 아들과 거의 하루 종일 함께 있게 된 무루는 천진난만한 얼굴로 말하곤 했다.

"도련님, 사람이 얼마나 쉽게 죽는지 아세요? 실수로 툭 밀쳤는데 넘어진 곳에 뾰족한 물건이 있다고 생각해 보세요. 그게 뒤통수에 팍 꽂히는 거죠. 음, 예를 들면 이런 송곳 같은 거 말이죠."

그리고 웃는 얼굴로 품속에서 송곳을 살짝 보여주며 말을 덧붙였다.

"아, 이 송곳은 어머니께서 쓰시던 건데 왜 여기 있지? 이상하네요."

유사한 말들이 수시로 이어졌다.

"도련님, 세상에는 아주 무서운 독(毒)이 많대요. 아까 낮에 이상한 할아버지를 만났는데, 그 할아버지가 저보고 독을 사라고 하는 거 아니겠어요? 참 이상한 할아버지라고 생각하지 않으세요? 저 같은 어린아이에게 독을 팔려고 하다니. 그런 위험한 물건을 제가 미쳤다고 사겠어요? 무슨 억울한 일이 있는 것도 아닌데……."

"도련님, 옆 동네에 불난 거 아세요? 어떤 미친놈이 낸 화재로 일가족이 다 죽었대요. 잠자고 있다가 봉변을 당한 거죠. 그러고 보면 참 사람 죽는 거 너무 쉬워요. 휴우, 참 무서운 세상이죠?"

"도련님, 요즘 제가 이상해요. 가슴에 구거운 바위가 얹혀 있는 거 같아요. 마치 무슨 억울한 일이라도 당한 사람처럼. 이러다 저 미쳐 버리면 어떻게 하죠?"

어린아이들 사이에서는 있기 어려운, 에둘러 표현하는 아주 오싹한 협박이었다. 또한 겨우 여덟 살의 어린아이가 그런 협박을 할 수 있다는 것도 섬뜩한 일이었다.

2

소유량은 잠시 옛 생각을 떠올리다가 다시 무루를 보았다. 한번 무엇을 하겠다고 마음먹으면 반드시 관철시키는 아이였다.

그래서 진실을 말해주는 것이 마뜩찮았다. 하지만 결국 소유량은 입을 열 수밖에 없었다. 무루가 알아내기로 마음을 먹었다면 자신 말고 다른 사람을 통해서도 얼마든지 알아낼 수 있는 일이었다.

"약속한 거다, 절대 경솔한 행동은 안 하겠다고."

"큭. 정확히는 안 하는 것이 아니라 못하는 것이죠. 제가 무슨 힘이 있다고……."

무루의 힘없는 말에 소유량은 다시 안쓰러운 표정을 짓고 말았다.

"아저씨, 그러니까 말씀해 주세요. 여기서 듣고 풀어버리든 마음에 꼭꼭 담아두든 할게요."

"끄응. 알았다."

소유량은 무루의 눈치를 보며 조심스럽게 말을 꺼냈다.

"그러니까, 너희 가족이 오래간만에 저녁에 외식을 나갔었다. 근데 가는 길에 세 놈의 왈패에게 희롱당하는 처녀를 보게 된 거지.”

“아버지 성격에 그냥 못 본 척하고 지나갔을 리가 없겠군요.”

소유량은 아픈 눈빛으로 고개를 주억거렸다.

“그렇지. 그 친구, 내가 그렇게 모난 돌은 정 맞는다고 성질 좀 죽이라 했건만……. 결국엔 일이 터지고 만 거지.”

무루의 퀭하니 침잠되어 있던 눈이 빛나기 시작했다.

“그 파락호들의 뒤에 흑룡문이 있었던 건가요?”

“맞다. 사실 너도 알다시피 사파들은 뒤로 여러 가지 안 좋은 사업을 하지. 그중에 고리대금업도 있는데, 그 건달들은 돈을 대신 받아내는 일을 하는 놈들이었지.”

“아버지가 구해준 처녀가 빚을 지고 있었나요?”

“아니다. 그날 그놈들은 대낮부터 술을 마시다가 음심이 생긴 거지. 호래자식들 같으니라고.”

소유량은 생각만 해도 성질이 난다는 듯이 주먹까지 휘두르며 분에 겨워했다. 소유량의 그런 반응을 무루는 가만히 바라보다가 고개를 갸웃거렸다.

“아저씨, 그럼 흑룡문의 일을 대행하다가 생긴 일도 아닌데 왜?”

괜한 허공에 성질을 내던 소유량이 어깨를 축 늘어뜨리며 이를 악물었다.

“세상일이란 게 다 그런 거다. 그 건달 놈들이 그렇게 망신당해 버리고 일이 끝나면 향후 돈을 뜯어내는 일이 수월하지 않을 것 아니냐? 또한 그 뒤에 흑룡문이 있다는 걸 아는 사람은 다 아는데 가만히 있자니 흑룡문의 위신 문제도 있고……. 그러니 흑룡문은 귀찮지만 대신 나서준 것일 테지.”

“…….”

“네 아비나 가족들은 운이 없었던 거다. 하필 그 왈패 놈들이 흑룡문이 봐주는 고리대금업을 하는 수하들이었다는 사실이.”

무루는 이제야 전후 사정을 다 알겠다는 듯이 고개를 끄덕였다. 그리고는 침묵에 잠겼다. 소유량은 그런 무루의 얼굴을 가만히 응시했다.

똑똑한 아이였다.

경솔한 행동을 안 할 것이라 믿는 수밖에 없었다. 만약 무슨 일을 벌이려 한다면 자신이 나서서 억지로라도 말려야 했다.

일다경(一茶頃) 정도의 시간이 흘렀을 때, 망부석처럼 앉아 있던 무루가 움직였다. 그는 팔을 뻗어 소유량이 가지고 온 음식에 손을 댔다.

“사흘 만에 먹어서 그런가? 맛있네요.”

긴 침묵 끝에 나온 말이 의외인지라 소유량의 미간이 좁혀졌다. 무루는 음식을 입에 넣어 우물거리면서 계속 말을 이었다.

“흑룡문이 뒤에 있다면 어쩔 수가 없겠죠. 청송표국도 흑룡문의 눈치를 볼 수밖에 없을 거잖아요.”

당황스러울 정도의 쉬운 포기.

도저히 평소의 무루라고 볼 수 없었다. 그것이 다행스럽다 여겨지면서도 다른 한편으로는 불안했다.

“아저씨는 지금 두 가지 역할을 하고 계신 거죠?”

정곡을 찔린 소유량의 한쪽 눈썹이 움찔 떨렸다. 하지만 태연을 가장한 채 물었다.

“무, 무슨 말이냐?”

“수시로 음식 가지고 절 보러 오시잖아요, 제가 걱정돼서. 그리고… 절 감시하러.”

“……!”

“국주님께 전해주세요. 저 같은 힘없는 아이가 뭘 어떻게 하겠어요? 제가 지금 무모한 짓을 벌이면 저 혼자 끝나는 게 아니라 청송표국 전체가 위험해질 수도 있다는 거 잘 알아요.”

소유량은 가슴이 먹먹해지면서도 까닭 모를 한기를 느껴야 했다. 어른스럽게 처신해 주길 내내 바랐지만 너무 지나치게 어른스러우니 가슴 자락이 묘하게 아팠다.

“아저씨, 많은 시간을 표국에서 보냈어요. 이 정도 눈치도 없을 줄 알았나요? 적자생존의 강호무림에서 살아남기 위해서는 어쩔 수 없이 강자의 눈치를 봐야 하잖아요. 흑룡문의 눈치를 봐야 하는 국주님도, 그리고 침묵하는 아저씨도 이해해요.”

무루는 연신 음식을 먹으며 말을 이었다. 그러다가 그의 젓가락질이 멈췄다.

그리고 이내 눈에서 눈물 한 방울이 툭 떨어졌다. 그 모습을 보는 소유량은 자신의 심장이 떨어지는 것 같았다.

“무루야, 미안하구나. 우리가 힘이 없어서.”

“아뇨. 이해한다니까요. 하하하! 그런데 왜 갑자기 눈물이 나는 건지 모르겠네요. 아버지가 잘못한 거잖아요. 일을 할 때에는 반드시 전후 사정과 상황을 치밀하게 살폈어야 했는데 그러지 못했으니까. 바보 같은 아버지. 아버지 때문에 애꿎은 어머니와 누이까지 그리된 거잖아요. 정말이지, 어떻게 그리 멍청하실 수가……."

　무루는 소매로 눈가를 훔치며 어색하게 웃었다. 소유량은 한 손으로 자신의 머리를 쥐어뜯으며 괴로운 얼굴로 말했다.

　"미안하다. 내가 해줄 수 있는 말은 그것뿐이구나. 마음 같아서는 당장에라도 흑룡문으로 달려가 다 부숴 버리고 싶은데……. 그 왈패 놈들을 요절내고 싶은데."

　"이해한다고 했잖아요. 근데 말이죠, 아저씨. 한 가지 궁금한 게 있어요."

　소유량이 의아한 얼굴로 무루를 직시했다.

　"이번 일은 아저씨 말대로 모난 돌이 정 맞은 거잖아요. 근데… 근데 말이죠. 왈패에게 농락당하는 여자를 구해주는 것이… 모난 행동인 건가요?"

　"……!"

　"그리고 그때 거기 있었던 다른 사람들처럼 비겁하게 외면하는 것이 올바른 행동인 건가요?"

　무루의 질문은 비수가 되어 소유량의 가슴을 찔러왔다. 뭐라도 대꾸를 해야 하건만 가슴에 천근 바위라도 얹혀 있는 듯 먹먹해져 숨조차 쉬기가 어려웠다.

　무루의 눈가에 다시 이슬이 고였다가 또 밑으로 흘러내렸다. 지난 사흘간 참았던 눈물샘이 한번 터지니 쉬이 멈추지 않았다.

　"아저씨, 저 정말 모르겠어서 그래요. 비겁자로 사는 것이 올바르게 사는 건가요?"

　결국 소유량의 눈에도 습막이 차올랐다. 그는 입술을 악물었다가 간신히 대꾸했다.

"현실이란 게 그렇더구나. 우리가 책에서 본 것들과 너무나 다른 세상이더구나. 이놈의 세상은… 참 빌어먹을 세상이더구나."

"역시 그렇지요? 그런데 왜 어른들은 아이들에게 바르고 정직하게 살라고 하는 거죠? 자신들은 비겁하게 살면서 말이에요. 스스로는 불의를 외면하고 거짓과 타협하면서 왜 아이들이 잘못한 것에는 그렇게 호통을 치는 거죠? 무슨 자격으로?"

이미 창백해진 소유량의 안색은 이제 회라도 칠한 듯 핏기가 가셨다. 제아무리 예리한 비수라도 지금 무루가 던지는 말보다 날카롭지는 않으리라.

평범하게 잘 살아왔다고 생각했다. 그런데 이 아이의 신랄한 질문 앞에서 소유량은 한없는 부끄러움과 죄책감을 느껴야 했다.

소유량이 침묵하자 무루는 더 다그치지 못하고 한참을 울었다. 오열하고 통곡했다. 그 눈물이 멈춘 것은 거의 이각이나 지나서였다.

무루는 몇 차례 숨을 크게 내쉬었다가 약간은 목이 잠긴 어조로 말했다.

"죄송해요, 아저씨. 아저씨가 잘못한 것도 아닌데. 괜한 곳에 제 울분을 풀었네요."

소유량은 고개를 들어 아픈 눈으로 무루를 보다가 억지로 미소를 지으며 물었다.

"아니다. 진즉 그렇게라도 슬픔을 토했어야지. 그런데 조금은 후련해졌니?"

무루는 침묵했다.

그런 무루를 보며 소유량은 뭔가 위로의 말을 해주고 싶었다. 그러나 무슨 말을 할 수 있겠는가? 그저 한숨만 흘릴 뿐이었다.

무루가 천천히 일어나더니 두 개의 무덤을 뚫어지게 응시하다가 입을 열었다.

"저 이제… 떠날게요."

소유량이 따라 일어서다가 눈을 치켜떴다.

"떠나다니? 어딜 간단 말이냐?"

"제가 계속 여기 있으면 다 불편해질 거예요. 이제 제가 아는 모두와 인연을 끊어야 할 때인 것 같아요."

소유량은 아연한 얼굴로 헛바람을 들이켰다.

"헉! 왜……? 왜 그런 말을 하는 게냐? 국주님도 앞으로 네가 먹고사는 것은 다 책임지겠다고 약조하셨다. 지금처럼 계속 학문에 매진하면 그 역시 도와주겠다고……. 무루야! 너는 다시 남창으로 돌아가는 거다. 그곳에서 계속 학문에 매진하거라. 뒷바라지는 내가……."

무루가 고개를 세차게 저으며 소유량의 말허리를 매정하게 잘랐다. 이제 그런 삶은 더 이상 누릴 수 없었다. 가족이 이리 원통하게 죽었는데 방에 앉아 책이나 읽기엔 가슴이 너무 뜨겁고 아렸다.

"말씀만으로도 고마워요. 국주님도 아저씨도, 그리고 표국 사람들… 다 참 좋았어요. 차라리 나쁜 사람들이었으면… 뒷감당 같은 거 생각 안 하고 당장 할 수 있는 복수를 궁리할 텐데."

무루의 말에 소유량은 흠칫했다. 힘없는 열세 살짜리가 복수

를 생각했다는 말이다. 아마 지난 사흘간 골똘히 생각했을지도
몰랐다.

어쩌면 무루는 꽤 그럴듯한 복수 계획을 세웠을지도 모른다
는 생각이 들었다.

그런데 그것을 지인(知人)들을 위해서 접겠다는 투로 들렸다.
소유랑은 너무나 놀라 말문까지 막혔다.

무루는 그런 소유랑을 보며 처연한 표정을 지었다. 마치 무슨
생각을 하고 있는지 다 안다는 듯한 얼굴이었다. 그리고 당신께
서도 참 불쌍한 사람이라는 얼굴이었다. 가장 절친한 벗이 죽었
는데도 가슴만 삭이고 있어야 하는 당신께서도.

"표국 사람들 때문만으로 복수를 포기하는 건 아니에요."

소유랑은 자신의 생각이 일부 맞았음을 알고는 한차례 오한
에 떨었다. 무루의 말이 이어졌다.

"제가 복수를 시도해 봤자 결국 끝까지 가지 못할 것을 알기
때문이에요. 아무리 잔꾀를 내봤자 그들이 막무가내로 힘을 쓰
면 다 무용지물일 테니까요. 결국 고리대금업 하는 왈패들이나
흑룡문의 잔챙이만 건들고 제 복수는 끝나겠지요. 몸통은 건들
지도 못한 채. 아저씨, 저는 말이죠, 이번 일로 힘이 없는 정의가
얼마나 무력한 건지를 뼈저리게 느꼈어요."

"무루야……."

"제 복수가 그리 미진해서야 저승에 계신 가족을 볼 낯이 없
잖아요. 복수를 하려면… 아주 확실하게 해야죠. 시간이 걸리더
라도……."

무루는 잠시 말을 멈췄다가 눈에 살기를 띠며 한마디 한마디

를 힘주어 이었다.

"나는 그 시간 동안 가슴속에 박혀 있는 대못을 아주 날카롭게 갈 생각이에요. 그래서 나중에 이 대못을 그들의 심장에 돌려줄 거예요. 몇 배의 이자를 덧붙여서 말이죠. 그래서 그들의 입에서 차라리 죽고 싶다는 말이 나올 정도로 절망을 안겨주고 말 거예요."

겨우 열세 살의 꼬마의 입에서 흘러나올 말이 아니었다. 연방 침을 꼴깍 삼키는 소유량과 이를 악문 무루 사이에 한없이 무겁고 살벌한 공기가 내려앉았다가 물러나기를 반복했다.

소유량은 무루가 떠나기로 한 결심이 확고함을 깨달았다. 그건 어르거나 달래는 것으로는 돌이킬 수 없는 단단한 강철 같은 의지임을 무루의 눈빛과 표정으로 읽을 수 있었다.

결국 소유량은 무루가 당장 복수를 하지 않을 것이란 점에 만족하며 쓴웃음을 지었다. 말릴 수 없다면 보내주는 수밖에 없다. 세월이 흘러가면서 오늘의 상처를 잊기를 바랄 수밖에.

일이 년 지나 가슴의 생채기가 조금 아물었을 때에는 돌아오겠지. 소유량은 그렇게 순진한 생각을 했다. 그도 무루를 정확히 알지는 못했던 것이다.

"무루야, 너는 내가 아무리 말려도 떠나기로 마음을 굳혔구나. 그런데 갈 곳은 정해둔 거니?"

무루가 고개를 저으며 소유량을 응시하다가 뒤돌아섰다.

"아직은 모르겠어요. 다만 지금 제가 있어야 할 곳이 여기가 아니라는 것만 알 뿐이죠."

무루가 걸음을 내디뎠다. 그 뒷모습을 보면서 소유량은 다시 눈물을 주르륵 흘렸다. 그는 잡고 싶지만 잡을 수가 없었다. 저 어린아이를 살벌한 세상에 홀로 몰아내는 것 같아 고통스러웠다.

결국 그가 할 수 있는 건 소매 안에 있던 염낭을 꺼내 무루에게 던지는 것이었다.

"무루야, 이것 받아라."

무루가 고개를 돌려 얼떨결에 염낭을 받았다. 그 두루주머니 안에서 돈 소리가 났다. 묵직한 것이 결코 적지 않은 돈이었다.

"아저씨, 저 이거 필요없어요. 아버지께서 모아두신 돈 있어요."

"받아라. 그것마저 받지 않으면 나는 부끄러워서 평생 고개를 들지 못하고 살 것이다. 그리고 힘들면 언제라도 다시 나를 찾아와야 한다. 알겠느냐?"

망설이던 무루가 결국 고개를 끄덕이며 미소를 지었다.

"고마워요. 아저씨한테는 번번이 빚만 지네요. 언젠가 꼭 갚을 날이 있을 거예요."

"다시 돌아올 거지?"

무루의 표정이 굳었다. 동시에 눈에서 마치 맹수와 같은 섬뜩한 안광이 쏟아져 나왔다.

"반드시요."

이어지는 무루의 말에 소유량의 등허리가 서늘해졌다.

"세상이 잘못된 거라면… 그렇게 세상을 엉터리로 만든 자들을 부숴야겠지요. 설사 제가 그 과정에서 허망하게 죽게 되더라도… 원혼이 되어서라도 이승에 남아 그들을 저주할 것입니다."

그 말을 끝으로 무루는 다시 걸어갔다.

그리고 어느새 무루의 신형이 바람과 함께 고개 뒤로 사라졌다. 하지만 소유량은 소름이 돋은 얼굴로 무루가 사라진 고개 위의 어둠만 바라보았다.

자신이 처음 보는 무루였다. 달마저 파랗게 질려서는 나뭇가지에 걸려 좀처럼 앞으로 나아가지 못했다.

그리고 무루가 그렇게 고향과 작별한 뒤, 무심한 세월은 잘도 흘러갔다.

第二章

혈동야차(血童夜叉)

절대고수
絕代高手

1

어떤 곳이든 오후는 나른하다.

그러나 지금 밀림은 함성과 비명으로 격동에 떨었다.

쇄애액!

허공을 짓이기는 파공성과 함께 검신의 날이 빛났다. 붉은 피를 잔뜩 머금고 있던 칼은 어김없이 또 한 명의 숨통을 끊었다.

"크윽."

짧은 단말마를 흘리며 쓰러지는 거한은 믿을 수 없다는 표정으로 상대를 노려보았다.

젖내가 풀풀 나는 애송이다. 아무리 많이 쳐줘도 결코 스물 안팎의 나이.

그러나 그 젖내 나는 애송이의 검은 예리하고 무자비했다. 또한 군더더기라고는 도저히 찾을 수 없었다.

정신이 아뜩해지는 거한은 쓰러지면서 예전부터 떠돌고 있는 풍문을 간신히 떠올렸다.

혈동야차(血童夜叉).

피에 굶주린 어린 야차.

이 녀석이 바로 그놈이었다.

소문이란 건 부풀려지게 마련이다. 하지만 혈동야차에 관한 소문만큼은 결코 과장되지 않았다.

운남성 서남 밀림에 존재하는 여덟 개의 비적 단체 중에서 하나의 비적단을 이끄는 수장이 쓰러지는 순간이었다.

싸움이 시작된 지 반 각, 겨우 반 각이 지났을 뿐이었다. 그 시간에 혈동야차는 비적 네 명의 목숨을 빼앗고 비적 두령까지의 최단거리를 돌파해 결국 그까지 베어버렸다. 보고 있는 사람들도 믿기 어려울 정도로 전광석화와 같은 몸놀림이었다.

"우와아아아아!"

비적들에게 갑작스런 기습을 당해 의기소침했던 군사들의 사기가 이제는 하늘이라도 뚫을 듯 치솟았다. 반면 창졸간에 수장을 잃은 비적들은 오합지졸로 변해 우왕좌왕할 수밖에 없었다.

관군과 낭인무사들을 이끄는 초로인(初老人)이 그 모습을 보고는 반색하며 호령했다.

"비적의 두령이 죽었다!"

"와아아아아아!"

습격을 받아 일시 몰리던 병사들은 어느새 사기충천해서 고함을 지르며 비적들을 상대했다. 반대로 전의를 상실한 비적들은 하나둘 나자빠지더니 모래성처럼 급격하게 무너져 내렸다.

큰 전쟁, 작은 전투 등 세상의 모든 싸움에서 가장 중요한 것은 무엇일까?

그건 바로 사기(士氣)다.

기세가 오른 병사들과 구심점을 잃은 비적의 싸움은 대번에 역전됐다.

그야말로 순식간에 절반 가까운 비적들이 목숨을 잃어갔고, 남은 비적들은 사방으로 흩어지기 시작했다. 때를 놓칠세라 초로인이 다시 힘주어 목청을 드높였다.

"적이 흩어진다! 추격하라! 단 한 놈도 살려두지 마라! 추격하라!"

고함을 토해내는 반백의 턱수염이 풍성한 초로인. 그의 얼굴은 희희낙락했다.

늦은 봄이었지만 벌써부터 찌는 듯한 더위가 극성을 떠는, 독충과 맹수가 가득한 밀림으로 들어온 지 보름이었다. 이 짧은 시간에 벌써 다섯 개의 비적단을 척살하고 있었다.

전례를 찾기 어려울 만큼 놀라운 혁혁한 전과였다.

그의 기쁨을 아는지 옆에 있던 날카로운 외모의 중년인 하나가 아부를 떨었다.

"감축드립니다. 이번 싸움도 대승입니다."

초로인 주변에 있는 일곱 호위병을 이끄는 호위대장이었다. 용맹심과 충성심으로는 그 누구도 뒤따를 자가 없는 인물이었다.

반면 그에게 아쉬운 것이 있다면 지략이 모자란다는 점이었다. 물론 그는 호위대장이니 큰 지혜가 필요한 자는 아니었다.

하지만 스스로의 머리가 과히 좋지 않다는 점을 인정하지 않는 자존심이 문제였다.

"허허허, 그러게 말이네."

"이번 공으로 분명 천호(千戶)의 품계를 받게 되실 겁니다."

초로인이 당연하다는 표정으로 어깨를 으쓱거렸다.

"암, 그래야지. 백호(百戶) 자리에서만 벌써 십오 년이네. 이번 공도 있고 하니 지휘사(指揮使) 어른께서도 나를 계속 물먹이시진 않겠지."

초로인의 입꼬리가 절로 위로 올라갔다. 그의 뺨과 뒷목에 닿는 햇볕의 감촉이 기분 좋은 따스함으로 미소를 짓게 만들었다.

백호의 품계는 군사 일백을 다스리는 자리다. 그러나 천호는 그 열 배인 천여 명의 생살여탈권을 지니게 되는 것이다.

초로인은 들뜬 기분으로 전면을 주시했다.

달포 전, 서남 밀림의 비적 떼를 척결하라는 명이 하달되었을 때의 기억이 아직도 생생했다. 백여 명의 관군만을 데리고 사나운 비적들과 상대하라는 명은 죽으라는 것이나 진배없었다.

초로인은 궁여지책(窮餘之策)으로 오십여 명의 낭인을 급히 뽑아 출진했는데, 그들의 활약이 아주 눈부셨다. 그중에서도 가장 어린 혈동야차는 군계일학이었다.

만약 혈동야차가 없었다면 지금쯤 어떻게 됐을까 하는 가정은 상상만으로도 참담하고 아뜩했다.

벌써 패전의 굴욕을 안고 돌아갔을 공산이 컸다. 어쩌면 모두가 이 밀림에 뼈를 묻어야 하는 최악의 상황을 맞이했을 수도 있으리라. 아니, 십중팔구 그렇게 됐을 것이다.

초로인은 사재를 털어 낭인들을 채용한 것이 탁월한 선택이었다고 속으로 스스로를 자화자찬했다.

그렇게 세상을 다 얻은 듯 만면에 미소를 짓고 있던 초로인의 검미가 갑자기 꿈틀거렸다. 자신의 명을 받은 관군들이 비적들을 쫓고 있건만 정작 낭인들은 어슬렁거릴 뿐 제대로 움직이지 않았다.

실제 전력의 주축이 된 낭인들이 게으름을 피우니 관군도 추격의 시늉만 할 뿐 미적지근한 모습을 보이는 것은 당연지사. 모두가 비적들을 쫓는 흉내만 내그 있는 판이었다.

이런 황당한 상황을 만들고 있는 원인은 바로 혈동야차였다. 그가 태평하게 검을 닦고 있었다.

"저, 저 녀석이 또!"

초로인의 잇새로 시퍼런 노염이 모래알처럼 갈려 나왔다.

아무리 싸움이 일단락되었다그는 하나 아직 전장의 복판이었다. 저런 한가한 모습을 보이는 혈동야차는 초로인의 화를 돋우기에 충분했다.

문제는 이번뿐만이 아니라는 점이었다.

다섯 번의 싸움에서 한결같은 모습을 보이는 녀석이었다. 초로인은 괘씸하다는 표정으로 혈동야차를 쏘아보았다.

이제 겨우 열아홉의 새파란 애송이.

그러나 지금 자신에게 절대적으로 필요한 인재라는 것도 인정하지 않을 수 없는 사실이었다.

혈동야차가 운남 땅에 낭인으로 들어온 지 만 이 년이 지났다. 그 짧은 시간에 녀석은 운남의 낭인 세계에서 전설 같은 존재로 우뚝 서 있었다.

기실 이번 원정에 지원한 오십여 명의 낭인무사 중에서 혈동야차가 합류했다는 소식을 듣고 지원한 자들이 절반은 족히 넘을 터였다. 혈동야차가 참여한 싸움은 한 번도 진 적이 없다는 소문이 낭인계에 파다하게 퍼져 있기 때문이다.

물론 그건 대개의 풍문처럼 과장이 있었다. 하지만 소문의 속성에서 중요한 것은 사실이냐 아니냐가 아니다. 그런 말들이 실제로 돌고 있다는 것이 핵심인 것이지.

초로인은 억지로 미소를 지으며 혈동야차에게 급히 다가갔다. 그간은 계속 참아왔지만 대체 이러는 이유가 뭔지 오늘은 반드시 풀어야 했다. 뭔가 사정이 있겠거니 하면서 계속 묵과해 주는 것도 한계에 이른 것이다.

"이보게, 혈동야차. 이번에도 자네는 내 명에 불복하는 건가?"

어느새 검에 묻은 피를 말끔히 닦아낸 혈동야차가 앉은 자세에서 흘낏 눈을 치켜뜨며 백호를 올려다보았다.

혈동야차는 무루, 한무루였다.

육 년 전까지만 해도 부드러운 외모를 지니고 있던 소년은 놀랄 정도로 변해 있었다.

한없는 차가움과 삭막함이 그의 눈빛과 전신에서 짙게 풍겨 나왔다. 육 년 전 그를 알았던 누군가가 지금의 무루를 본다면 결코 알아볼 수 없을 만큼 놀랍게 변해 있었다. 특히나 오른쪽 귀밑머리에서 턱까지 이어지는 검상이 무루에게서 느껴지는 비정함을 더했다.

무루는 잘 닦인 검을 쓱 훑으며 검집에 넣고는 일어서서 가벼운 군례를 올렸다.

"백호 어르신을 뵙습니다."

"예는 됐네. 어서 내 물음에나 답하게."

"어르신, 비적들은 이곳의 지리에 밝습니다. 쓸데없는 추격은 오히려 곤경에 빠질 수 있습니다."

백호는 화를 삭이느라 뒷짐을 지고 있는 손을 불끈 쥐어야 했다. 그러나 여전히 웃는 얼굴로 대꾸했다. 물론 그 미소는 소태라도 문 듯 썼다.

"벌써 그 말을 겨우 보름 동안에 다섯 번이나 듣는군."

무루가 보일 듯 말 듯한 실소를 입가에 걸치고는 시큰둥하게 대답했다.

"어르신께서 다섯 번이나 불필요한 추격령을 내리시니까요. 아니, 더 정확히 말하면 아주 위험할 수도 있는 명을 하달하신 겁니다. 병법에서도 적을 무리하게 쫓는 것은 말리고 있지 않습니까? 특히나 이곳의 지형지세를 잘 아는 건 우리가 아닌 저들입니다."

백호의 뒤를 따라온 호위대장이 눈에 쌍심지를 켜며 끼어들었다.

"혈동야차, 이놈! 실력이 있다고 봐주니 하늘 높은 줄 모르고 까부는구나. 이제 겨우 열아홉인 주제에 네가 병법을 논한단 말이냐?"

무루의 시선이 백호에게서 호위대장에게 옮겨갔다.

무루의 입꼬리가 이젠 노골적으로 말려 올라가며 비소(誹笑)

를 만들어냈다. 그 비웃음은 꿈틀거리는 검상과 이어져서는, 정말이지 살이 떨릴 정도로 삭막해 섬뜩하기조차 했다.

"후후후, 이건 말입니다, 병법이 아니라 상식이라고 하는 겁니다."

무루의 말에 백호와 호위대장의 눈동자가 동시에 흔들렸다. 특히나 호위대장의 얼굴에는 분기가 적나라하게 표출되어서 잘 익은 능금처럼 붉게 물들었다.

그가 상관인 백호 앞으로 나서서 일갈했다. 시퍼런 노염이 그의 눈에서 줄기줄기 쏟아졌다.

"그동안 오냐오냐하며 봐주니 이제 네놈의 무도함이 하극상으로까지 이어지는구나. 하극상은 죽음으로 다스리는 군율의 엄격함을 알고나 지껄이는 거냐? 때가 때이니만큼 지금 중벌을 내리진 않겠으나 네가 계속 이런 식으로 나오면 차후에 치죄를 할 것이다."

호위대장의 불길처럼 뜨거운 시선을 무루 역시 뜨겁게 받아쳤다.

"저는 관군이 아닙니다. 우리는 계약을 했을 뿐이지 않습니까?"

무루의 날 선 말에 호위대장의 얇고 흐린 검미가 급격하게 일그러졌다. 속에서 꺼지지 않는 천불이 일었다.

그러나 분하지만 녀석의 말은 사실이었다.

비적 한 명을 처치하는 데 은자 두 냥, 중간 간부는 은자 일곱 냥, 그리고 두령을 해치우면 서른 냥의 나름 파격적인 조건으로 채용된 낭인들이었다.

　물론 상사의 명에 절대적으로 복종해야 하는 것은 당연히 계약 조건에 있었다. 그런데 이 어린 녀석이 계속 딴죽을 거는 조건은 다른 것이었다.

　위기에 빠지거나 빠질 공산이 높을 경우는 수장인 백호를 최우선적으로 보호한다는 조항.

　잠시 무루와 호위대장의 설전을 지켜보던 백호가 비록 고소(苦笑)였지만 웃음을 깨물었다. 의외로 그는 어느새 신색을 다스려 덤덤한 표정으로 돌아와 있었다.

　호위대장의 유명한 성깔에 한 치도 물러남 없이 또바기 대꾸하는 혈동야차를 보면서 그가 이렇게 행동하는 데에는 분명 이유가 있을 것이란 짐작이 들었다.

　"그러고 보니 호위대장을 통해 들은 적이 있는 것 같군. 자네는 내가 위험할 수도 있다는 궤변을 늘어놓으며 이 같은 행동을 한다던데… 우리가 지금 이렇게 승기를 잡았는데도 그 말이 여전히 유효하다고 생각하는가? 자-, 이제 우리 솔직해지세. 나는 자네에게 진짜 이유를 묻고 있는 것이네. 적들이 이곳의 지리에 밝다고 하나 지금은 도망가는 패잔병일 뿐이네."

　"위험한 재앙은 늘 영광과 환호의 틈을 비집고 들어오는 법이지요."

　백호는 이맛살을 살짝 찌푸리며 혀를 찼다.

　"허허, 답답하구만. 적장은 죽었고 적들은 흩어졌는데도 조심하라는 뜻인가? 자네는 상식을 말했는데, 이건 상식과 좀 거리가 멀다고 생각하지 않나?"

　호위대장이 거들어 쐐기를 박았다.

"혈동야차, 그게 네 녀석의 한계다. 아직 어려서 그런지 몰라도 너무 겁쟁이란 말이다. 무릇 부대를 움직이는 법에는 나아가고 물러날 시기라는 것이 있다. 그리고 그 시기를 잘 잡는 부대야말로 강한 부대지. 혈동야차, 지금은 나아가야 할 때란 말이다."

피식.

무루가 대놓고 비웃음을 흘렸다. 그 웃음에 백호의 눈이 가늘어졌고, 호위대장은 눈을 치켜뜨며 발끈했다.

"뭐, 뭐냐, 그 싸가지없는 웃음은? 가, 감히!"

"가장 선두에서 싸워온 사람에게, 그것도 가장 많은 전공을 올린 사람에게 겁쟁이라는 말이 왠지 재미있게 들려서 말입니다."

"이, 이놈이!"

"아! 그리고 자꾸 제 나이를 언급하시는데, 나이 많으신 호위대장님께서는 어째 신중함과 경솔함의 차이를 모르는 것 같아 보입니다. 한 가지 충고를 드리죠. 천장에서의 무지한 용맹은 자신뿐만 아니라 수하들의 목숨도 앗아가는 법이죠. 그리고 당신께서 그토록 지키고자 하는 상관의 목숨까지 말입니다."

"……!"

"마지막으로 나이는 제가 비록 호위대장님보다 어리다 하나 실제 전장판에서 굴러먹은 세월은 결코 적지 아니할 것입니다."

호위대장이 이를 악물고 이죽대는 무루를 죽일 듯이 쏘아보았다. 모욕을 당한 그의 손이 본능적으로 검파로 가는 것을 백호가 제지했다.

백호는 쓸데없는 행동은 말라는 눈짓을 하며 호위대장에게 말했다.

"그만하게. 자중지란(自中之亂)이 일어나 봐야 뭐 좋은 일이 있겠나? 아직 우리는 밀림 안에 있고, 비적들과의 싸움은 온전히 끝난 게 아니네."

무루가 엄지를 추켜세우며 거들었다.

"후후후, 탁월한 결정이십니다. 어르신께서 호위대장의 상관인 것이 저 같은 무지렁이 수하들에겐 천운입니다."

뻔뻔스러울 정도로 이죽거리는 말에 백호는 찰나 어이없다는 표정을 지었다. 그러나 곧 호기심 어린 눈빛을 지으며 물었다.

"아직 자네는 내 질문에 답하지 않았네. 적 수괴가 죽은 이 상황에서도 자네의 상식은 왜 그리 소극적인 건가? 음, 그러고 보니 진즉부터 자네한테 궁금한 게 또 있군. 자네는 어차피 돈을 찾아다니는 용병이 아닌가? 도망가는 적을 쫓아 베는 것은 정면 대결보다 훨씬 수월할 텐데… 왜 그러질 않는 거지?"

무루가 미소를 거두고 묘한 눈빛으로 백호의 눈을 마주 받았다.

"말씀드렸다시피 함정을 경계합니다."

"허허허, 참으로 답답한 친구구만. 수장이 죽었다. 그런데 누가 함정을 파겠는가?"

"이 근방의 밀림에 아직 세 개의 비적 단체가 남아 있습니다."

"하지만 그들의 근거지는 여기가 아니네."

무루가 보란 듯이 대놓고 한숨을 쉬고는 머리를 긁적였다. 백호의 눈에 비치는 그 모습은 마치 '당신이나 호위대장이나 오십 보백보군' 하는 조롱같아 보여 심기가 불편해졌다.

"저야말로 답답하군요. 제가 비적의 수령이라면 관군이 토벌하러 온다는 정보를 얻었을 때부터 잔뜩 경계를 했을 겁니다."

"그야… 그렇겠지."

무루의 말에 백호가 고개를 끄덕였다. 무루의 말이 이어졌다.

"비적들은 잔인하고 교활한 놈들입니다. 충분히 동료 비적들의 희생을 이용할 수 있는 놈들이지요."

백호의 안면 근육이 잠시 씰룩거렸다. 그의 뇌리가 빠르게 회전했다.

"그 말인즉, 어떤 비적들은 자신의 근거지를 떠나 우리 뒤를 몰래 뒤따르다가… 우리가 승기를 잡았을 때, 그래서 방심하고 있을 때 뒤통수를 칠 수도 있다는 말인가?"

무루가 벙싯 웃었다. 그러나 그 미소엔 별 감흥이 느껴지지 않았다.

"특히 지금처럼 도망가는 적들을 향해 우리 역시 사방팔방으로 흩어져 추격하라는 명이 떨어지면 그들에게 금상첨화의 기회겠지요."

"음……."

백호는 낮은 침음(沈吟)을 흘리며 무루를 찬찬히 뜯어보았다. 둔기로 뒤통수를 얻어맞은 듯한 충격이 그의 혼백을 화들짝 놀라게 했다.

그가 무장(武將)으로 그리 능력이 많은 것은 아니지만 그렇다고 무능한 편도 아니었다. 그는 무루가 하는 말에 일리가 있음을 간파했다.

기실 그가 계속해서 승진을 하지 못한 것은 동료 백호들에 비해 능력이 떨어져서라기보다는 아부나 뇌물을 탐탁지 않아하는 성정 때문이라는 것이 옳았다.

"자네… 왜 이런 말들을 나에게 진즉에 보고하지 않았지?"

백호는 질문을 던지면서 무루를 새삼스러운 눈으로 보았다. 언제나 전장의 선두에서 야차처럼 적에게 돌진하는 청년이었다. 그런데 생각이 지나쳐, 달리 생각하면 소심하다 느껴질 만큼 만일의 사태에 대비해 조심하고 있는지는 예상조차 못했다.

백호는 스스로의 생각에 고개를 저었다.

소심함이라…….

아니, 이건 소심함이 아니었다.

천려일실(千慮一失)이라 했다. 아주 사소한 위험도 대비해야 하는 것이 전장에 나선 장수의 마음가짐이었다. 설마 비적들이 수성에 유리한 근거지를 떠날 것이냐는 생각도 오만함일 수 있었다.

호위대장은 미간을 잔뜩 찌푸린 채 입을 열었다.

"어르신, 설마 이 젖내 나는 애송이의 말을 믿으시는 겁니까? 천한 비적 놈들이 무슨 머리를 굴리겠습니까? 그리고 설사 그놈들이 기습을 하더라도 모조리 잡아들이면 그뿐입니다. 이제 남은 세 곳의 비적 놈들은 각각 서른 명 안팎밖에 안 되는 소규모입니다."

백호는 한숨이 터져 나오려는 것을 간신히 참고는 고개를 돌려 호위대장을 보았다.

기습에는 숫자가 중요하지 않은 법이다.

특히나 혈동야차의 말처럼 아군이 뿔뿔이 흩어진 작금과 같
은 상황에서 뒤통수를 얻어맞는다면 대번에 전세가 역전되어
지리멸렬할 수도 있었다.

그의 답답하다는 시선이 호위대장의 안면에 꽂혔다.

혈동야차는 자신의 생각을 분명 위로 상달했을 것이다. 그러
나 낭인들을 천시하는 호위대장이 묵살시켰을 터이고.

백호는 혈동야차가 왜 이리 자신이나 호위대장에게 삐딱한
모습을 보이는지 이제야 짐작할 수 있었다.

백호는 나직하게, 그러나 한마디 한마디 힘을 주어 호위대장
에게 말했다.

"이보게, 자네는 이제부터 조용히 입 다물고 물러나 있게."

"예? 어, 어르신?"

뜻하지 않은 명에 호위대장의 눈이 휘둥그레 커졌다.

"비록 내가 지장(智將)이 아님은 아네. 하지만 최소한 덕장(德
將)은 된다고 생각하고 있었네. 그런데 그 작은 자존심마저 자
네가 그동안 뭉개고 있었다는 것을 아는가?"

"당최 무, 무슨 말씀을 하시는 것인지?"

"아무리 어리고 관군이 아닌 낭인이라 해도 일리가 있는 말
에는 귀를 기울여야 한다는 말이네. 백지장도 맞들면 나은 것
을."

"어르신, 하지만 저 녀석은 이제 겨우 열아홉인 애송이일
뿐……."

　호위대장은 억울하다는 어투로 항변했다. 그러나 그를 바라보는 백호의 얼굴은 이미 삭풍에 서리가 내리는 한겨울의 복판이었다.

　"내 말 아직 안 끝났네. 물론 자네의 가장 큰 임무는 나를 보호하는 것이네. 하지만 그렇다고 단지 내 몸의 안위만 경계하는 것은 그야말로 어리석은 짓이야. 부대가 전멸하고 나면 내 목숨이라고 별다를까? 순간의 판단 착오로 패배하게 되면 자네가 그렇게 지키고자 애쓰는 내 안전도 장담할 수 없음을 모르는가?"

　"……."

　"이보게, 자네의 충심은 내가 누구보다 잘 알아. 그렇기에 내 자네를 지난 세월 아껴온 것이네. 앞으로도 그럴 것이고. 하지만 그러기 위해서는 밑에서 올라오는 얘기를 자네의 무분별한 잣대로 차단하는 일이 다시는 없어야 할 걸세. 알겠나?"

　늘 꼿꼿하던 호위대장의 어깨가 수양버들마냥 축 늘어졌다. 그는 새파랗게 변한 입술을 깨물며 고개를 숙였다.

　"명심하겠습니다."

　풀 죽은 호위대장의 얼굴을 보면서 백호는 한숨을 흘렸다.

　"휴우. 하긴… 다 자네 탓만은 아니지. 내 잘못이 더 크거늘. 밑에서 올라오는 소리는 없는지 찾아보아야 했거늘. 전장에 나선 것이 오랜만이라 미처 그것까지 살피지를 못했어. 쯧쯧."

　백호는 혀를 차며 고개를 돌려 주변을 훑었다. 수하들이 사방으로 어정쩡하게 흩어져 있었다.

　혈동야차의 움직임을 낭인이, 그런 낭인들을 관군이 눈치 보는 것이 이미 네 번의 싸움에서 정착이 돼 있었다. 그렇기에 흩어져 있긴 하지만 기를 쓰고 추격에 몰두하는 수하들은 없어 보였다.

백호는 이미 혈동야차가 방금 자신에게 건넨 말을 낭인들에게, 그리고 낭인들이 관군들에게 어느 정도 해주었다는 것을 짐작했다.

"허허허."

쓰고 허망한 웃음이 흘러나왔다.

형식적인 수장은 자신이었지만 실제의 지휘자는 부대 내에서 가장 어린 혈동야차란 것이 기가 막히면서도 어이없었다. 부끄러움에 절로 얼굴이 화끈거렸다.

그건 질투가 아니었다. 밑에서의 목소리를 귀 기울이지 못했던 자신을 향한 자성이었다.

"자네의 말처럼 우리를 습격하려는 비적들이 있는지는 모르겠지만… 적어도 지금의 상황은 꼴불견이군."

무루가 의아한 얼굴로 백호를 보자, 백호가 시선으로 주변을 가리키며 말했다.

"수장인 내가 수목들에 가려 수하들의 태반을 볼 수 없다는 말이네."

"다들 흩어져 보이겠지만 서로 눈 닿는 거리에서 벗어나지 않았을 겁니다. 여차하면 다시 전열을 정비할 수 있게 말이죠."

백호는 다시 무루를 바라보며 의미심장한 눈빛을 지었다.

"역시 짐작한 대로 이미 수하들끼리는 다 약속이 돼 있었다는 말이군."

"……."

무루의 침묵을 긍정으로 받아들인 백호는 돌아서서 호위대장에게 명을 내렸다.

"흩어진 수하들을 서둘러 모으고 전열을 정비하게."

호위대장은 순간적으로 아랫입술을 짓기겼지만 곧바로 고개를 깊이 숙이며 답했다.

"명을 받들겠습니다."

호위대장이 복귀하라는 명을 큰 목소리로 내지르며 멀어지자 백호는 고개를 돌려 무루를 향해 말했다.

"자넨 이따가 나와 저녁을 함께 들지. 이건 명이 아니라 부탁일세. 자네는 하도 내 명을 잘 어기니 말일세. 허허허."

무루는 잠시 백호를 뚫어지게 응시하다가 고개를 끄덕였다.

"예, 그리하지요."

대꾸하는 무루의 눈에 이채가 스쳤다. 드디어 백호 진충(晉忠)과 조용히 대화할 시간이 생긴 것이다.

무루는 흥분이 치솟으려는 것을 지그시 짓눌렀다. 아직은 알 수 없었다, 진충이 자신이 원하는 것을 가지고 있을지는.

무루는 자신이 원하는 것을 가지고 있을 만한 가능성이 있는 사람에게 접근한 것은 이전에도 세 번이나 있었다. 그리고 그들은 자신이 원하는 것을 가지고 있지 않았다.

'이번만은 제발……'

무루는 멀어지는 진충의 뒷모습을 보면서 다시 희망이란 불꽃을 가슴속에서 조용히 지폈다.

2

백호의 큼지막한 막사는 의외로 소박했다.

가구는 침상과 식사나 집무를 볼 수 있는 간이 탁자, 검을 올려놓은 검좌대(劍座臺)가 전부였다. 그리고 침상 옆에는 운남성 서남 밀림 지역의 지도가 걸려 있었다.

방금 저녁 식사를 함께한 진충과 무루는 찻잔에 갓 데운 찻물을 붓고는 마주하고 있었다.

식사 내내 한마디 없던 둘은 여전히 조용히 서로의 눈빛만 바라보고 있었다. 그 정적이 지겨워서일까? 먼저 말문을 꺼낸 것은 백호 진충이었다.

"혹여 호위대장이 자네한테 무슨 보복 같은 것을 하지 않을까 하는 걱정은 하지 않아도 되네. 그 사람… 영민하지는 않지만 우직하기로는 누구에게도 뒤지지 않거든. 무엇보다 내가 공을 세우길 가장 바라는 사람이기도 하지. 그러니 우리 부대에 없어서는 안 될 자네 같은 인재에게 해코지는 절대 안 할 걸세."

"저어한 적 없습니다."

"그런가? 하긴 자네는 그럴 거라 생각을 했어."

"……."

"겨우 열아홉 살이라 했나?"

무루가 담담한 표정으로 답했다.

"벌써 열아홉이 되었습니다."

진충의 눈가에 묘한 웃음이 깃들었다.

천성적으로 지는 것을 싫어하는 녀석이다.

아니면 그 나이 때의, 일단 반발하고 나야 직성이 풀리는 풋

내기 같기도 했다. 그러나 여기서 그를 향한 탐색을 끝내면 수
박 겉만 핥는 꼴이었다. 그 껍질 뒤에는 구서운 과단성과 정황
을 살피는 세밀함이 어우러져 있었다. 그것이 진짜배기였다.

"그래, 그렇군. 어쨌거나 참으로 대단하이."

"……?"

"무술 실력도 실력이지만 지금은 자네의 흐트러지지 않는 마
음을 말하는 것이네. 내 오십 평생에 수닳은 사람을 숱하게 봐
왔지만, 그 나이에 자네 같은 자를 본 적이 없어."

무루가 고개를 갸웃거리다가 다꾸했다

"어르신께서 지금 무슨 말씀을 하시는 건지 모르겠습니다."

"허허허."

진충은 반백의 수염을 쓰다듬으며 부드럽게 웃었다. 만면에
퍼지는 자연스러운 미소로 그가 꽤 기분이 좋다는 것을 느낄 수
있었다.

"사람이란 말일세, 함께 있으면 누구라도 침묵을 좋아하지
않네. 무슨 대화라도 나눠야 편한 마음이 되거든. 그리고 그건
윗사람을 만나는 아랫사람 입장에서는 더더욱 그렇지. 윗사람
이 계속 침묵하면 아랫사람은 자리가 한없이 불편해지는 법이
거든."

"……."

"그런데 자네는 나에게 대화를 걸지도 않으면서 일체의 불편
한 심기도 엿볼 수 없었지. 그 말을 하는 것이네. 별것 아닌 것
같아 보이지만 그건… 여간 어려운 것이 아니거든."

무루가 머리칼을 이마 위로 쓸어 넘기며 재미있다는 미소를

지었다. 보통 때의 차가운 미소가 아닌 약간은 부드러운 미소였다. 그 미소에 진충이 다시 한 번 너털웃음을 터뜨렸다.

"허허허, 그 미소가 아주 마음에 드는군. 평소엔 한없이 삭풍이 느껴지는 얼굴에 한 번씩 드는 햇볕 가득한 춘풍(春風) 같은 미소라……. 내 젊은 여인네였다면 벌써 혹하고 넘어갔을 것이네."

진충은 덕담을 건네며 무루를 직시했다. 평소에는 치렁치렁한 흑발 사이로 보이는 반항적이면서도 독기 어린, 그리고 왠지 알 수 없는 적개심까지 느껴지는 눈빛의 청년이다.

몸에서 절로 흘러나오는 비정함까지 어울려 쉽게 다가갈 수 없는 청년.

그런데 선입견이라는 껍질을 한 꺼풀 벗겨내고 유심히 살펴보니 매우 매력적인 외모를 가진 청년이란 것을 알 수 있었다. 성격처럼 말이다.

굵고 짙은 검미에 우뚝 솟은 콧대, 그리고 강인함이 느껴지는 각진 턱 선이 강한 남성미를 한껏 표출하고 있었다. 반면 여인이 부러워할 정도로 풍성한 속눈썹과 도톰한 입술은 어울리지 않을 것 같으면서도 묘한 부조화 속의 조화를 이루었다.

그러나 역시 백미(白眉)는 그의 도발적인 안광과 입술 사이로 언뜻 비치는 하얀 미소가 동시에 어울릴 때였다.

같은 사내가 봐도 압도될 것 같은 분위기와 어느 여인이라도 홀릴 듯한 숨겨진 미(美)가 너무나 자연스럽게 어우러지며 풍겼다. 물론 그것을 보기 위해서는 껍데기뿐만 아니라 속에 숨겨진 씨앗까지 볼 수 있는 안목이 있어야 하겠지만.

어쨌든 저런 미소는 결코 아무나 지을 수 없다는 것을 진충은 잘 알고 있었다. 일부러 만드는 것은 불가하고 자연스레 몸에 배인 것이었다. 진충은 이 젊은 사내에게 더욱 호기심을 느끼며 물었다.

삭막함 속에 감춰진 미소는 왠지 모르게 가슴까지 저릴 정도로 슬프다는 생각도 들게 했다.

"정말 궁금하군, 대체 어떻게 하면 자네와 같은 나이에 그런 무술 실력과 흔들리지 않는 부동심(不動心)을 얻을 수 있는 건지. 상당한 수준의 수련을 하지 않고서는 힘든 경지라 보는데."

무루의 얼굴이 짐짓 굳어들었다.

부모님을 여의고 고향을 떠난 지 벌써 육 년이었다. 그간의 고생을 어찌 몇 마디 말로 할 수 있겠는가? 생사를 넘어서는 순간만 수십, 수백 번이었다.

내공을 익힐 수 없는 천형의 육신인 태양절맥.

강해지는 방법은 하나밖에 없었다.

육체를 극한까지 수련시키는 법.

천길 벼랑을 셀 수도 없이 탔고 단 한 순간도 육체 수련을 게을리하지 않았다. 식사하는 동안에도 무거운 돌을 끊임없이 들었다 내리기를 반복했다.

흔하게 익힐 수 있는 삼류 검법들을 자신에 맞게 고안해 바꾸고는 계속 수련에 매진했다. 수없는 시행착오에도 좌절하지 않고 내달린 시간들이었다.

무루는 하루에 짧게 드는 수면 시간에도 검을 놓지 않았다. 맹수와 대면하는 것도 겁내지 않았고, 낭인이 되어 어려운 싸움

터라면 달려가 미친 듯이 싸웠다.

사별삼일(士別三日)이면 괄목상대(刮目相對)라 했다.

그러나 무루는 사 년을 그렇게 지냈고, 혈동야차란 별호를 얻었다. 그리고 또 이 년도 그렇게 살았다. 짧은 촌음도 헛되이 쓴 적이 없다.

그를 만났던 낭인들의 반응은 한결같았다.

처음엔 애송이라 비웃고, 다음엔 마치 실성한 놈처럼 수련에만 매진하는 독종이라 혀를 내둘렀다. 그리고 마지막에는 그를 두려워했다.

실전에서 그의 검은 정말 유부(幽府)에서 기어 올라온 악마처럼 잔인하고 가차없었다.

세상에서 가장 무서운 인간은 자신의 목숨을 포기하고 달려드는 자였다. 그런 인간이 바로 혈동야차였던 것이다.

무술이 더 강한 자들도, 힘이 더 센 장정들도 혈동야차의 독기 앞에서는 진저리를 치며 피해야만 했다.

물론 무루가 그렇게 명성 아닌 악명을 짧은 시간에 얻게 된 데에는 낭인 세계에서는 제대로 된 무림인이 없다는 점이 기인하는 바가 컸다.

어줍지 않은 내공이라도 제대로 익힌 무인들은 굳이 힘들고 수입도 불확실한 낭인의 길을 가려 하지 않았고, 고수들은 당연히 강호무림의 변방이라 불리는 낭인 시장에서 놀 이유가 없었던 것이다.

그렇다고 해도 무루가 겨우 육 년이란 짧은 시간에 낭인계에서 이룬 것은 놀람을 넘어 기적에 가까운 일이었다.

무루가 침묵하자 진충이 어색하게 웃다가 말했다.

"어떻게 살아왔는지는 답하기 싫은가 보군. 뭐, 누구나 말하기 싫은 사연은 있는 법이니까. 말하기 싫으면 하지 않아도 좋네."

무루가 상념을 털고 자리에서 일어섰다. 자신은 그의 관심을 끌어야 할 이유가 있었다.

"백문이 불여일견이라 했습니다."

"……?"

진충이 의아한 눈으로 보는 가운데 무루는 자신의 옷을 벗어젖혔다.

드러나는 무루의 상반신.

그 모습에 진충은 '아!' 하는 탄성 어린 신음을 흘려야 했다.

호리호리한 체격이나 탄탄한 근육이 덮고 있었다. 단 한 점의 허튼 살도 존재하지 않는 듯싶었다.

하지만 정말로 진충을 놀라게 한 것은 무루의 몸에 나 있는 수많은 상처들이었다. 수백, 아니, 수천 개는 될 상처들이 그 근육 위에 가득했다. 꽤나 깊었을 것으로 추정되는 검상(劍傷)에서부터 시작해 크고 작은 상처의 상처들이 교차하고 포개지면서 가득했다.

무루는 그중 상반신을 사선으로 가르는 검상을 가리키며 말했다.

"이건 이 년 전에 얻은 상처입니다. 사람들 모두가 절 보고 죽을 것이라 했지요. 하지만 전 사흘 뒤부터 다시 싸움에 나섰습니다."

무루가 다른 상처를 가리키며 말을 이었다.

"이건 곰의 발톱 자국입니다. 가슴뼈 하나를 부러뜨렸지요. 그때 반치만 더 깊숙이 박혔더라면 제 심장은 제구실을 못했을 겁니다."

무루가 어깨에 엽전 모양으로 살짝 파여 있는 흉터를 가리켰다.

"이건 혼전의 와중에 화살에 당한 상처입니다."

무루가 다시 다른 상처를 가리키며 말을 이으려 하자 진충이 손사래를 쳤다.

"됐네, 됐어."

"……."

"자네가 어찌 살아왔을지 충분히 짐작이 가고도 남음이 있네. 그만… 옷을 입게."

무루가 담담하게 벗었던 옷을 다시 주워 입었다. 그 모습을 보면서 진충은 머리가 어질어질해졌다.

대체 무슨 사연이 있기에 저렇게 자신을 혹사시킬 수 있단 말인가? 죽기로 작정한 사람이라도 저리할 수는 없을 터였다. 그렇게까지 해야만 했던 사연이 궁금했지만 감히 물어볼 엄두가 나지 않을 정도였다. 묻는다고 해도 쉽게 얘기해 줄 것 같지도 않았고 말이다.

무루는 다시 자리에 앉아 조용히 차를 들이켰다. 어색한 정적이 다시 막사 안을 방문했다. 진충은 고개를 절레절레 젓다가 화제를 돌렸다.

"흐흠. 자네가 주도해서 사흘 전부터 낭인들과 함께 삼경(三

更)부터 오경(五更)까지 불침번을 삼교대로 운영하고 있다지? 그건 우리 관군만의 경계를 믿지 못한다는 뜻인가?"

무루가 고개를 저으며 답했다.

"그건 아닙니다. 제가 적이라면 그 시간이 야습하기 가장 좋은 시간이니까 그러자고 제안을 한 것입니다. 낭인 선배들이 동의한 것이고요."

"뭐… 자네들이 그렇게 해주면 잠자리에 있는 사람들로서는 더 안심하고 잠을 푹 잘 수 있으니 나쁠 건 없지. 그런데 궁금한 건 왜 사흘 전부터인가? 하려고 했다면 왜 그전부터 그렇게 하지 않았지?"

"죄송하지만 비적들은 보름 전까지 관군들을 깔보고 있었을 겁니다."

"그렇겠지. 그리고 이 밀림은 그들에게는 안방이기도 할 테니 더더욱 그럴 테고."

진충이 인정한다는 얼굴로 고개를 주억거리자 무루가 말을 이었다.

"그런데 첫 번째부터 네 번째 싸움까지 우리가 그리 큰 손실도 없이 파죽지세로 승리해 나가는 것을 지켜보면서 경계심과 두려움이 커졌을 겁니다."

"여덟 개의 비적단 중 네 개가 박살이 났다. 그래서 남은 비적단은 이제 정공법을 선택하지 않을 것이란 뜻인가? 하지만 오늘 만난 무령단이란 비적 놈들은 대낮에 공격을 가해왔는데?"

진충이 묘한 미소를 지으며 질문을 던졌다. 일종의 시험성 질문이었다. 그러나 무루는 여전히 담담하게 말을 이었다.

“무령단의 수괴는 이 근방 밀림에 있는 비적단 중에서 가장 용맹스러운 자라고 정평이 나 있는 인물입니다. 아마 늘 조롱하던 관군을 두려워하는 것이 자존심 상했겠지요. 또한 이번 기회에 정면으로 붙어 관군을 물리치면 자신의 명성이 더 올라가고 세력도 확장할 수 있는 기회라고 생각했을 겁니다.”

진충의 안색이 굳었다. ‘혹시나 했던 생각이 역시나’로 귀착했다. 이 청년은 각 비적단 수령의 성격도 이미 조사를 한 것이 분명했다. 치밀했다.

“계속해 보게.”

“또한 오늘 낮의 싸움은 예전과 싸움의 형태가 달랐습니다. 무령단 수괴는 일단 자신들의 위세를 과시하고 우리를 탐색하려는 목적으로 싸움을 건 겁니다.”

진충의 눈에 순간적으로 놀람의 이채가 스쳤다. 그건 진충도 끝난 싸움을 복기하는 과정에서 곰곰이 생각한 결과 알아낸 것이었다.

무령단의 진세는 기존의 비적단들과 달리 공격 위주의 추형 돌파진(追形突破陣)이 아닌 수비와 안정, 탐색을 위주로 하는 안형궁시진(岸形弓矢陣) 형태였다.

싸움을 실제로 해봐서 상대가 약하면 그대로 양옆의 날개가 포위를 형성하는 공세적인 학익진(鶴翼陣)으로 변화할 것이고, 상대가 강하다면 측면의 도움을 받아 일단 서서히 물러서는 진법(陣法).

진충은 병법을 오래 공부했다.

그러나 밀림에서의 싸움은 그런 병법 공부를 무용지물로 만들었다. 갑자기 적이 닥치면 놀라 당황하기 일쑤였다. 또한 울창한 나무들은 적의 진세를 알기 어렵게 만들었다.

그런데 이 앳된 낭인 청년은 모든 것을 한순간에 파악하고 행동했다는 뜻이다. 적이 전면전이 아닌 탐색의 의도를 가지고 있음을 간파하고 숨 쉴 틈도 없이 몰아쳐 적 수괴를 죽이는 공적을 올린 것이었다.

아마 오늘 죽은 무령단의 수괴는 죽는 순간 지독한 허망함을 느꼈을 것이다.

"하아아……. 자네는 정말이지, 끊임없이 나를 놀라게 하는군."

진충은 진심으로 감탄했다.

왜 약관도 되지 않은 이 어린 청년이 운남의 낭인무사들에게 불과 이 년 만에 전설 같은 존재로 우뚝 서게 됐는지 이제는 알 수 있었다. 그건 단순한 강함이나 독기만으로는 결코 이룰 수 없는 일이었다.

자신도 불과 보름 만에 이 청년이 하는 말이라면 이젠 무엇이라도 믿어야만 할 것 같은 기분이 들 정도였다.

과감하면서 동시에 치밀하다. 스스로를 끊임없이 한계로 몰아 단련시킨다.

더 무엇을 요구할 수 있겠는가 말이다.

무루는 진충의 칭찬에도 여전히 무덤덤했다.

"아마 앞으로는 오늘과 같은 전면전도 없을 공산이 큽니다."

"그렇겠군. 남은 세 단체의 비적 수괴들이 멍청하지 않은 이상."

진충은 골머리가 지끈거렸다.

어쩌면 본격적인 싸움은 이제부터일 것이다. 비적들은 철저하게 매복 기습과 야습만 노릴 터이고 곳곳에 함정을 파놓을 것이다.

그는 차가 식어가는 것도 잊은 채 고개를 숙이고 검지와 중지로 탁자를 툭툭 내려쳤다. 상대가 어찌 나올지 빤히 예상이 되는 데에도 어떻게 대응해야 할지 딱히 묘책이 나오지 않았다.

그러다가 한숨과 함께 차를 마시려고 고개를 드는 순간, 혈동야차가 소리없이 웃고 있는 모습이 시야에 들어왔다.

진충은 정신이 퍼뜩 들었다. 답은 먼 곳에 있지 않고 바로 앞에 있지 않은가.

"부족한 내 지혜를 자네의 현명함으로 보충해 줄 수 있겠나?"

진충은 희망이 담긴 어조로 물었다. 나이나 지위 같은 것을 고려하면 부끄러움을 느낄 만했지만 그의 그릇은 그렇게 작지 않았다.

"불감청이언정 고소원이라, 제가 그리 현명하지는 않으나 그들을 상대할 묘책이 한 가지 있긴 합니다."

진충의 눈에 열망이 가득 담겼다. 그는 체면도 잊고 벌떡 일어서서는 상체를 앞으로 향했다. 힘이 들어간 양손이 탁자를 지그시 눌렀다.

"그게 뭔가?"

무루가 다시 싱긋 웃었다. 떡밥을 던졌고 상대는 미끼를 물었다. 이젠 당당하게 요구해야 할 차례였다.

"백호 어르신은 저에게 무엇을 주실 수 있습니까?"

진충의 눈가가 파르르 떨렸다. 여간내기가 아님은 알고 있었지만 이리 노골적으로 대가를 요구할 줄은 예상 못한 탓이었다.

"허허허, 자네는 정말이지, 사람을 거듭 놀라게 하는 재주가 있군."

"어차피 세상살이는 다 거래가 아닌지요?"

진충은 잠시 침묵하며 무루를 직시했다.

이런 종류의 사람은 결코 재물을 탐하지 않는다. 진충은 그래도 혹시 몰라서 물었다. 어쨌거나 돈을 싫어하는 사람은 없으니까.

"원하는 게 돈인가?"

무루가 고개를 저었다. 진충은 '역시' 라는 생각을 하며 되물었다.

"그럼 원하는 게 무언가?"

무루가 차갑게 웃으며 대답했다.

"별거 아닙니다. 저는 그저 백호 어르신의 머리가 필요할 뿐입니다."

"……!"

진충의 얼굴이 대번에 하얗게 질려갔다.

第三章
고금제일외공고수(古今第一外功高手)

絶代高手
절대고수

1

진충은 정신이 아득해지려는 것을 급히 수습하며 뒤로 주춤 물러섰다. 등줄기가 서늘하고 눈가가 제멋대로 날뛰었다.

그는 형식적으로는 무관이되 실제로는 문관의 집안에서 태어난 사람이다. 어렸을 때부터 책을 좋아해 고문서를 수집했고, 전설이나 괴담, 풍문 같은 이야기를 좋아하는 전형적인 학자였다. 물론 그렇다고 무예 수련을 전혀 안 한 것은 아니었지만 말이다.

결국 그는 자신이 지휘관의 길을 갈 것을 알고 있었고, 그런 상위 계급에 살고 있었다.

그렇기에 자신이 적에게 당하게 되면 이미 그 싸움은 볼 장 다 본 것이라는 생각을 가지고 있는, 나름 현자(賢者)였다.

당연히 무예에 매진할 리 없었다. 그 시간에 차라리 병법 공부를 하는 것이 더 유익하다 판단한 것이다.

"자, 자네 설마 자객인가? 누가 보냈나?"

진충의 머릿속이 핑핑 회전했다. 자신에게도 많지는 않지만 정적(政敵)은 있었다. 그러나 이렇게까지 대담한 짓을 할 자는 딱히 떠오르지 않았다.

진충은 소리를 쳐야 한다고 생각했지만 그것이 부질없는 짓이란 것을 느꼈다.

혈동야차는 자신보다 강했고, 가까운 거리에 있었다. 밖에 있는 호위무사들이 들어왔을 때에는 이미 자신은 차가운 시신이 되어 있을 것이 자명했다.

하지만 이대로 허무하게 죽을 생각은 없었다. 그가 외부에 도움을 요청하려는 찰나, 무루가 어깨를 으쓱하며 재빨리 입을 열었다.

"뭔가 착각하고 계시군요. 전 다만 제 묘책의 대가로 제가 궁금해하고 있는 어떤 것에 관한 어르신의 고견을 구한다는 뜻이었습니다."

진충은 순간 멍한 표정을 지었다.

손을 대면 바스락바스락 소리를 내며 부서질 것 같은 정적이 둘 사이에서 똬리를 틀었다.

그리고 마침내 진충의 얼굴에 낭패감이 배어 나왔다. 이마를 덮으며 솟아난 식은땀이 단숨에 식어버렸다. 혈동야차가 원한 머리란 의미를 잘못 해석한 것이었다.

"허어, 이런. 내가 자네에게 추한 모습을 보였구만."

진충은 얼굴을 와락 구기며 엉거주춤했던 자세를 수습했다.

한편으로는 혈동야차가 이런 오해를 하게 만든 것이니 괘씸하기도 했지만 녀석을 나무라면 그건 더 유치한 일이 될 터였다.

그의 붉으락푸르락해지는 표정을 보는 무루는 여전히 담담한 얼굴이었다. 그것이 더욱 진충을 수치스럽게 만들었다.

"대체 자네가 궁금한 것이 뭔가?"

진충은 어서 이 순간을 회피하기 위해서 서둘러 질문을 던졌다. 그리고 그건 무루가 의도한 것이었다.

만약 무루가 직설적으로 궁금한 것을 물었다면 상대방은 그것을 약점으로 삼아 더 많은 것을 얻어내기 위해 시간을 질질 끌 수도 있었다.

즉, 교섭이 시작될 수 있는 것이다.

시간 지연.

그건 무루가 질색하는 것이었다. 지금 하루하루의 시간도 고통스러웠다. 가족을 죽인 흉수를 매일 밤마다 찾아가 복수하는 무루였다.

물론 진충이 그런 사람으로 보이지는 않았지만 굳이 쉽게 갈 수 있는 길을 어렵게 할 필요는 없었다. 미안한 마음이 약간 들기는 했지만 자신의 절박함에 비하면 그건 사소한 점이었다.

"백호 어르신은 운남 땅에 관한 모든 것에 대해 꽤 해박하시다고 알고 있습니다. 이곳의 역사에서부터 시작해 전설, 인물 등등 말입니다."

"에둘러 말할 필요 없네. 본론을 말하게."

무루의 의도대로 진충은 자신이 알고 있는 것을 서둘러 말하고 이 자리를 조금이라도 일찍 파하고 싶은 심정이었다.

“백오십 년 전, 강호무림엔 내공을 익히지 않은, 오로지 외공(外功)만으로 천하십대고수의 반열에 오른 자가 있었지요.”

진충은 짐작이 간다는 얼굴로 고개를 주억거렸다.

“외공만으로 치면 고금천하제일인일 것이라 평가받는 사람을 말하는 거군. 야율강! 자네는 그자가 남긴 유산을 찾고 있군.”

야율강(耶律强)!

그는 강호무림에서 이단아 같은 존재였다. 한 줌의 내공도 없지만 그는 강했다. 육체의 한계를 넘어선 그의 괴력은 수많은 내공고수들을 차례차례 꺾어나갔다.

어떻게 보면 신선한 일로 받아들여질 수도 있겠지만, 무림명숙들은 야율강을 탐탁지 않게 여겼다.

제자들에게 그렇게 내공의 중요성을 강조했는데 야율강이란 낯선 이방인이 그 가르침을 깨버렸기 때문이다.

그러다 야율강은 당시 함께 천하십대고수의 반열에 올라 있던 파절객(破切客)과 비무를 하게 되었고, 백여 초의 격전 끝에 무릎을 꿇고 말았다.

그 일로 야율강은 강호를 떠났다. 그가 무림을 떠나면서 한 말은 아직도 무림의 많은 사람들에게 회자되고 있었다.

“나는 아직 포기하지 않는다. 다시 돌아올 것이다. 그래서 외공만으로도 얼마든지 강해질 수 있음을 천하에 각인시키고 말 것이다.”

그러나 그의 호언장담과는 다르게 그의 운명은 순탄하지 않았다.

부상을 입은 그를 향해 그동안 그에게 꺾였던 많은 내가고수들이 작정을 하고 달려든 것이다.

그건 분명 예(禮)가 아닌 비겁한 행위였다.

그러나 무림명숙들은 약속이라도 한 듯이 쫓겨 도망가는 야율강을 구경만 했다. 결국 심각한 부상을 입게 된 야율강은 중원에서 나와 운남의 깊은 밀림에 운둔해야 했고, 그 이후로 그에 관한 소문은 세상에 일체 흘러나오지 않았다.

진충은 무루를 향해 물었다.

"이해할 수가 없군. 왜 그자의 흔적을 찾는 거지? 그가 강했다고는 하지만 그 수련 과정이 일부 알려진 것만 해도 뼈를 깎고 살을 찢는 혹독한 수련이었다고…….'

말을 하던 진충은 조금 전에 보았던 구루의 육체를 상기하고는 입을 다물었다.

짐작할 수 있었다.

이 어린 청년은 야율강의 후계자를 꿈꾸는 인물이었다. 스스로 말을 끊었던 진충이 다시 말을 이었다.

"물론 이건 어디까지나 내 생각이지만, 자네처럼 지독한 수련을 자처하는 사람이라면… 차라리 상류 내공심법이라도 구하는 것이 더 나을 듯싶은데."

진충의 말은 진심이었다.

명문 무가나 대방파들의 상승 내공심법은 외부로 절대 유출되지 않는다. 아니, 내부에서도 직전저자의 일부를 제외하고는 전수해 주지 않는다.

하지만 토납법이나 단전호흡부터 시작해서 이, 삼류 내공심법들을 구하는 것은 어렵지 않았다. 어중간한 중견 방파에 들어가도 그런 심법은 익힐 수 있으니까.

무루는 찰나 씁쓸한 눈빛을 지었으나 곧바로 지웠다. 굳이 자신이 내공을 익힐 수 없는 체질이란 것을 밝힐 필요는 없다고 생각했다.

약점이란 것은 잠재해 있을 때에는 아무런 효력도 생기지 않는다. 그러나 그것이 노출되면 치명적인 독으로 당사자를 궁지로 몰고 갈 수 있는 법이다.

"저는 야율강의 무공에 매력을 느끼고 있습니다. 혹독한 수련이라는 것도 마음에 들고 말입니다."

"음……."

진충은 고개를 갸웃거리며 무루를 유심히 살폈다.

사서 고생을 하는 사람들이 있긴 하지만 '굳이 그럴 필요가 있나'라는 생각이 들었다. 지름길, 그것도 넓은 지름길이 있는데 굳이 좁고 엉뚱한 길로 멀리 우회할 이유는 없었다. 무엇보다 길고 멀리 내다봐도 내공을 익히는 것이 맞았다.

그리고 잠시 후 그는 알겠다는 표정으로 고소를 머금었다.

세상엔 다양한 사람들이 존재한다. 그들 중에 학대를 즐기는 사람도 종종 있다고 들었다. 힘들면 힘들수록, 맞으면 맞을수록 희열을 느끼는 변태들.

진충은 입맛을 다시며 안타까운 표정을 지었다. 꽤나 명석한 인재가 그런 변태라는 사실이 안쓰러웠다. 듣기로는 그런 천성을 타고난 이는 결코 고칠 수 없다고 했다.

"자네도 참 힘들겠군. 고통을 즐기는 성정이라……."

"……?"

"하지만 뭐… 그럴 수도 있는 게지. 다른 사람에게 피해만 주지 않으면 되는 것 아니겠나?"

무루의 미간에 살짝 고랑이 파였다. 무슨 뜻인지 짐작이 갔다. 그러나 굳이 반박할 가치를 느끼지 않았다.

"어르신, 제가 궁금한 것은 어르신께서 야율강의 흔적에 대해 알고 계시는 건지입니다."

"약간은… 아네."

무루의 눈이 화등잔만 해졌다. 그의 심장이 거침없이 두근두근 뛰었다. 마침내 얻을 수 있는 것인가?

"아는 한도 내에서 모든 것을 알려주십시오. 그럼 저 역시 묘책을 내놓겠습니다."

진충이 난감한 얼굴로 수염을 쓰다듬었다.

"허! 거참. 딱히 별것은 없네."

"상관없습니다."

"야율강이 중원의 고수들에게 쫓겨 운남의 서남 밀림 지역, 그러니까 지금 우리가 있는 곳이지. 이곳까지 도망쳐야 했다는 건 알고 있을 것 같고, 그다음 얘기를 해주면 되겠나?"

무루가 고개를 끄덕였다. 자신이 이 서남 원정에 참여한 이유 중에는 그것도 포함되어 있었다.

진충이 이곳에 관한 지식이 해박하다는 것을 알게 되고는 그에게 어떤 방법으로 접근할까 고민한 무루였다. 그런데 때마침

그가 서남 원정을 한다는 소식과 함께 낭인들을 용병으로 차출
한다는 소문을 듣고는 지체없이 자원한 것이다.

진충이 얘기를 시작했다.

"그는 중원의 추격자들을 뿌리치기 위해 이곳에서도 가장 깊
은 곳까지 숨어들어 갔다고 하네. 그곳이 어디인지는 아직까지
명확하게 밝혀진 바 없지만 내 추측으로는……."

그는 잠시 뜸을 들였다가 근처에 있는 지도를 가리키며 말했
다.

"저곳 민음촌(悶陰村)이라는 화전민 마을 근처가 아닐까 생각
하네."

무루의 동공이 진충의 손가락을 좇아 지도로 급히 이동하고
는 그 위를 전력으로 달렸다. 그의 눈에 민음촌이라는 글자가
꽂혔다.

"무슨 확증이라도 있으신 겁니까?"

"허허, 내가 추측이라고 말하지 않았나?"

무루의 눈에 실망의 기색이 드러나는 순간 진충의 말이 이어
졌다.

"하지만 아마 내 말이 맞을 걸세. 왜냐하면 내가 전설이나 괴
담, 이상한 풍문 같은 것을 좋아하는 편이라서 그런 것을 조금
수집하는 취미가 있다네. 그리고 민음촌에 백이삼십 년 전에 괴
이한 소문이 돌았었거든."

"……?"

"산신령이 나타나 주먹만으로 나무를 두 쪽 냈다는 풍문이
떠돌았지. 또한 당시의 비적들은 지금보다 더 흉흉했는데 유독

민음촌만은 건드리지 않았네. 왜 그랬을지 생각해 보게. 비적들이 두려워하는 누군가가 민음촌이나 그 주변에 있었다는 뜻이라고 생각되지 않나? 비록 내 추정이긴 하지만 꽤 그럴듯하지 않은가?"

무루는 냉담하려고 했지만 참을 수 없는 흥분으로 얼굴이 약간 붉어졌다. 허벅지 위에 있는 주먹이 꽉 쥐어져 시퍼런 힘줄이 손등 위에서 아우성을 쳤다.

육 년, 무려 육 년간 찾아 헤매던 실체가 드디어 희미하게나마 꼬리를 보이고 있었다. 물론 전적으로 확신할 수는 없었지만 가능성은 충분했다.

"일리가 있습니다. 고맙습니다."

"뭐, 대단한 건 아니지만 도움이 됐다니 잘됐군. 아마 야율강에 대해 이 정도 유추를 할 수 있는 사람은 이 운남 땅에서 나를 포함해 두셋도 되지 않을 걸세."

"그러면 다른 누군가가 먼저 접근했을 가능성도 있겠군요?"

무루가 신중한 어조로 물었지만 진충은 고개를 저으며 부정했다.

"그렇지 않을 것이네. 물론 천하십대고수의 반열에 들었던 고수의 무공이라면 탐 나는 것이 당연하겠지. 하지만 그래도 야율강은 아니라 생각하네. 그자의 혹독한 수련은 알 만한 사람은 다 아니까 말이네. 나를 포함해 그 두세 명도 아마 그렇게 생각할 걸세."

"그렇다 하더라도……."

무루가 말꼬리를 흐리자 진충이 썩 웃었다. 그는 이제 완전히 여유를 찾은 상태였다.

"허허허, 물론 이미 유출되었을 확률도 전혀 없지는 않겠지. 나는 아니라는 것에 내기를 걸겠지만. 중요한 것은 내가 지금 민음촌을 말한 것부터 추측이지 사실은 아니라는 점이네. 정확한 사실도 아닌데 외공만을 익히는 독특한 무공을 찾아 헤맬 사람이 있겠나?"

"세상에는 다양한 사람들이 존재하니까요."

진충이 혀를 차며 고개를 저었다.

"자넨 야율강의 흔적을 찾아 헤맸지만 정작 그의 무공 특징에 대해서는 잘 알지 못하는군."

"무슨 말씀이십니까?"

"야율강의 무공은 상대하는 자의 내공을 버티는 것에서 시작하네. 육체의 방어력을 최대한 끌어올려 상대의 장풍, 권경, 검기 같은 기운을 버티는 것이지. 즉, 야율강은 수련할 때도 마찬가지였지만 싸울 때도 늘 고통스러웠을 것이네. 내력을 담은 상대의 예기가 그의 육신을 갈가리 할퀴고 지나갔을 테니까. 그걸 정면 돌파해서 상대의 숨통을 끊는 것이 그가 가진 무공의 요체네."

"그 정도는 저도 알고 있습니다."

"허허허, 자네가 무림인이라면… 굳이 그런 무공을 익히고 싶겠는가? 싸울 때마다 생사의 경계를 넘어서는 고통을 느껴야 하는 무공을 말일세."

"……."

"무림인이라면 보통 어떤 종류든지 내공을 익히지 않나? 흔한 토납법일 수도 있고 귀한 신공일 수도 있겠지. 어쨌거나 그런 내공을 익혔는데 굳이 상대의 내공에 정면으로 목숨을 걸고 감당할 필요가 있겠는가? 차라리 내력을 이용한 적당한 보법을 익혀 피하는 것이 낫지. 그러니 야율강의 무공을 익힐 그런 변태가 세상에 존재할 리가……."

진충은 입술을 꾹 다물었다.

있었다.

고통을 즐기는 그런 변태가, 그것도 바로 자신 앞에.

진충은 무루의 안색을 살폈다. 이 정도 말했으면 민음촌이나 그 근처에 야율강이 남긴 무공이 있다 하더라도 포기해야 하는 것이 정상적인 인간의 반응이다.

그런데 무루는 오히려 더욱 흘기찬 눈빛을 내고 있었다. 진충의 입장에서는 무루가 마치 그 무공을 찾아 익힐 수 있게 되면 더 많은 고통을 느낄 수 있어 좋아하는 것 같아 보였다.

역시 피학적인 변태는 어쩔 수 없는 천성인가 싶었다.

'쯧쯧…….'

진충은 그저 혀를 찰 뿐이었다.

그러나 무루는 너무 기뻐 숨이 벅찼다.

진충이 말한 것을 종합해 보면 야율강의 유산이 그곳에 있을 공산이 컸고, 또한 그것이 아직 외부로 빠져나가지 않았을 가능성도 많았다.

"진심으로 감사드립니다, 어르신."

"끄응. 그렇게 좋은가? 그래, 피할 수 없으면 즐겨야겠지."

진충은 헷갈렸다. 자신이 취미로 얻은 지식으로 상대가 꿈에

도 그리던 것에 대한 중요한 단서를 주었으니 자신도 기뻐해야
했다.

또한 그 대가로 상대가 묘책을 말할 것이니 더더욱 그랬다.
그런데도 왠지 기분이 찜찜해지는 것은 어쩔 수가 없었다.

2

"이젠 자네가 나에게 선물을 줄 차례인 듯싶은데……."
진충이 새삼스레 진중한 얼굴로 말하자 무루가 고개를 끄덕
였다.
"아까 말씀드린 대로 비적들은 이제 쉬이 모습을 드러내는
일을 하지 않을 것입니다."
"동의하네. 아마 우리는 지금까지와는 다른 싸움을 하게 될
것이네. 꽤나 지루하고 고통스러운 싸움이 될 것 같은데……."
"또한 이 밀림에서 가장 위세를 떨치던 무령단마저 허망하게
무너진 이상 나머지 비적들은 살기 위해 동맹을 맺어 연합전선
을 구축할 가능성도 큽니다. 어쩌면 벌써 체결했을지도 모르지
요. 확실한 건 그들은 결코 기존의 비적들처럼 각개격파를 당하
지 않으려 애쓸 것이라는 사실입니다."
진충은 고개를 끄덕였다. 사실 그 점도 우려하고 있는 바였
다. 남은 비적들은 분명 동맹을 맺었다고 보는 것이 타당했다.
"그리고 우리가 걱정해야 할 것은 또 있네. 그동안 패퇴한 다
섯 곳의 비적들, 솔직히 도망간 놈들도 적지 않네. 최소 그들의
절반 정도는 남은 비적들에게 합류한다고 가정해야 할 걸세. 그

러면 적의 인원수는 대략… 우리보다 배는 더 많아지는 거네."

"정확히 보셨습니다. 제 생각도 그렇습니다."

진충은 식은 찻잔에 다시 뜨거운 물을 부으며 근심스러운 표정을 지었다. 무루가 묘책이 있다고 하긴 했지만 전적으로 믿는 것은 아니었다.

진충이 반신반의하며 무루의 찻잔에도 물을 따랐다.

"어르신, 그렇다고 걱정하실 필요는 없습니다. 아군의 사기는 연전연승으로 매우 높습니다. 지금 진짜 두려움에 떨고 있는 자들은 비적들이지요."

"애석하게도 바로 그 점이 문제가 아니겠나? 겁을 집어먹은 비적들이 함부로 움직이지 않을 것이니 말일세."

"그들을 움직이게 하면 됩니다."

찻잔을 잡은 진충의 손에 힘이 들어갔다. 그의 눈이 반짝이며 무루에게 다음 말을 재촉했다.

"궁지에 몰린 그들이 스스로 움직인단 말인가? 어떻게 말인가?"

"그들이 원하는 것을 주는 겁니다."

"……?"

"어르신께서 오늘 호위대장에게 한 말씀을 기억하십니까?"

진충은 고개를 갸웃거리며 낮에 있던 일을 떠올렸다. 무루가 기억을 돕기 위해 입을 열었다.

"자중지란(自中之亂)."

"아! 그런 말을 했던 것 같군. 그런데 솔직히 자네가 무슨 말을 하려는 건지 난 여전히 오리무중이네. 설마 우리끼리 자중지

란을 일으키자는 말은 아닐 테고, 그렇다고 비적들이 위기 상황
에서 서로 자중지란을 일으킬 이유도 없고."

"우리끼리 분열되자는 겁니다."

"뭣이라?"

진충은 기가 막혀 입을 쩍 벌렸다. 무루가 거침없이 말을 이
었다.

"삼국시대의 오나라. 적벽에서 주유와 황개의 고육지책(苦肉
之策)을 아시겠지요?"

뜬금없는 무루의 말에 잠시 고개를 갸웃거리던 진충의 눈이
한순간 번쩍 뜨였다. 그는 오른손을 말아 주먹을 쥐고는 왼 손
바닥을 '짝' 소리나게 쳤다.

주유와 황개의 고육지책.

위의 조조가 백만 대군을 이끌고 적벽에 이르렀을 때, 오나라
의 황개 장군은 주유 도독이 강을 앞두고 대치만 할 뿐 나가 싸
우지 않는다고 겁쟁이라 험담을 했다.

이에 분개한 주유가 황개를 죽을 만큼 벌하니, 황개는 역심(逆
心)을 품고 조조에게 투항했다. 그리고 이건 주유와 황개의 치밀
한 연극이었다.

황개의 사항계(詐降計), 즉 거짓 항복에 조조는 속게 되는데,
이것이 역사에 남을 적벽대전 신화의 밑바탕이 되는 것이다.

진충의 얼굴이 흥분으로 벌겋게 달아올랐다.

"내가 주유가 되고 자네가 황개가 되겠다는 말인가?"

"맞습니다. 다만 저는 황개처럼 사항계를 써 비적에 합류할
수는 없습니다. 그들은 나를 죽이고 싶어 근질근질할 테니까요."

"그건 그렇지."

"하지만 아군의 자중지란만으로도 비적들은 환호할 겁니다."

무루의 얘기가 점점 길어졌다. 그 이야기를 듣는 진충은 정신을 차릴 수가 없었다.

놀라웠다. 그리고 무서웠다. 무서워 소름이 돋을 지경이었다.

혈동야차라 불리는 한무루.

이 어린 청년은 이 밀림에 들어오기 전브터 싸움의 시작과 끝의 각본을 치밀하게 써놓고 있었다. 치밀하다는 것은 오늘의 언행들로 간파했지만 이 정도일 줄은 상상도 못했다.

사람들은 혈동야차가 피에 굶주린 미친 투사라고만 알고 있다. 그러나 아니었다.

상상하기도 어려울 만큼 냉정하게 모든 것을 꿰뚫어 보고 있었다. 더 놀라운 것은 그것을 자신의 의지대로 관철시키는 행동력이었다.

무루의 이야기가 끝나자 진충은 맥이 풀려 버렸다. 이야기를 경청하는 내내 너무 긴장한 나머지 진이 소진해 버린 것이다.

"자네… 대단하다 못해 이제는 무섭군. 내 평생 자네와 같은 자를 본 적이 없네. 또한 앞으로도 자네 같은 자를 볼 수 없을 것이라 장담하네. 허허허, 천만다행이네. 만약 자네가 비적단에 속해 있었으면 나는 백 번 싸워도 백 번을 다 졌을 것이니 말일세."

진충은 소름이 돋은 팔을 양손으로 고차해 쓰다듬으며 연방 한숨을 내쉬었다.

이제 열아홉이었다.

이 청년이 나중에 어떻게 성장할지는 감히 상상도 하기 어려울 지경이었다. 무엇을 상상하든 상상 그 이상을 보게 될 것이란 확신이 들었다.

"그리고 정말 아쉽네. 변태만 아니었어도 기꺼이 내 손녀와……."

진충이 아차 하며 얼른 입을 닫았다. 무루가 무슨 소리냐는 표정으로 바라보자 진충은 벌떡 일어섰다.

"아, 아니, 자네의 계책이 놀라워 잠시 헛소리가 나왔네. 대단하네, 정말 대단해. 그야말로 묘책이란 것은 이런 것을 두고 하는 말일 걸세. 그럼 언제 시작하면 되겠나?"

무루가 흐릿하게 웃으며 고개를 주억거렸다.

"이곳에 들어올 때부터 준비는 끝났습니다."

진충은 역시란 생각을 하며 잠시 놀란 눈을 했다가 이내 피식 웃었다. 이 젊은 친구에게 더 이상 놀랄 마음이 남아 있다는 것이 왠지 우습기까지 했다.

그는 천천히 일어나 침상으로 다가갔다. 그는 심호흡을 하며 많은 생각을 했다. 그리고는 그 옆에 있는 검좌대(劍座臺)에 얹혀 있는 검을 집어 들고는 돌아섰다. 그의 손이 부들부들 떨렸다.

점차 진충의 표정이 무겁게 가라앉았다. 그리고 그의 손에 이는 경련도 조금씩 잦아들었다.

차아앙!

은빛 검신이 검집을 박차고 나와 무루를 향해 뻗어나갔다. 살기가 막사 안을 가득 감쌌고, 무루의 비명이 그 위를 덮었다.

"커흑!"

진충의 검이 무루의 가슴을 베었다. 붉은 피가 허공 위로 가득 솟구쳤다. 무루가 비명과 함께 뒤로 기우는 순간 진충의 고함이 터졌다.

"너는 살려두기엔 너무 무례한 놈이다!"

내부의 소란이 밖으로 빠져나가자 막사 밖에 있던 호위대장이 호위대를 이끌고 들어오다가 눈을 치켜떴다.

혈동야차가 탁자 뒤로 나자빠져 있었다. 그리고 그의 상반신은 피로 범벅이었다. 호위대장은 '어어?' 하는 소리를 내다가 백호를 보았다.

"어르신! 대체 이게 무슨 일입니까?"

아연한 얼굴이 된 호위대장은 가슴을 부여잡은 채 떨고 있는 혈동야차와 차가운 신색의 백호를 번갈아보았다. 호위대장은 뒤의 수하 한 명에게 급히 소리쳤다.

"군의(軍醫)를 불러라! 어서!"

명을 받은 호위무사가 허겁지겁 달려나가자 호위대장은 진충의 옆으로 다가왔다.

"어르신, 지금 무슨 행동을 하신지 아십니까?"

"왜 그러나? 자네도 이놈을 벌해야 한다고 주장하지 않았나?"

호위대장은 고개를 저었다.

혈동야차가 마음에 들지 않는 건 사실이었다. 또한 녀석을 벌해야 한다는 마음에도 변함없었다. 하지만 이건 너무 과했다. 그는 답답하다는 얼굴로 외쳤다.

"어르신, 지금은 아니지 않습니까? 토벌이 다 끝난 다음에 해도 늦지 않거늘. 어르신, 이 녀석을 지금 벌하면 낭인 놈들이 반발할 것이 자명한데 왜 굳이 지금 이런 분란을 만드는 겁니까? 그리고 공도 있는데 너무 과한 징계를 내리셨습니다."

그는 혈동야차를 내려다보았다.

피를 너무 많이 흘려 꽤 오랜 시간의 치료가 필요해 보였다. 녀석이 믿기지 않는 회복력으로 유명하긴 했지만 아무래도 이번 원정에서의 남은 싸움에 투입되는 것은 거의 불가능해 보였다.

가슴이 묵직한 바위라도 얹힌 듯 답답해졌다. 나중에 토사구팽(兎死狗烹)시키더라도 지금은 이용 가치가 있는 녀석이었다.

"젠장. 앞으로는 어려운 싸움이 되겠군. 아직은 어르고 달래면서 이용해 먹어야 하는 놈인데……."

호위대장은 아무에게도 들리지 않는 솔직한 속내를 중얼거리며 난감한 표정을 지었다.

第四章
야습(夜襲)

절대고수 絕代高手

1

　마사채의 채주 구유타는 희열에 젖어 주먹을 불끈 쥐었다. 그의 옆에 있던 몽초단의 단주 역시 눈을 번뜩이며 간만에 흥미롭다는 표정을 보였다.

　구유타가 자리에서 일어나 방금 정찰에서 돌아온 수하에게 말했다.

　"지금의 보고가 한 치의 어김없는 사실이렷다!"

　두 비적 무리의 수괴 앞에 부복하고 있는 새까만 피부의 장정이 냉큼 대답했다.

　"그렇습니다."

　"알았다. 수고했으니 별도의 명이 있을 때까지 잠시 물러나 쉬고 있어라."

　"옛!"

수하가 막사 밖으로 물러나자 구유타가 몽초단주에게 말을 건넸다.

"이건 천운입니다. 놈들이 서로 자중지란을 일으켰다니 이 기회를 놓쳐서는 안 될 겁니다."

"보고가 사실이라면 채주의 말대로 이건 우리에게 기회가 맞을 것이오. 하지만 조금 더 기다려 보기로 하지요. 정찰 나간 다른 아이들이 돌아올 때까지 말이외다. 아직 급할 건 없소."

서른 후반의 구유타에 비해 스무 살이 더 많은 몽초단 수괴는 확실히 더 여유가 있었다. 구유타는 늙은 구렁이 같은 몽초단주가 마음에 들지 않았지만 고개를 주억거리며 자리에 앉았다.

그리고 정찰을 나갔던 세 명의 수하가 약간의 시간을 주기로 들어와 보고를 올렸다. 처음 보고받은 것과 일치했다.

혈동야차의 오만함을 관군의 수장 백호가 군율로 다스렸고, 낭인들이 이에 반발하고 있다는 것이다. 구유타는 커다란 눈동자를 굴리며 몽초단주를 채근했다.

"지금이 기회예요. 당장 수하를 데리고 놈들을 기습합시다."

그러나 몽초단주는 고개를 저었다.

"아니, 아니오. 모레 오후면 유왕단이 합류할 것이오. 그때까지 더 자세히 염탐하는 것이 낫소. 서둘러 먹는 떡은 체하는 법이오."

"답답하시구려. 저러다가 관군과 낭인들이 화해라도 하면 어쩌시려고 그럽니까? 쇠뿔도 단김에 빼랬다고, 놈들이 자중지란에 빠져 있을 때 몰아쳐야지요."

구유타는 속으로 몽초단주를 겁쟁이라 욕하며 재촉했다. 그러나 몽초단주는 여유작작해 오른쪽 눈가에 있는 붉은 사마귀를 만지작거리며 고개를 저었다.

"하필 이때에 놈들이 분열하는 것이 왠지 거슬리지 않소? 연전연승한 놈들의 사기는 충천하고 우리 애들은 주눅 들어 있소. 그런데 왜 공교롭게 지금 우리에게 이런 호기가 생기는 것인지… 왠지 찜찜하군요."

구유타는 몽초단주가 만지고 있는 사마귀를 확 떼어버리고 싶다는 충동을 억누르며 반박했다.

"단주, 우리보다 먼저 관군과 싸웠다가 패한 패잔병들의 얘기를 듣지 못했습니까? 혈동야차가 관군의 수장인 백호의 명을 수시로 어겼다고 했습니다."

"음, 그건 나도 알고 있소"

"답답하십니다. 이건 너무 빤한- 거예요. 결국 고름이 터진 게지요. 그리고 모든 것은 때가 있는 법이에요. 무너진 다섯 곳의 수하 중 상당수를 우리가 거둬들여 인원수로도 곱절에 가까운데 우리가 지레 겁먹을 이유가 어디에 있겠습니까?"

구유타가 불이라면 몽초단주는 물이었다.

"저는 확실한 것을 좋아해요. 지금은 정보를 더 수집하고 유왕단이 모레 합류하는 것을 기다려야 할 때라고 생각하오."

구유타는 답답하다는 듯이 어린애 머리통만 한 주먹으로 가슴을 쾅쾅 쳤다. 계속 망설이기단 하는 늙은 구렁이가 한심하게까지 보였다.

"단주, 망설이다가 이 좋은 기회를 날리게 되면 책임이라도 지실 겁니까?"

그 외침에 한갓지던 몽초단주의 눈매가 마침내 일그러졌다. 그의 눈초리가 사납게 구유타를 쏘아보았다.

"구 채주, 말이 지나치지 않소! 책임이라니? 책임이라니! 나는 다만 이것이 좋은 기회인지 더 확실히 알아보자는 거 아니오? 지금 채주께서 책임을 말씀하셨는데, 괜히 지금 쳐들어갔다가 일이 잘못되면 채주께서 책임지실 것이오?"

둘의 마음은 기실 평정이 깨져 있는 상태였다. 구유타는 말할 것도 없거니와 느긋한 표정으로 속내를 숨기고 있는 몽초단주도 초조하기 그지없었다. 자신들을 옥죄는 토벌군 때문에 최근 들어 하루도 잠을 편히 잔 적이 없었기 때문이다.

감정이 예민한 상태에서 서로가 대치하다가 몽초단주가 한발 물러서 부드럽게 입을 열었다.

"구 채주, 이러다가 우리까지 자중지란을 일으키겠소. 채주께서는 그것을 원하는 것이오?"

그 말에 구유타의 코끝이 씰룩거렸다. 그는 입술을 질겅질겅 씹다가 퉁명스럽게 말했다.

"답답해서 그러지 않습니까? 이 호기를 그냥 놓치려는 건지……."

"채주, 쇠뿔도 단김에 빼랬다고 말씀하셨지요."

"……?"

"그럼 묻겠소. 과연 지금 쇠뿔이 적당히 달아오른 시점이라고 생각하시오?"

구유타의 좁은 이마가 주름살로 파도를 쳤다.

"그건 또 무슨 말씀이십니까?"

"관군과 낭인들이 지금 혈동야차로 인해 대치했다고는 하지만 예기치 못했던 사건이니 경황이 없을 것이오."

"그야… 그렇겠지요. 그러니 지금 기습하는 것이 적기란 말이 아닙니까?"

"허어, 구 채주, 내 말을 끝까지 들어보시오. 그 같은 상황에서 우리가 기습하면 분열된 그들이 다시 똘똘 뭉치게 될 수도 있지 않겠소? 우리가 그들이 화해할 명분을 제공할 수도 있다는 말이에요."

구유타가 큰 눈을 껌뻑거렸다.

듣고 보니 상당히 일리가 있었다. 하지간 이대로 물러서기에는 체면이 서질 않았다.

"그렇다고 이 호기를 그냥 강 건너 불구경만 하자는 말입니까? 더 확실한 기회만 주장하시는 단주님 말씀 때문에 우리는 벌써 두 번이나 놈들의 뒤통수를 때릴 기회를 놓쳤어요."

"쯧쯧, 그야 토벌군이 제대로 흩어지지 않아서 그리된 거지요. 어정쩡한 기습은 우리가 역습을 당할 수도 있어요. 확실한 승기가 장담될 때 쳐도 늦지 않소."

'그러다가 양패구상이라도 나면 유왕단처럼 남은 녀석들만 봉 잡는 것이지.'

진정한 속내를 숨기고 느긋하게 대꾸하는 몽초단주의 반응에 제 성질을 못 이긴 구유타가 머리를 박박 긁었다.

"그러니까 그 모든 원흉인 혈동야차가 지금 부상을 입고 치료를 받고 있다지 않습니까?"

"보고에 따르면 꽤 깊은 부상이라고 들었어요. 하루 이틀에 나을 부상이 아닌 것 같다고."

"하지만 놈은 불사신 같은 놈이란 걸 잘 아시지 않습니까? 예전에 깊은 검상을 입고도 사흘 뒤에부터 다시 싸움에 임했다 들었어요."

몽초단주가 고개를 주억거렸다. 그건 자신도 들어본 적 있는 풍문이다. 그러나 그의 눈빛은 천근 바위처럼 일체의 요동도 없었다.

"그러니까 이번에도 최소 며칠간의 여유는 있는 것 아니겠소? 놈이 며칠 후 다시 싸울 수 있다고 해도 전만큼은 못할 것이 자명하오."

"혈동야차도 문제지만 낭인들도 무시할 수 없습니다. 이러다 낭인들이 전격적으로 관군과 화해라도 하게 된다면 우리는 닭 쫓던 개 지붕 쳐다보는 격이 될 것이에요."

"그래도 혈동야차는 깊은 부상을 입었소. 앓던 이가 빠진 셈이니 우리가 손해볼 것은 없지 않겠소, 채주? 적어도 유왕단이 합류하기 전까지… 겨우 이틀만 기다려 보자는 것이외다. 더 확실한 승리를 위해서 말이오."

몽초단주는 끝까지 신중해야 한다는 의견을 철회하지 않았다. 그리고 그렇게 신중하게 된 배경에 아직 유왕단이 합류하지 않았다는 이유가 작용한 것은 물론이었다.

구유타가 몽초단주를 보며 묘한 웃음 꼬리를 흘리다가 정색했다.

"알겠습니다. 그러나 만약 저들이 전격적으로 화해라도 한다면 우리의 피해는 더 커질 수밖에 없다는 것쯤은 알고 계시겠지요?"

몽초단주는 눈살을 찌푸렸다. 갑작스러운 구유타의 표정 변화가 왠지 가슴을 서늘하게 만들었다.

"무슨 말을 하려는 것이오?"

"만약 그런 일이 발생한다면… 선봉은 몽초단에서 서야 될 것이란 말입니다."

몽초단주의 코끝이 예상치 못한 놀람으로 씰룩거렸다. 선봉에 서면 많은 피해를 피할 수 없었다. 이 곰 같은 녀석이 자신의 우려를 눈치챈 것인가? 이놈도 내심 자신을 경계하고 있었던 것인가?

"채주, 선두는 다섯 곳의 패잔병들로 하기로 했잖소."

"어차피 그들을 이끌 수장은 필요하지 않습니까? 결정하십시오. 지금 공격한다면 제가 전면에 나설 것입니다. 그러나 기다린다면… 차후 공격은 단주께서 서시는 것으로!"

몽초단주는 얼굴을 씰룩거리며 승부수를 던진 구유타를 노려보았다. 성질이 급하고 단순무식한 놈인 줄로만 알았는데 가슴속에 교활한 너구리도 있었다.

'이 곰 같은 놈이 잔꾀를 부릴 줄도 아는군. 그래도 꼴에 한 단체의 수장이라 이거지?'

그렇다고 지금에 와서 자신의 주장을 철회할 생각은 눈곱만큼도 없었다.

"좋소. 그리하리다. 다만 나 역시 조건이 있소."

구유타가 음흉하게 웃다가 살짝 미간을 찌푸리며 물었다.

"무슨 조건입니까?"

"만약 이틀을 기다려서… 지금보다 더 좋은 상황이 생긴다면… 그때 선봉은 채주께서 맡아야 할 것이외다."

구유타는 잠시 망설였다. 역시 만만치 않은 상대였다. 그러나 여기서 꼬리를 말면 자신 꼴만 우스워질 터였다. 그는 고개를 끄덕이며 흔쾌히 수락했다.

"좋습니다. 제가 유왕단주와 함께 선봉에 서지요."

죽어도 혼자는 안 하겠다는 구유타다. 몽초단주도 손해볼 것은 없는지라 동의했다.

이후로 막사 안에서 대화는 끊겼다.

둘의 자존심 문제와 향후 토벌군을 제거한 후의 서남 밀림에서의 주도권을 누가 잡느냐 하는 자존심 대결이 소리없이 팽배한 막사 내부였다.

그리고 이 모든 것은 무루의 계산하에 있었다.

시간이 흐르며 이튿날과 그 다음날 오후까지 서남 밀림에서 마지막 남은 비적 떼인 유왕단이 도착할 때까지 정찰을 보낸 수하들의 보고가 속속 이어졌다.

"낭인들이 어젯밤 불침번 경계를 거들지 않았습니다."

"낭인들이 단체로 백호의 사과를 요구하고 있습니다."

"분위기로 보아 혈동야차의 부상이 꽤 깊은 것 같습니다. 낭인들이 혈동야차를 후송시켜야 한다는 요구를 하고 있습니다."

"관군도 서로 분열되는 조짐을 보이고 있습니다. 일부에서 백호의 처사가 과했다는 말이 나오고 있습니다."

"어젯밤도 낭인들은 불침번 경계를 돕지 않았습니다."

그리고 그날 저녁, 중요한 보고가 올라왔다.

"관군과 낭인들이 짐을 싸고 있습니다. 자중지란이 일어난 상태에서 싸움은 무리라 판단하고 며칠 내로 일단 후퇴했다가 다시 전력을 보강해 돌아올 것이라 합니다. 여기에는 혈동야차의 후송 문제도 고려해 낭인들의 다친 마음을 어루만지는 일도 포함되어 있는 듯 보입니다."

상황이 이렇게 급변하니 비적 수괴들은 안달이 날 수밖에 없었다.

구유타가 먼저 큰 목소리로 말했다.

"오늘 밤을 놓치면 안 됩니다! 긍지에 몰린 백호가 낭인들의 마음을 다독이려는 모습을 보이고 있습니다! 아직 저들에게 앙금이 남았을 때 쳐야 합니다!"

도착한 지 얼마 지나지 않았지만, 저간의 사정을 다 보고받은 유왕단주도 동조했다.

"나 역시 그렇게 생각하오. 혈동야차가 싸울 수 없는 상황이고, 저들은 아직 분열되어 있소. 지금 쳐야 하오. 만약 이 호기를 놓치고 저들을 순순히 보내주면 전력을 강화해 돌아올 그들을 준비할 시간이 우리에게 없을 것이오."

구유타가 다시 말을 받았다.

"또한 혈동야차가 다시 회복해 돌아올 것도 감안해야 합니다. 지금의 기회를 놓친다면 우리는 이곳에서 다시는 발을 펴고 편히 잠을 이룰 수 없을 것이에요."

몽초단주도 이번엔 동의했다. 아니, 등의할 수밖에 없었다. 이번에도 꼬리를 말았다가 저 둘만이 공을 세우게 된다면 향후 자신의 위치가 홀로 위태롭게 될 가능성이 있었다.

거기에 더할 나위 없는 정보가 들어왔다. 백호가 낭인과 관군의 화해를 위해 약간이지만 술을 저녁 시간에 풀었다는 보고였다.

만약 술을 많이 풀었다면 일이 너무 술술 풀리게 되는 것인지라 몽초단주도 한 번 의심했을 것이다. 그러나 모든 상황은 의심할 여지를 주지 않고 빠르게 흘러갔다.

한 가지의 생각만 세 수괴의 머릿속을 꽉 채웠다. 지금이 최고의 호기이자 마지막 기회라는 것이다.

몽초단주가 비장한 결의로 고개를 끄덕였다. 얼마 후, 이백여 비적들에게 출진령이 하달됐다.

2

평소보다 화톳불의 숫자가 눈에 띄게 늘었다. 하지만 그 배치가 달랐다.

병영과 거리가 좀 있는 곳에 경계병 없이 곳곳에 화톳불이 설치되어 있었다. 그리고 원래 있던 병영 근처에 있는 화톳불 주변으로는 평소와 같이 경계병들이 서 있었다. 다만 그젯밤과 어젯밤처럼 낭인들은 없었다.

병영 안은 어둠이 짙었고, 그 주변으로는 대낮처럼 밝았다. 상황을 목도한 유왕단주가 한숨을 내쉬며 고개를 절레절레 저었다.

"끄응. 야습하기에 별로 좋지 않아 보이오. 병영까지 들어가는 길들이 저리 밝아서야 어찌 제대로 된 야습이 될 수 있겠소?

그리고 놈들의 진지 내부가 제대로 보이지 않으니 불안하기도 하고."

구유타도 얼굴을 구긴 채 말했다.

"음, 그렇군요. 놈들이 조만간 회군한다더니 더 경계를 강화한 것 같아 보입니다. 아쉽지만 오늘은 돌아가는 것이 나을 듯하오. 퇴군할 때 적절할 시기를 찾아보지요."

그런데 정작 여태까지 회의적이던 몽초단주가 환한 표정으로 낮은 웃음을 흘렸다.

"흐흐흐, 아니오. 지금이야말로 야습의 적기요."

몽초단주의 뜬금없는 말에 두 수괴가 황망한 표정을 지었다. 어쩔 수 없이 따라오는 표정을 짓던 몽초단주가 갑자기 적극적으로 돌변하니 그럴 만도 했다.

몽초단주의 자신만만한 말이 이어졌다.

"저것은 허장성세요. 일부러 주변을 밝게 한 것은 야습을 우려한 것일 뿐이오. 그리고 잘 보시오. 병영 근처의 화톳불에 경계병들을 유심히 살펴보시오. 이인 일조인데… 한 명은 앉아 있소."

그의 말에 두 수괴의 눈에 이채가 스쳤다. 처음엔 잘 몰랐는데 자세히 보니 앉아 있는 자는 분명 졸고 있는 것 같았다. 몽초단주의 말이 이어졌다.

"술을 조금 풀라 했다지만… 그게 그리 마음대로 되는 건 아니오. 분명 낭인들은 거나하게 취했을 터이고, 관군도 선임들은 적지 않은 술을 마셨을 것이오. 지금 경계병 중 앉아서 졸고 있는 것도 분명 선임들일 것이오."

그랬다.

사실 군 조직의 특성이나 낭인들의 성정을 고려하면 약간의 술은 간에 기별도 가지 않을 것이다.

"호호호, 그렇다면 싸움에 능한 정예들은 많이 취했다는 것이 아닙니까?"

그렇다면 이 싸움은 이미 절반은 이겨놓고 시작하는 것이다. 몽초단주가 결연한 어조로 답했다.

"분명 그럴 것이오. 지나친 처사로 궁지에 몰린 백호요. 그는 화해를 위해 내린 술이니 차마 제지하지 못하고 모른 척했을 것이오. 대신 주변을 밝게 하는 얄팍한 수로 야습을 막으려 한 것이오. 원래 잔머리를 쓰는 인간들의 한계지요."

"아!"

구유타가 이제야 모든 것을 알겠다는 듯이 탄성을 흘렸다. 유왕단주 역시 벌떡 일어서며 호기롭게 말을 받았다.

"망설일 이유가 없소! 초전박살! 단숨에 쳐들어가 끝내 버리는 것이 어떻겠소? 처음엔 천천히 움직이다가 밝은 곳부터 동시에 함성을 지르며 쳐들어가면 놈들은 혼비백산할 것이오."

두 수괴가 동시에 고개를 끄덕였다. 그리고는 각자의 수하들 앞으로 다가가 은밀하게 지시를 내렸다.

저벅저벅…….

이백여 비적이 발소리를 죽여가며 전진을 시작했다. 그러다가 선두가 화톳불의 영역 안에 들어섰을 때, 일제히 함성을 내지르며 노도처럼 달려갔다.

"와아아아아아!"

거대한 고함이 천지를 뒤흔들었다.

불화살이 하늘을 뒤덮으며 허공으로 숏아올랐다가 맹렬한 속도로 낙하해 어둔 적막에 갇혀 있던 막사들에 박혔다.

"적이다! 야습이다!"

경계를 서던 이들이 놀라 소리치며 죽어라 뒤로 달렸다. 그 광경에 흥분한 구유타가 광소를 터뜨리며 쩌렁쩌렁 외쳤다.

"으하하하! 공격하라! 이 밀림의 주인이 누구인지 똑똑히 보여줘라!"

무수한 발소리와 이백여 비적이 내지르는 함성이 허공에 가득했다.

검과 도, 낭아봉, 도끼, 구겸창 등등.

제각각의 병장기들이 거침없이 흔들리더 주변의 공기를 찢어발겼다.

그들은 순식간에 병영 안으로 진입했다. 입구에 있던 막사들은 어찌할 사이도 없이 뭉개졌고, 곳곳의 막사들이 불화살로 인해 불타올랐다.

그러나 전황이 이상한 것을 아는 데에는 그리 오래 걸리지 않았다.

아군들의 함성 외에 관군의 대응이 일체 없었다. 병영 내부로 도망친 관군의 경계병들은 도통 돌아올 생각을 하지 않았다.

몽초단주가 사색이 된 얼굴로 주변을 돌아보다가 신음을 흘렸다. 불쾌한 서늘함이 등허리를 휘돌다가 척추를 타고 올라왔다.

"이럴 수가! 속았다!"

그는 다급히 목청을 올렸다.

"함정이다! 전원 물러서라! 물러서란 말이다!"

그때 병영과 멀찍이 떨어져 있던 한 언덕의 어둠에서 한 사내의 고함이 벼락처럼 떨어졌다.

"이미 늦었다! 내 이삼 일 정도 더 기다릴 것도 예상했다만, 이리 일찍 와줘 우리의 수고를 덜어주는구나! 허허허! 공격하라!"

백호 진충이었다. 그의 명과 함께 사방에서 화살이 빗발치듯 쏟아져 내렸다.

관군은 어둠에 있었고, 비적들은 자신들이 퍼부은 불화살로 인해 빛에 노출되어 있었다.

쇄애애애액!

퍼퍼퍼퍼퍽!

화살이 끊임없이 비적들을 향해 쏟아졌다. 호위대장의 목소리도 터져 나왔다.

"화살을 아끼지 마라! 모든 화살을 다 퍼부어라!"

"복명!"

우렁찬 대답이 함성으로 이어졌다.

쏴아아아아아!

쉬지 않고 쏟아져 내리는 화살은 장관이었다. 피할 길 없는 소나기가 되어 덮쳐 왔다. 그리고 그 화살이 떨어지는 종착지에서는 목불인견의 지옥도가 펼쳐졌다.

"으아아악!"

"피해라! 피해야… 크흑!"

"살려줘!"

숨 가쁜 비명과 절규, 허무한 탄식을 화마가 삼켰다.

관군들의 화살은 비적들의 가장자리로 집중되어 도망가려던 자들이 먼저 희생됐다. 그러다 보니 비적들은 제대로 흩어지지도 못하고 안으로 더 몰리는 현상이 순간적으로 발생했다.

몽초단주가 부르르 떨며 버럭 소리를 질렀다.

"이런 멍청한! 흩어지란 말이다! 저들은 지금 우리를 더 궁지로 몰고 있는 것이란 말이다!"

그의 외침은 아뜩하고 허망했다.

두령의 명보다 눈 위로 쏟아지는 화살이 더 두려운 비적들이었다. 그리고 그들이 화살을 피해 운집했을 때, 화살의 방향이 바뀌었다.

뭉친 그들의 심장부를 향해 화살이 쏟아졌다.

"크아아악!"

"커억!"

단숨에 수십여 명의 비적이 쓰러졌다. 그 혼돈의 와중에 유왕단주도 얼굴에 화살을 맞고는 즉사했다.

"산개해 도망쳐라!"

눈에 핏발이 선 구유타는 있는 힘껏 외쳤다. 굳이 그의 성난 고함이 아니더라도 비적들은 이제 목숨을 걸고 흩어지기 시작했다. 그리고 그때 백호 진충의 명이 떨어졌다.

"지금이다! 원래의 궁노수(弓弩手)를 제외한 전원은 앞으로 나아가 공격하라! 비적들을 한 놈도 남기지 말고 섬멸하라!"

"와아아아아!"

어둠에 몸을 숨겼던 관군들이 사방에서 쏟아져 나왔다. 도망가던 비적들은 어찌할 줄 모르고 우왕좌왕하면서 절망과 혼란에 빠졌다.

몽초단주는 전황을 보며 어깨를 축 늘어뜨렸다.

싸움은 끝난 것이나 진배없었다. 승리는 물 건너갔고, 이제는 목숨을 부지할 수 있느냐가 관건이었다.

그의 눈에 지척에 있는 구유타가 들어왔다.

"구 채주!"

그의 외침에 구유타가 고개를 돌려 몽초단주를 보았다. 거대한 덩치의 구유타는 분노와 당혹감으로 어쩔 줄 몰라 아이처럼 발을 동동거리고 있었다.

"다, 단주! 이, 이를 어찌해야 하겠습니까?"

"틀렸소. 피해야 하오."

"지금 그것을 누가 몰라서 묻는 줄 아십니까? 대체 어디로 피한단 말입니까?"

몽초단주는 연신 심호흡을 하며 냉정하려 애썼다. 그는 차가운 눈으로 주변을 훑다가 답했다.

"우리가 들어온 길이 그나마 나은 듯하오. 그리 나가야 하오. 시간이 없소."

몽초단주는 지체없이 달리기 시작했다. 그러자 구유타도 그를 따라 죽어라 달렸다. 주변의 수하들도 그 뒤를 따랐다.

쇄애애액!

그들을 향해 궁노수의 쇠뇌가 빛살처럼 꽂혀들었다.

파파팍!

“으아아악!”

뒤따르던 수하들의 비명이 두 수괴의 귀를 따갑게 울렸다. 그러나 몽초단주와 구유타는 뒤 한 번 돌아보지 않고 달렸다. 지금은 수하를 걱정할 때가 아니었다.

파아아앗!

푸욱!

“큭!”

구유타의 이마에 혈관이 도드라지게 튀어나왔다.

소름 끼치는 통증!

하나의 화살이 그의 거대한 등 뒤에 박혀든 것이다. 그는 순간 휘청거렸으나 다시 이를 악물고 몽초단주의 뒤를 따라 달렸다.

그 뒤를 따르던 십여 명의 수하는 어느새 다섯으로 줄어 있었다. 그리고 병영 주변과 근처에서는 비적들의 비명이 끊임없이 울려 퍼졌다.

3

“단주, 잠시, 잠시만 쉬었다 갑시다. 헉헉!”

구유타가 거친 숨소리를 내며 코앞의 몽초단주를 불렀다. 몽초단주 역시 지친지라 고개를 끄덕이며 멈췄다.

둘의 얼굴은 땀으로 가득했다.

두 개의 야트막한 언덕을 넘고 야산의 중턱까지 단숨에 달려온 그들은 나무에 기대 주저앉아 헐떡거렸다. 얼마 전까지 아스

라이 들리던 비명과 함성도 이제는 멀어져 들리지 않았다.

이곳까지 살아온 자는 두 수괴와 한 명의 수하가 전부였다. 몽초단주는 옆구리에 차고 있던 호리병을 꺼내 물을 들이켜고는 구유타에게 건네주었다.

구유타는 받아 든 호리병의 물을 벌컥 마시다가 얼굴을 찡그리며 등 뒤로 손을 돌렸다. 박혀 있는 화살이 그의 손끝에 닿을 락 말락 했다.

"제길!"

그의 분통을 들은, 이제 겨우 하나 남은 수하가 조심스럽게 물었다.

"화살을 뽑아 드립니까?"

몽초단주가 한 손을 휘휘 저으며 만류했다.

"아서라. 지금 뽑으면 피만 많이 흘린다. 구 채주, 힘들겠지만 지금은 참으시오."

"알겠습니다. 그나저나 이제 어떻게 합니까?"

구유타가 참담한 어조로 물었다. 그러자 몽초단주가 관자놀이를 짚으며 한숨을 내쉬었다. 막막하기는 그도 마찬가지였다.

"당분간은 어디 구석에 박혀 살아야겠지요. 그리고 다시 처음부터 시작하면 됩니다. 구 채주와 내가 힘을 합치면 못할 것도 없소."

그때였다, 누군가가 이쪽으로 오고 있는 발걸음 소리가 들린 것은.

세 비적은 질겁해 동시에 벌떡 일어섰다. 그러나 어둠 속에서 다가오는 인영이 하나인 것을 알고는 안도했다. 추격자들이라면 홀로 올 리 만무했다.

장년 수하가 이마의 땀을 훔치며 검은 인영을 향해 외쳤다.

"누구냐? 어디 소속이냐?"

"꽤나 잘 달리더군. 필사의 탈출이라서 그랬나? 땀 좀 흘렸어."

어둠에서 흘러나오는 목소리에 세 비적의 얼굴이 굳었다. 장년 수하가 느슨히 잡고 있던 낭아봉을 다시 단단히 움켜쥐고는 검은 인영을 노려보았다. 그러나 달빛에 드러나는 얼굴을 보고는 가소롭다는 표정을 지었다.

새파란 애송이.

"흥! 겁을 상실한 놈이군! 혼자서 쫓아오다니!"

장년 수하는 비아냥거리며 훌쩍 뛰쳐나갔다. 마치 지금껏 꽁지 빠지게 뛰어야 했던 분통을 풀겠다는 듯이.

쇄애애액.

그의 낭아봉이 바람을 가르며 청년의 머리를 부술 듯이 짓쳐들었다. 그러나 청년은 눈 한 번 깜짝이지 않으며 살짝 몸을 옆으로 움직였다. 낭아봉이 애꿎은 허공만 가르는 순간 청년의 팔이 움직였다.

차앙!

상당한 속도의 발검(拔劍)!

달빛의 잔영이 검이 지난 허공 위로 엿가락처럼 길게 늘어졌다가 뒤따랐다. 그리고 멈춘 검신 위로 달이 돌아왔을 때, 장년 비적은 불신의 얼굴로 청년을 보았다.

털썩.

청년은 즉사한 비적의 가슴에 꽂힌 칼을 빼고는 다시 앞으로 걸음을 내디뎠다.

그 모습에 몽초단주가 입술을 뒤틀며 지껄였다.

"네, 네놈이… 혈동야차구나. 지독한 놈. 혼자서 여기까지 쫓아오다니."

"알아봐 주니 영광이군."

무루가 비소하며 어깨를 으쓱했다. 한편 구유타는 어안이 벙벙한 얼굴로 외쳤다.

"네, 네놈은 분명 깊은 부상을 입었다고 했는데? 네놈이 피범벅이 되어서……."

몽초단주가 혀를 차며 짜증스런 얼굴로 말했다.

"구 채주, 아직도 모르겠소, 이 모든 것이 저놈과 백호의 계책이었고 우린 그 함정에 빠졌다는 것을? 거짓 부상, 가짜 피였단 말이외다! 낭인과 관군이 대치했던 것도 연극에 불과했고 말이오. 이리 답답해서야!"

구유타의 얼굴이 능금처럼 붉게 달아올랐다. 그는 무루를 노려보며 이를 갈았다. 그 잇새로 서슬 퍼런 원독이 쏟아졌다.

"결국 네놈이 또 원흉이었다는 거구나? 그동안 네놈 때문에 우리가 기습할 기회를 번번이 놓쳤는데. 차라리 잘됐다. 여기서 네 숨통을 끊어주마."

무루가 태연자약하게 대꾸했다.

"그동안 미안했소. 하지만 앞으로는 당신네 일을 방해할 일은 없을 거요."

"……?"

"당신들은 곧 죽을 테니까."

"……!"

"난 쓰레기들을 살려둘 만큼 아량이 넓지 못하거든."

몽초단주와 구유타의 눈빛이 무언(無言) 중에 서로 교환됐다. 비록 구유타가 호기롭게 말하긴 했지만 이곳 운남 땅에서 혈동야차의 명성은 결코 작지 않았다. 그들이 선택할 수 있는 유일한 최선의 방법은 합공밖에 없었다.

스르르룽.

몽초단주의 검이 뽑혀져 나왔고, 구유타의 환두대도가 허공에서 흔들거렸다.

무루가 하얀 이를 드러내며 냉소했다.

"상처 입은 짐승의 발악이군."

"하아아압!"

"차아아!"

구유타가 무루의 왼쪽으로 달렸고, 몽초단주가 오른쪽으로 향했다.

파아앗!

환두대도가 거침없이 허공을 가로지르며 무루의 허리를 일도양단하겠다는 듯이 쇄도했다. 무루가 몸을 움직여 옆으로 피하자 몽초단주의 검이 득달같이 달려들었다.

그러나 무루는 멈추지 않고 옆으로 계속 발을 놀렸다.

슈가가각.

아슬아슬한 차이로 몽초단주의 검이 무루의 옷깃을 스쳤다. 무루는 그대로 옆으로 이동해 발로 나무를 찍고는 몸을 공중으로 띄웠다.

파라라락!

그의 신형이 한 바퀴 허공에서 돌았다. 그리고 검도 따라 원을 그렸다.

휘이이잉! 서걱!

몽초단주의 입이 쩍 벌어졌다. 혈동야차가 나무를 박차고 휘돌면서 자신의 목덜미를 검으로 그은 것이다.

"이런, 제길……. 혼자 죽지는……."

몽초단주의 눈에서 급격히 생기가 빠져나갔다. 그러나 그는 마지막 힘을 쥐어짜 내서 돌아 무루를 덮쳤다. 하지만 그건 그의 바람일 뿐이었다.

바닥에 떨어진 무루는 자신을 덮치는 몽초단주의 가슴팍에 검을 찔러 넣었다.

"으아아악!"

몽초단주의 몸이 무루의 검을 안고 밑으로 허물어지는 순간 구유타의 환두대도가 지척에 다가와 있었다.

무루는 몸을 굴려 환두대도 안으로 파고들었다.

쨍!

구유타의 칼이 무루를 놓치고 땅 위의 돌멩이와 충돌하며 불꽃을 터뜨렸다. 한편 환두대도 안으로 파고든 무루는 누운 자세에서 지체없이 힘껏 발을 뻗어 올렸다. 그 발끝은 구유타가 칼을 쥐고 있는 팔의 팔꿈치를 힘껏 가격했다.

퍼억!

"큭!"

구유타가 오만상을 지으며 이를 악물었다. 하마터면 칼을 떨어뜨릴 뻔했지만 참아냈다. 맷집이라면 누구에게도 지지 않을 자신있는 그였다. 그의 환두대도가 땅을 타고 안으로 파고들었다.

좌아아악.

칼이 향하는 곳에 아직 누워 있는, 정확히 말하면 일어설 시간이 없었던 무루의 허리가 있었다.

무루는 자신의 검을 몽초단주의 가슴에 박아 넣어 빈손인 절체절명의 순간이었다. 틈을 주지 않는 구유타의 공세에 검을 회수할 시간이 없었던 것이다.

그러나 그의 눈은 작은 흔들림조차 없었다. 그는 침착한 표정으로 다가오는 환두대도를 누운 상태에서 손으로 막아섰다.

"크크큭!"

구유타의 입가에 처음으로 비소가 걸렸다.

급한 건 이해하겠지만 손은 뼈와 살로 이루어져 있다. 그런데 어이없게도 '쩡!' 하는 소리와 함께 칼이 막혔다. 구유타의 눈동자가 흔들렸다.

설마 이 어린 애송이가 전설에서 말하는 금강불괴(金剛不壞)라도 된단 말인가?

그럴 리가 없지 않은가?

험악한 구유타의 얼굴이 일그러졌다.

혈동야차의 손에는 어느새 돌멩이가 쥐어져 있었던 것이다.

"이, 이놈이 잔꾀를?"

무루의 발이 다시 솟구쳤다. 그리고 그곳은 구유타가 조금 전

가격당한 팔꿈치였다.

퍼억!

"컥!"

결국 구유타는 잇따른 타격의 고통에 환두대도를 놓치고 말았다. 바닥으로 떨어지는 환두대도의 손잡이를 무루가 왼손으로 잡아챘다. 그와 동시에 환두대도는 유려한 곡선을 그리며 종(縱)으로 날았다.

슈각! 콰직!

구유타의 몸이 정지했다. 환두대도는 구유타의 이마에 박혔다.

멈췄던 구유타의 신형이 흔들거리다가 아래로 쏟아졌다. 그러나 이마에 박힌 환두대도의 손잡이가 땅에 꽂혀 버팀목이 되어서는 제대로 엎어지지도 못하고 허공에서 멈췄다.

환두대도와 구유타의 시신 사이에 누워 있던 무루가 천천히 일어서서는 옷에 묻은 먼지를 털어냈다. 그리고는 환두대도를 발로 툭 쳤다.

쿠우웅!

칼이 쓰러지면서 구유타의 거구도 추락했다.

"이제는 민음촌으로 갈 일만 남았는가?"

무루는 몽초단주의 가슴에 꽂혀 있던 자신의 검을 회수하며 심호흡을 했다. 그의 눈에 이는 안광이 맹수처럼 포효했다가 천천히 침잠했다. 한때의 소란을 묻은 어둠이 이제는 무루를 덮었다.

第五章
야율강이 남긴 것

절대고수
絶代高手

1

투명하고 말간 햇살이 쏟아지는 오후.

물소 두 마리가 한가로이 촌락의 입구에서 하품을 해댔다. 그리고 그 주변에 있는 몇 명의 노인과 아이들이 경계의 눈빛으로 낯선 이방인을 바라보았다.

이방인은 무루였고, 그가 들어선 촌락은 민음촌이었다. 아이들이 알 수 없는 자신 부족들만의 언어로 뭐라고 떠들어댔다. 무루는 그들을 흘낏 보다가 노인들에게 말을 건넸다.

"제 말을 알아듣는 분이 혹시 계십니까?"

얇은 삼베옷을 입고 있는 한 노파가 주뼛거리다가 나섰다. 구부정한 허리 때문에 고개를 빳빳이 치켜든 노파는 조심스럽게 입을 열었다.

"중원인 같은데 무슨 일로 외진 곳까-지 찾아오셨소?"

얼굴은 웃고 있지만 눈은 경계심이 역력했다. 무루는 최대한 부드러운 표정을 지으며 말했다.

"야율강을 아십니까? 백오십여 년 전에 중원에서 온 무림인입니다. 아주 강한 분이었습니다. 혹시 선친이나 예전의 어른들께 뭔가 들은 것이 없습니까?"

사실 많은 것을 기대하고 한 말은 아니었다. 그러나 노파는 의외로 고개를 끄덕였다.

"아마 이곳을 지켜주는 산신령을 말씀하시는 거 같군요. 사실은 신령님이 아니라 강한 전사였던 분이지만."

무루는 진충이 말했던 것을 상기하고는 고개를 끄덕였다. 야율강이 마을을 지켜주니 사람들이 그를 신격화했을 터다.

무루는 묘한 감정에 휩싸였다. 그렇게 어렵게 찾아 헤맸는데 막바지에 이르니 너무 술술 풀리고 있었다.

"할머님께서 말씀하시는 분이 제가 찾는 분인 것 같습니다."

"왜 그분을 찾는 것이오? 오래전에 돌아가신 분인데."

무루는 잠시 망설였다.

마음은 급했지만 그런 기색을 보이면 쓸데없는 오해를 살 수도 있었다.

물론 이자들에게 오해를 산다 해도 두려울 것은 없었지만 평화롭게 사는 촌민들에게 괜한 협박을 하고 싶지는 않았다. 그래서 더욱 공손하게 말했다.

"제가 그분의 후손입니다. 그분이 남긴 유산이 있을 것 같기에 만 리 길을 헤매다 이제야 찾아왔습니다."

"큭, 농이 제법 그럴듯하군요. 뭐… 상관없지만."

노파가 누런 이와 붉은 잇몸을 햇살 아래 훤히 드러내며 웃고
는 주변 사람들에게 자신들의 부족어로 무언가를 말했다. 아마
도 나쁜 사람은 아닌 것 같다고 말하는지 사람들의 경계심이 조
금은 누그러졌다.

한편 무루는 노파의 천연덕스러운 대꾸에 적지 않게 당황했
다. 그러나 내색하지 않고 다시 간청했다. 물론 품속에 있던 돈
주머니를 노파의 손에 안기는 것도 잊지 않았다.

"노인장, 지난 육 년을 찾아 헤맸습니다. 부디 도와주십시
오."

어조는 간청이었지만 표정은 비장했다. 돈도 돈이지만 무루
의 눈빛을 본 노파는 잠시 흠칫하다가 고개를 끄덕거렸다.

"알겠소. 뭐 어려울 것도 없는 부탁이니까. 이 늙은이를 따라
오시우."

그 말을 끝으로 노파가 오른쪽 소도로 방향을 잡고 휘적휘적
걸었다.

노파를 뒤따르는 무루는 왠지 마음 한구석이 횅했다. 너무 일
이 쉽게 풀린다는 생각이 다시 머릿속에서 똬리를 틀었다.

한참을 말없이 걷던 둘은 어느새 어느 산을 오르기 시작했다.
지세가 제법 가팔랐기에 노파의 걸음은 느려져만 갔다.

뒤를 따르던 무루가 먼저 말을 걸었다.

"힘드시면 제가 업어드릴까요?"

"이 늙은이의 느린 걸음이 마음에 안 드나 보군요."

노파는 키득거리다가 말을 이었다.

"중원의 무림인이시오? 예전에도 산신령을 찾아온 사람이 몇

명 있었지요. 그 사람들 모두 무림인이었고."

무루의 눈동자가 흔들렸다. 어쩐지 일이 너무 잘 풀린다 싶었던 것이다. 노파의 말이 이어졌다.

"그 사람들… 다들 잔뜩 뭔가를 기대하고 왔다가 어김없이 실망하고 돌아갔어요. 아마 총각도 그럴 것 같은데……."

"이미 다른 사람들이 왔었다는 말입니까? 그들이 뭔가를 가져갔습니까?"

노파는 이마에 엉글기 시작하는 땀을 훔치고는 고개를 저었다.

"힝. 가지고 갈 게 있어야 가지고 가지. 그분은 아무것도 남긴 게 없어요. 그분을 찾아온 사람들 모두 몇날 며칠 주변을 미친 듯이 찾아 헤맸지만 소득이 있었던 사람은 아무도 없었으니까."

"……!"

"물론 남긴 것이 전혀 없다고는 할 수 없겠죠. 그분은 거처하던 동굴에 많은 그림과 글을 남기긴 했으니까."

침잠하던 무루의 눈이 다시 빛을 냈다.

"무슨 그림입니까?"

"무술 동작들을 그리고 글로 그 과정을 설명하는 것이지요. 우리 마을 사람들은 모두 그것을 일부 익혔어요. 그래서 비적 놈들이 우리 마을은 함부로 접근하지 못하지. 뭐, 워낙 구석진 데다 가져갈 것도 별로 없긴 하지만서두."

곤혹스런 감정이 무루의 가슴을 파고들었다.

이미 이곳의 많은 사람들이 야율강의 무공을 익히고 있다는 말이고, 중원에서 온 몇몇 무림인도 그 무공을 봤다는 말이다.

하나의 고개를 넘은 노파가 등허리를 두드리며 한쪽을 가리켰다.

"저기 보이는 사당은 우리 마을을 지켜준 그분을 기리는 뜻으로 세운 것이오. 그리고 그 옆에 있는 동굴이 바로 그분이 거처했던 곳이고."

언덕 위의 널찍한 공터가 시야를 시원하게 했다.

무루는 가빠지려는 호흡을 애써 다스리며 느릿느릿 걸었다. 그는 공터를 가로질러 동굴 앞에 잠시 멈추었다가 천천히 안으로 발을 들여놓았다.

동굴은 꽤나 컸다. 높이가 삼 장여에 달했고 길이는 십여 장 가까이 되었다. 무루는 동굴 왼쪽 벽에 가득 새겨진 그림들을 볼 수 있었다. 야율강은 동굴의 한쪽 벽을 평평하게 다듬었다. 그리고 그 위에 자신의 무공을 남긴 것이다.

먼저 동굴 끝까지 서둘러 들어간 그는 야율강이 남긴 유산이 거의 훼손되지 않았음을 깨달았다. 그것은 한편으로는 다행이다 싶으면서도 다른 한편으로는 낙담하게 만들었다.

만약 이곳에 새겨진 것들이 절세비급이라면 먼저 찾아온 자들이 어떻게든 이것을 지워 버렸을 것이기에.

그가 다시 동굴 밖으로 나와 입구에서부터 하나씩 상세히 살피려 할 때 노파가 다가왔다. 그녀의 손에는 횃불이 들려 있었다.

"굴 안이 꽤 어두우니 불을 사용하는 게 좋을 거요. 사당 안에 여분이 넉넉히 있으니 필요하면 가져다 쓰시구려."

"고맙습니다."

무루는 횃불을 건네받고는 본격적으로 야율강이 남긴 것들을 상세히 살폈다. 설레던 그의 표정에 그늘이 깃들기까지는 그리 오랜 시간이 걸리지 않았다.

그러나 무루는 묵묵히 벽을 살폈다.

그렇게 한 시진 가깝게 살피던 그의 얼굴에 남은 것은 절망감뿐이었다. 야율강이 남긴 것은 권각술과 하나의 검법에 대한 도해와 간단한 설명이었다.

문제는 천하십대고수의 반열에 올랐던 자의 무공이라 보기에는 터무니없이 실망스럽고 황망하다는 사실이다. 그나마 동굴 앞쪽의 권각술은 나았다.

연결되는 동작들이 조금 까다롭기는 했지만 나름 체계가 있었다. 그렇다고 아주 대단한 것은 아니었다.

왜냐하면 중간 중간의 일부는 불가능한 동작들이었기 때문이다. 아마 민음촌의 장정들이 익혔다는 것이 이 권각술일 텐데 그들은 아마도 가능한 동작만을 수련했을 터다.

더 큰 문제는 동굴 벽의 후반부에 새겨진 검법에 대한 것이었다.

검을 휘두르면 막아선 모든 것이 추풍낙엽처럼 베어진다. 그것이 설사 산(山)일지라도 말이다. 검으로 가리키는 곳이 폭발하기도 했고, 하늘을 동강내기도 했다.

무수한 화살이 빗발치는 상황에서도 그림의 주인공이 태연자약하게 뒷짐을 지고 있는 모습은 어이없기조차 했다. 다음으로 이어지는 그림에서는 무루조차 소리를 내어 실소를 흘릴 수밖에 없었다.

손을 내뻗자 화살이 허공에서 멈췄다. 그리고 주인공이 검무(劍舞)를 추기 시작하자 수많은 고수들이 속절없이 쓰러져 갔다.

갈수록 태산인 점은 그 검무가 별반 대단한 것이 없다는 점이었다. 그저 검을 내키는 대로 휘두르는 것으로밖에 보이지 않았다.

무루는 입술을 깨물었다. 짙은 회한이 그를 휘감았다. 깨물린 입술 사이로 핏방울 하나가 도톰 솟아났다.

아득한, 빛이라고는 없는 절대 암흑의 나락으로 추락하는 기분이 이러할까?

내공없이 외공만으로 천하십대고수에 오른 야율강은 대체 왜 이런 말도 안 되는 검법을 여기에 새겨놓은 것일까?

동굴에 있는 검법은 천하제일의 신공을 가졌다 해도 절대 불가능한, 그야말로 꿈속에서나 가능한 것들이었다.

그리고 마지막에 새겨져 있는 야율강의 글은 실낱같은 희망을 끈을 버리지 않고 있던 무루를 벼랑으로 밀기에 충분하고도 넘쳤다.

권법의 이름은 무적야수포(無敵野獸砲), 검법은 무극검경(無極劍經)이다. 혼원일기공(混元一氣功)을 바탕으로 이 무공을 펼친다면 그 누구도 적수가 되지 않을 것이다. 천하의 누구도 꺾을 수 없는 절대고수가 될 것이다. 나는 매일 밤 꿈속에서 이 무공을 펼치며 환희에 젖는다. 그리고 깨어나면 허탈해진다. 나는 이 무공을 펼칠 수 없음을 깨닫기 때문이다. 왜냐하면 혼원일기공은 하늘에 선택된 자만이 익힐 수 있기 때문이다.

　무루는 주먹으로 동굴 벽을 쳤다.
"크흐흑! 이 무슨 개소리란 말인가?"
쿵! 쿵쿵쿵!
주먹이 찢어져 선혈이 흐르는데도 무루의 주먹질은 멈추지 않았다. 고통은 아무것도 아니었다. 심장이 떨어지고 혼백이 달아났다. 그의 눈에 습막이 맺혔다.
　지난 육 년의 지옥 같은 세월은 대체 무엇을 위함이었던가? 말년에 실성한 늙은이의 흔적을 찾아 헤맸던 것인가?
　동굴 입구에서 어정쩡하게 서서 구경하던 노파가 놀라 쪼르륵 도망갔다. 홀로 남은 무루는 결국 눈물을 흘리면서 털썩 주저앉았다. 절망이 깊어져 끝에 다다르자 남는 건 허탈함뿐이었다.
　야율강은 대체 왜 자신의 무공을 남기지 않았단 말인가? 비록 수련 과정의 지독함으로 무림인들에게 외면받는 무공이라지만, 그래도 명색이 천하십대고수의 반열에 오르게 한 절세의 비급이 아니던가!
　실성했다고밖에 볼 수 없었다. 그러니 허황된 꿈만 꾸고 꿈속의 무공이나 동굴에 새겨 넣었겠지.
　무루는 머리를 쥐어뜯으며 고뇌했다. 지난 육 년의 세월이 주마등처럼 머릿속을 스쳐 갔다.
　온몸의 기운이 썰물처럼 빠져가니 숨 쉴 힘조차 없었다. 무루는 그렇게 멍하니 있다가 때로는 실성한 듯이 키득거리다가 지쳐 스르르 잠이 들었다.

무루가 깨어난 것은 이튿날 아침이었다. 전날의 노파가 먹을 것을 챙겨 가지고 와 그를 흔들어 깨웠다.

"이곳에서 무방비로 잠을 자다니 미치지 않고서야. 다음부터는 사당 안으로 들어가 문을 잠그고 자야 해요. 늦은 밤이 되면 산짐승이 종종 출몰하기도 하니까."

노파는 하루 사이에 현저히 초췌해진 무루를 보며 혀를 찼다.

"쯧쯧, 나는 총각이 죽은 줄 알았수. 무슨 사연이 있는지 모르지만 이거라도 먹고 힘을 내요."

노파는 불쌍하다는 얼굴로 싸온 음식 보따리를 풀었다. 그녀는 전날 무루가 건넨 돈의 액수를 확인하고는 너무 놀랐다. 그래서 이렇게라도 보답하려는 것이었다.

"언제 떠날지는 몰라도 당분간 먹을 것은 내가 책임질 테니까 걱정 마시구려."

무루는 힘없이 고개를 끄덕였다.

"고맙습니다."

"고맙긴. 나야말로 총각 덕분에 횡재를 했으니 고맙지."

노파가 잇몸을 드러내며 웃다가 자리를 떠났다.

무루는 동굴 벽에 기대서 무적야수포와 무극검경이란 어처구니없는 무공을 물끄러미 보았다.

그렇게 닷새가 천천히 흘러갔다. 그리고 또 닷새가 지났다. 그동안 무루가 하는 일이라고는 야율강이 남긴 것을 뚫어져라 보는 것뿐이었다. 볼 때마다 피눈물이 흘렀다.

2

노파가 어제부터 투덜거리기 시작했다.

이렇게 오래 있는 사람은 처음이라며 대놓고 한숨을 푹푹 내쉬었다. 무루는 한 귀로 듣고 흘리다가 다시 돈을 내주었다.

무루는 오늘도 야율강이 남긴 것을 바라보며 갈등에 휩싸여 있었다. 미련을 버리고 떠나야 했다. 그런데 오로지 이것만을 바라보고 온 세월의 무게가 너무 무거웠다.

좀처럼 발걸음이 떨어지지 않았다.

무루는 동굴 밖으로 나와 무적야수포란 무공을 따라 해보았다. 역시 문제가 되었던 동작들에서 흐름이 끊겼다. 당최 허공을 밟으며 움직이는 것이 사람으로 어찌 가능하겠는가?

내력이 심후한 천하십대고수 정도 된다면 가능할지도 모르겠지만, 그건 자신과는 거리가 멀었다.

어쨌든 무루는 어설프게나마 불가능한 동작들을 시늉이나마 내며 처음부터 끝까지 해보았다. 그 모습을 다른 사람들이 보았다면 배를 잡고 웃을 만큼 매우 우스꽝스러웠다.

그리고 무극검경의 초식들도 펼쳤다.

검이 가리키는 곳이 폭발하지도 않았고, 앞쪽의 나무들이 우수수 넘어지는 장관도 없었다. 그러나 무루는 하루 종일 초식을 똑같이 펼치려 애를 썼다.

다음날도 오전엔 무적야수포를 흉내냈고, 오후엔 무극검경을 펼쳤다. 그리고 밤에는 하염없이 동굴에 들어서 야율강이 남긴 것들을 바라보았다.

그렇게 또 닷새가 지나갔다.

그날 오후도 무루는 무극검경을 펼쳤다. 아무런 의미도 없어 보이는 검짓들. 그러나 무루는 땀을 뻘뻘 흘리며 검을 휘둘렀다.

이곳을 떠나더라도 여한을 남기고 싶지 않아서였다. 그래야 떠날 때 홀가분한 마음으로 돌아설 수 있을 것 같았다.

그때 노파가 한 무리의 사람들을 이끌고 올라섰다.

익숙한 얼굴들.

바로 백호 진충과 호위대였다.

진충이 한 손을 흔들며 웃었다.

"이 사람, 어찌 사람이 인사도 안 하고 그리 떠날 수 있는가? 주유와 황개의 인연이 그리 가벼웠던 것인가? 허허허."

무루는 씁쓸한 얼굴로 가볍게 돈례를 했다. 진충은 호위대를 사당 쪽에 세워두고는 호위대장만 대동한 채 무루에게 다가왔다.

"그동안 비적들의 잔당들을 소탕하고 근거지에 있는 노략질한 재물들을 회수하느라 바빴네. 허허허. 그런데 그중에는 뜻밖에 기물(奇物)도 있었다네. 나같이 특이한 것을 좋아하는 사람에겐 더할 나위 없이 흥미로운 것이지. 아직 그게 뭔지는 잘 모르겠지만 천천히 연구해 볼 참이네."

"그러셨군요."

"그리고 곳곳에 있는 촌락들에게 비적들이 모두 소탕됐다는 소식도 전해주었고 말이네. 어쨌든 참으로 바빴으이. 이번 원정은 내가 원했던 것을 모두 얻은 것이나 다름없으니 이보다 더 좋을 수는 없을 걸세. 허허허."

지척까지 다가온 진충이 무루를 향해 속삭였다.

"그래, 자네는 원하는 것을 얻었는가?"

무루가 엷은 한숨과 함께 고개를 젓고는 저간의 사정을 간단하게 말해주었다. 그러자 진충도 낙담한 표정을 지었다가 물었다.

"음, 자네도 원하는 것을 얻기를 진심으로 바랐건만 아쉽군. 그 동굴 안에 남긴 야율강의 유산을 나도 좀 볼 수 있겠나? 나야 무공에는 딱히 관심이 없지만 괴담이나 신기한 것들엔 호기심을 느끼거든."

"애초에 주인도 없는 것이었으니 마음대로 하십시오."

진충이 동굴 안으로 들어갔다. 그리고는 한참 동안 밖으로 나오지 않았다. 그러자 호위대장이 동굴로 가 진충을 불렀다.

"어르신! 언제까지 이곳에 계실 겁니까?"

그러면서 그도 동굴에 새겨진 야율강의 유산을 은밀히 훑었다. 먼저 들어온 진충이 횃불을 켜 바닥 곳곳에 꽂아둔 덕분으로 굴 내부는 훤했다.

"허허허, 내가 이런 것에 사족을 못 쓰는 것 알지 않나? 신기한 것을 보면 나는 가슴이 뛴다네."

"이게 제일외공고수였다는 야율강이 남긴 것이군요."

호위대장은 동굴 벽을 꼼꼼히 살피며 진충에게 다가갔다.

"그렇다네. 아주 재미있군. 야율강은 아무래도 무술가라기보다는 공상가였나 보네."

호위대장 역시 점점 실망의 기색을 드러냈다. 터무니없는 동작들이었다. 그러고 보니 밖에서 여전히 수련 중인 무루의 어이없는 동작들이 떠올라 비웃음이 입에 걸렸다.

　다른 한편으로는 이러한 어처구니없는 동작들을 따라 하는 녀석이 측은하기조차 했다.

　"그렇군요. 결국 그 야율강이란 고수도 외공의 한계를 절감하고 상상 속에서나마 고금제일의 내가 무공을 만든 것을 보면 말입니다."

　"허허허, 자네 말이 아주 그럴듯하군."

　진충은 뒷짐을 진 채 너털웃음을 터뜨렸다. 그리고 잠시의 시간이 지나 동굴의 끝까지 확인한 호위대장은 입맛을 노골적으로 다셨다. 백호 어르신의 말대로 야율강은 공상가였던 것이다. 달리 생각할 여지라고는 손톱만큼도 없었다.

　"어르신, 언제까지 여기 머무를 생각이십니까?"

　"오늘은 여기 민음촌에서 묵고 내일 떠나는 것이 낫지 않겠나? 그동안 강행군으로 수하들도 지쳤을 테니 간만에 휴식을 주는 것도 좋겠지."

　호위대장의 얼굴에 환한 웃음이 걸렸다.

　"술도 내릴까요?"

　"그렇게 하게. 혹여 술이 모자라면 이곳에서 사게. 집집마다 담근 술이 있을 터이니. 절대 노략질을 해서는 안 되네. 정당하게 은자나 식량을 지불하고 사도록 하게. 그리고 최소한의 경계병만 제외하고는 만취해도 좋네."

　"하하하, 역시 백호 어르신은 화통하십니다. 알겠습니다. 그럼 저는 먼저 내려가서 준비시키겠습니다."

　"그러게. 아! 나는 오늘 이곳에서 묵겠네. 어쨌거나 나는 저 친구와의 인연이 무척 아쉽다네. 하룻밤 같이 지내면서 이런저런 얘기도 나누고 싶고.”

호위대장은 고개를 끄덕였다. 그는 여전히 혈동야차가 마음
에 들지 않았다. 그러나 예전처럼 싫지도 않았다.

어쨌거나 녀석의 계책으로 인해 대승을 거둔 것은 사실이니
말이다.

녀석에게 더 호감이 간 이유는 그 공(功)이 자신에게 있다는
주장을 하지 않아서였다. 기실 녀석이 부대와 함께 돌아가 제
공적을 떠벌리면 관군의 입장이 조금 껄끄러울 수도 있었다. 그
런데 알아서 빠져 주니 이제는 고맙기까지 했다.

“호위대는 이곳에 남겨두겠습니다.”

“됐네. 오늘 밤의 내 호위는 혈동야차로 족하니.”

“하지만……”

“허허허, 자네는 아직도 혈동야차가 마뜩치 않은 모양이군.
그러지 말게나. 어쨌거나 그가 없었으면 우리는 아직도 엄청 고
생하고 있었을 것이네.”

“……”

“그동안 호위대도 모두들 고생이 많았어. 제대로 푹 쉬게 해
주게. 그리고 자네도 간만에 좀 쉬게. 내 이번에 돌아가면 자네
의 공적을 지휘사 어른께 상달할 것이네.”

진충이 호위대장의 어깨를 툭툭 치며 격려했다. 호위대장의
입이 귀까지 걸렸다. 그는 내색을 안 하려 했지만 기쁜 표정이
역력했다.

“고맙습니다, 어르신.”

“그래. 나는 내일 아침에 내려감세.”

호위대장이 물러서자 진충은 다시 동굴 벽에 새겨진 글과 그림들에 빠져들었다.

무루는 땅거미가 내려오는 시점에 횃불을 가지고 동굴 안으로 들어섰다. 진충은 그때까지 동굴에 있었다. 켜놓았던 횃불은 이미 훨씬 전에 바닥까지 타 재가 되어 있었다.

"어르신, 오늘 이곳에서 머문다고 들었습니다. 사당으로 가시지요. 수하들이 먹을 것을 두고 내려갔습니다."

"……."

무루는 고개를 갸웃거리며 물었다.

"어르신, 왜 어두컴컴한 곳에서 계속 겨셨습니까? 전 제가 근처 계곡에 간 동안에 하산한 줄 알고 있었습니다."

그제야 진충이 인자한 미소를 지으며 고개를 들고는 턱수염을 쓰다듬었다.

"생각 좀 정리하고 있었네. 야율강은 아주 재미있는 사람이었더군. 그는 내공을 익히지 않은 사람이었어. 아니, 스스로의 의지로 내공을 익히지 않은 기인이었지. 그런데 마지막에 남긴 것은 혼원일기공이란 정체불명의 내공심법이네. 그리고 그 내공심법이 없으면 불가능한 무공이라…… 재미있지 않나?"

무루는 미간을 찌푸렸다.

야율강!

한때는 세상 어느 누구보다 그리워한 인물이었으나 이제는 원수만큼이나 증오의 대상이었다.

"늘그막에 미쳤던 게지요."

"허허허, 재미있는 말을 하는군. 나는 평생 자네처럼 명민한 친구를 본 적이 없네. 그런데 왜 지금은 이리 아둔해 보이는 건지 모르겠군."

"……?"

"아마 오로지 하나만 바라보고 살아온 세월의 무거움이 자네를 덮쳐서겠지. 그것이 일시적으로 자네를 더욱 허탈하게 만들어 평소의 총명함과 냉정을 앗아간 것일 테고."

무루가 눈가를 찡그리며 물었다.

"대체 무슨 말씀을 하고 싶으신 겁니까?"

"생각해 보게. 세상에는 독특한 사람이 많네. 그중에 야율강은 가히 최상급에 속하는 인물이라고 할 수 있지. 굳이 내공을 익히지 않는 어려운 길을 선택한 사람이잖나. 그런데 그가 나중에는 혼원일기공이란 내공을 익히길 간절히 원했던 것으로 보이네."

"……"

"아마 그 혼원일기공은 평생 단련한 의지마저 스스로 꺾을 만큼 대단한 내공심법이지 않겠나?"

"그런 것이 실제로 존재했다면 그렇겠지요. 그러나 아쉽게도 그건 상상 속에서나 존재한 것입니다."

진충이 혀를 차며 고개를 저었다.

"쯧쯧, 자네 아주 낙담이 컸나 보군. 모든 것을 너무 부정적으로 보고 있어. 내가 알고 있는 혈동야차는 이런 사람이 아니었는데……. 자네는 어떤 상황에서도 웃으면서 역경을 돌파하는 사람이 아니었나?"

"……?"

"동굴 벽을 가득 메운 이 그림과 글들을 보게. 보통 정성이 들어간 것이 아니네. 아마 그는 꽤 오랜 시간 공들여 이것을 새겼을 것이네. 그저 심심풀이로 하기엔 꽤나 고단한 작업이었을 것 같지 않나?"

"어르신께서는 미친 자에게서 이성과 논리를 찾으시려는 겁니까?"

"다른 건 몰라도 야율강의 의지만큼은 천하제일이었을 것이라 생각하네. 그러니 외공만으로 천하십대고수에 들었을 것이고. 그런 자가 늘그막에 허튼짓을 할 것이라 생각하나? 그런 의지의 소유자가 그리 쉽게 실성할 것이라 믿는 건가?"

무루의 눈동자가 조금이지만 흔들렸다. 하지만 그의 입술 사이로 나오는 말투는 여전히 냉담했다.

"어르신의 말씀에도 일리가 있는 건 압니다. 하지만 제 눈앞에 있는 저 흔적들은… 그가 미쳤다는 것 외에는 달리 설명할 길이 없습니다."

갑자기 진충이 정색을 하고 물었다.

"자네는 정말 야율강이 남긴 것을 다 보았다고 생각하는 건가?"

돌변한 진충의 얼굴을 본 무루가 입술을 깨물었다.

그는 천천히 야율강이 남긴 무적야수포와 무극검경을 훑었다. 그간 지긋지긋할 정도로 봐와 외우다시피 한 것들이다. 그러자 진충이 고개를 저으며 무루에게서 횃불을 빼앗아 들었다.

"그쪽이 아니라 이쪽을 보게."

진충이 동굴의 반대 벽을 가리켰다. 그의 횃불이 향하는 곳은 울퉁불퉁했다. 그러나 그 위에는 흐릿한 선들이 곳곳에 뭉텅뭉텅 그어져 있었다.

무루가 피식 웃으며 진충이 가리킨 것을 보며 물었다.

"제가 그것을 보지 못했을 것이라고 생각하십니까?"

"호오! 봤나?"

진충이 예상 밖이라는 듯이 소리 없이 웃었다. 무루는 그것이 왠지 조롱처럼 들려 아랫입술을 깨물었다.

"물론 봤습니다. 그리고 그건 아무 의미도 없는 낙서일 뿐입니다. 그저 칼을 갈았거나 무의미하게 그어놓은 선들일 뿐이지요. 아니면 무적야수포와 무극검경을 반대편 벽에 새기기 위한 도구들을 갈았던 것일 테고요."

"어찌 그리 장담하나?"

"……?"

"세상은 아는 만큼 보이는 법이네. 자네가 오랜 시간 하나의 고지만 향해 달려야 했던 사정이 있음을 짐작은 하네. 하지만 사람은 가끔 멈춰서 주변을 돌아볼 줄도 알아야 하지. 그렇지 않으면 아집에 빠져 독선을 부리게 되니까. 그러면 보다 더 큰 그림을 그릴 수 없게 될 것이고, 일생의 기회를 놓칠 수도 있지. 지금의 자네처럼 말이네."

진충의 마지막 말이 비수가 되어 무루의 가슴팍에 꽂혔다. 잠들어 있던 심장이 쿵쿵 뛰기 시작했다.

"설마 저 선과 낙서들이… 무슨 의미라도 있다는 겁니까?"

무루의 음성이 살짝 떨리며 위로 한껏 치달았다. 진충이 정색한 얼굴을 더욱 굳히며 말했다.

“그전에 하나만 묻겠네. 자네가 솔직하면 난 이 낙서들의 의미를 말해주겠네.”

“……?”

“흔한 토납법이나 삼류 내공심법이라도 익히면 수련에 많은 도움이 되네. 그런데도 굳이 내공을 익히지 않는 이유는 뭔가? 굳이 혹독한 길을 걸어야만 하는 외공의 길만을 고집하는 이유는 뭔가?”

“…….”

“고통과 학대가 즐거운 변태인가?”

무루가 어이없다는 표정으로 피식 웃었다. 기가 차서 대꾸도 하고 싶지 않았다. 그 얼굴을 차분히 살피던 진충이 말을 이었다.

“아니면 내공을 익힐 수 없는 체질인가? 예를 들면, 백 년에 한 번 나올까 말까 한다는 희귀 체질인 태양절맥 같은?”

무루의 안색이 급변했다.

그는 태연하려 했지만 이미 그의 눈가가 파르르 떨렸다. 그런데 무루가 놀라는 반응에 진충은 더 놀란 표정을 지었다. 진충은 설레설레 고개를 젓다가 이내 소름이 끼친다는 듯이 양손으로 자신의 팔을 문질렀다.

“맞군. 그랬어. 자네는 변태가 아니었던 게야. 허허허. 그렇다고 해도 이건 정말이지 놀라운 일이 아닌가?”

第六章
하늘이 이어주는 인연

"허허허, 허허허헛!"

나직이 시작된 진충의 웃음이 점점 커져 나중엔 동굴 안을 쩌렁쩌렁 울렸다. 그는 뭐가 그리 흥분되는지 몸에 경련까지 일으키며 웃었다.

반면 무루는 한참 동안이나 말없이 진충을 응시했다. 그리고 진충의 웃음이 잦아드는 시점에 입을 열었다.

"태양절맥을 아십니까?"

워낙 희귀한 체질이다 보니 그것을 아는 사람은 많지 않았다. 실제로 걸린 사람과 그 주변 지인들이 의원을 통해 알게 되는 것이 보통이었다.

"내 비록 희귀한 것에 관심이 많긴 하나, 방금까지 그런 체질이 있다는 것을 몰랐네."

“……?”

“우선 내 말에 자네 입으로 정확히 대답을 해줘야겠네. 그래야 내가 다음 말을 할 수가 있거든.”

진충이 웃음을 완전히 멈추고는 정색하며 물었다. 무루의 고개가 천천히 위아래로 움직였다.

“그렇습니다. 제가 바로… 태양절맥입니다.”

“역시! 허허허, 허허허허.”

진충이 다시 웃음을 터뜨렸다. 이번에도 어찌나 웃어대는지 그의 눈가에 눈물이 맺힐 지경이었다.

무루의 입가가 뒤틀렸다. 대체 자신의 비극이 왜 진충에게 희극이 될 수 있는지 이해가 되지 않았다.

“어르신께서는 제가 천형의 육신인 것이 그렇게 즐거우십니까? 무슨 억하심정이라도 제게 있으신 겁니까?”

“허허허, 아니네, 아니야. 그래서 웃는 것이 아니네. 아! 자네, 오해했군. 미안하네. 자네를 조롱하려거나 불쌍해서 웃은 것이 아니네.”

진충은 소매로 눈가에 맺힌 이슬을 찍어내면서 대꾸했다.

“그러면 왜 그렇게 웃으신 겁니까?”

“세상엔 무릇 인연이란 것이 있네. 자네와 내가 주유와 황개의 인연을 맺은 것처럼 말일세. 그 인연이 놀라워 절로 경탄의 웃음이 터진 것이네.”

“……?”

“인연이 닿지 않으면 어떤 것도 자신의 것이 될 수 없고, 인연이 맺어지려면 어떻게든지 이어지지. 그게 세상의 이치네.”

무루는 머리칼을 쓸어 넘기며 침착하려 애썼다. 하지만 그의 가슴은 두근두근 움직였다. 낙서들에 뭔가 의미가 있는 듯했다. 그리고 자신이 태양절맥인 것을 어떻게 안 것일까? 그것은 분명 낙서와 연관된 것 같았다.

"대체 무슨 말을 하시려는 겁니까?"

"야율강은 놀라운 무공을 얻을 기회가 있었네. 그러나 그는 낙심했지. 자신과는 인연이 닿지 않는 무공이었거든."

무루의 눈이 가늘어졌다.

"그것이 설마 저 무적야수포와 무극검경이란 말씀이십니까?"

"그렇다네. 그는 한탄했네. 그 무공을 익히지 못하는 자신을 말일세. 인연이 닿지 않으니 잊어야 했지만 그 강철 같은 의지의 사내도 잊을 수 없을 만큼 매혹적인 무공이었던 게지. 그래서 늘그막에 그 무공에 대한 그리움이 사무쳐 이렇게 동굴 벽에 새겨 넣기까지 한 걸세. 쯧쯧, 알고 보면 야율강은 드러난 것보다 더 불쌍한 사람이었네."

무루의 머리가 다시 예전처럼 팽팽 돌아갔다. 그는 진충의 말을 종합하고는 놀란 표정으로 물었다.

"서, 설마 저 무공을 익힐 수 있는 자는… 태양절맥뿐이라는 겁니까? 혹 저 낙서가 그런 뜻을 함축하고 있다는 말씀이십니까?"

진충이 씩 웃으며 고개를 끄덕였다.

"축하하네. 하늘이 내린 인연이 자네에게 닿았음을!"

"……!"

“허허허, 나 역시 아주 즐겁네. 하늘이 안배한 인연에 내가 도움이 되었으니. 나 또한 이 인연의 끈에 함께라는 뜻이 아니겠는가?”

무루는 기가 찬 얼굴로 고개를 저었다.

“전 하늘의 안배니 인연이니 하는 것들을 믿지 않습니다. 중요한 것은 제 의지일 뿐입니다.”

무루가 그렇게 말할 줄 알았다는 듯이 진충이 미소를 지었다.

“허허허, 자네 말이 틀린 것은 아니네. 운명이란 것은 개척하는 것이니까. 하지만 정해진 숙명이란 것도 있네. 그건 이미 태어날 때부터 정해진 것이네. 예를 들면, 자네가 태양절맥으로 태어난 것 같은 경우를 말하는 것이네. 바꾸고 싶어도 결코 바꿀 수 없는 것이지.”

“…….”

“아무리 하늘이 정해준 숙명이 좋아도 스스로를 부단히 갈고 닦지 않으면 타락할 것이고, 타고난 업이 비참해도 노력하고 정진하면 결국 스스로 원하는 바를 얻는 법이네. 세상의 연이란 것은 그렇게 정해진 것과 만들어가는 것의 조화로 이루어지는 것이네.”

무루는 진충의 말을 경청했다. 뭔지 모를 기연이 다가오고 있음을 느꼈다. 그것이 무엇인지, 어떻게 전개될지는 알 수 없었다. 그러나 적어도 현 상황보다 더 나빠질 것은 없을 것이라 생각했다.

“자네는 정해진 숙명을 스스로의 힘으로 이겨내고 개척해 왔네. 그렇기에 이런 운이 자네에게 이어지는 것이라 생각하네.

자고로 하늘은 스스로 돕는 자를 돕는다고 하지 않나? 아니라면 하늘이 모든 것을 안배한 것일 수도 있을 터이고.”

“대체 왜 뜬금없이 인연에 관해 열변을 토하시는 겁니까? 이제 그 얘기는 그만하고 저 선들이 무엇을 말하는지 말씀해 주십시오.”

무루는 좀 전까지 자신이 아무 의미도 없다고 생각했던 선들을 노려보며 물었다. 진충이 입을 열었다.

“그건 금문(金文)라는 고문자네.”

“……!”

무루의 눈이 커져 그 낙서들을 유심히 보았다. 그러나 그는 금문을 몰랐다.

“나를 따라오게.”

진충이 동굴 입구로 가서 오른쪽 벽으로 붙었다. 무루는 그 옆에 나란히 섰다.

금문은 곳곳에 드문드문 새겨져 있었다. 진충의 말대로 아는 만큼 보이는 법이다. 금문을 모르는 자가 보면 그건 아무리 봐도 낙서나 자연적으로 생긴 선일 뿐이었다.

진충이 무루를 보며 미소를 지었다.

“야율강은 꽤나 억울했나 보이, 자신이 그 무공을 익힐 수 없다는 것이. 하지만 그도 무(武)를 숭상하는 무인이었던 것만은 분명하네. 이런 것을 남긴 것을 보면. 자, 이제부터 숨겨져 있는 금문들을 해석하겠네.”

무루는 고개를 끄덕였다. 자꾸만 입안의 침이 말라갔다. 초조하다 못해 현기증이 날 것만 같았다. 그러나 애써 호흡을 가라앉혔다.

"부탁드립니다."

"왼쪽 벽에 새겨져 있는 무공들은 천부(天府)라는 곳의 무공 일부이다. 천부는 이천오백 년 전 천하에서 가장 강한 신의 전사들이 있었던 조직이다."

진충은 무루의 안색이 급변하는 것을 즐겁게 바라보다가 몇 걸음을 앞으로 거닐고는 횃불을 높이 쳐들었다. 횃불의 빛이 닿는 자리에 또 다시 금문이 낙서처럼 깨알같이 존재했다. 원래는 먼지로 덮여 있었는데 진충이 말끔히 털어낸 것이다.

"그곳에는 천부 팔관(天府八關)이 존재한다. 팔관의 각각 입구에는 해당 관에서 익혀야 할 것들이 그려져 있다. 노부가 반대쪽 벽에 새겨 넣은 무적야수포와 무극검경도 바로 그중의 일부이다. 장담하건대 그 팔관을 다 통과하는 자, 전무후무, 공전절후, 절대고수의 칭호를 얻을 것이다."

또다시 진충이 걸음을 옮기고 해석하는 과정이 계속 이어졌다.

"나는 천부 팔관의 입구에 새겨진 천부의 무공에 매혹됐다. 내력을 무시하던 내가 말이다. 나는 진심으로 천부에 들고 싶었다. 그러나 천부를 지키는 두 명의 호법에 의해 나는 거절됐다. 천부를 지키던 그들은 외로웠는지 나를 벗으로 삼아주었다. 그러나 천부 팔관에 드는 것은 결코 허락하지 않았다."

"왜냐하면 천부의 무공은 하늘이 선택한 자만이 익힐 수 있는 무공이었던 것이다. 바로 태양절맥만이 혼원일기공을 익힐 수 있기 때문이다. 태양절맥이 아니라면 천부 팔관 중 일관도 넘지 못하고 죽음을 면치 못할 것이라 했다."

"그러나 나는 일관에 도전하길 간절히 청했다. 내 의지를 꺾을 수 없었던 두 호법은 결국 허락했고, 난 일관에 들어갈 수 있었다. 그러나 강철보다 더 단단했던 내 의지도 결국 천부의 일관에서는 무력하기만 했다."

무루의 신형이 벼락이라도 맞은 사시나무처럼 떨렸다.

그는 금문을 알지 못했지만 방금 진충이 해석한 금문으로 다가가 손으로 어루만졌다.

"저, 정말 그렇게 쓰여 있는 겁니까? 태양절맥만이 익힐 수 있는 무공이라고?"

진충이 따스하게 웃어주었다.

"그렇다네. 내 이 구절을 보지 않았다면 어찌 태양절맥이란 것이 있는지 알 수 있었겠나? 또한 바로 이 부분으로 인해 나는 하늘의 인연을 말했던 것이네."

"아아……."

벽을 어루만지는 무루의 손이 부들부들 떨렸다. 이제야 진충이 왜 그렇게 인연이란 것에 대해 주저리주저리 말을 늘어놓았는지 알 수 있었다.

"운명을 개척하는 노력이 이런 기연을 탄생시킨 것일세. 자네가 스스로를 끊임없이 단련하지 않았더라면, 야율강의 흔적을 찾지 않았더라면, 그리고 나와 만나 나를 돕지 않았더라면 이런 기연은 존재하지 않았을 것이지. 암."

진충은 다시 세 걸음을 앞으로 가서는 그곳의 금문도 해석했다.

"여기엔 이런 말이 있네. 태양절맥은 단순한 절맥이 아니다. 아주 오래전에는 그러한 자들을 가리켜 태양신맥(太陽神脈)이라 불렀다. 하늘이 내린 불멸의 전사가 될 사람들이란 뜻이다. 선택받은 하늘의 전사가 될 사람."

무루가 진충의 말을 따라 했다.

"태양신맥?"

진충이 고개를 끄덕이고는 다섯 걸음을 성큼성큼 걸었다. 그리고 그 앞에 있는 금문을 해석했다.

"나를 찾아온 연자에게 남긴다. 그대가 나와 그리고 하늘과 인연이 닿는다면 어떻게 해서든지 이 금문을 보게 될 것이다. 또한 그대가 혹 태양신맥이라면 이 모든 것은 하늘의 뜻이니 잠들었던 천부의 힘을 깨워라. 절대고수가 되어라!"

해석하는 진충도 듣는 무루도 점점 흥분에 달아올랐다. 천부에 관한 몇 개의 해석이 더 끝나고 둘은 마침내 마지막 금문에 이르렀다.

그곳에서 진충이 호흡을 가다듬으며 무루를 보았다.

"이건… 천부가 있는 위치를 말하고 있네. 그리고 혼원일기공의 특성에 대해서도 간략하게 쓰여 있군."

"……!"

"허허, 재미있군. 혼원일기공은 하단전이 중심이 아니라 상단전과 중단전을 하나의 고리로 연결하는 것이라 하네. 신의 무공이라더니 확실히 특이하군."

"어르신……."

무루는 어서 천부가 있는 위치를 말해달라는 눈빛을 던졌다.

"나는 자네를 믿네. 그러니 돕는 게지. 또한 이 모든 것이 하늘이 내려준 인연이라고 생각하네. 하지만… 하나만 약조해 줄 수 있겠나?"

무루는 상기된 얼굴로 진충의 따뜻하면서도 걱정스러운 눈빛을 보았다. 그리고는 이내 고개를 끄덕였다.

"말씀하십시오."

"자네가 이 힘을 어디까지 얻을 수 있을지는 모르겠지만, 그 힘을 사용할 시에 한 번은 상대방에게 생각할 시간을 주지 않겠나? 그가 뉘우친다면 용서해 주지 않겠나?"

무루가 입술을 꾹 깨물고는 대답하지 않았다. 진충은 조용히 서서 무루의 대답을 기다렸다. 한참의 침묵이 흐른 후에 무루가 입을 열었다.

"죄송합니다. 그건 약속드릴 수 없습니다."

진충의 눈동자가 흔들렸다.

"그럼 나는 이 장소를 알려줄 수 없네."

"……"

"그래도 약속할 수 없나?"

"죄송합니다."

다시 정적이 둘 사이를 비집고 들어와 한참을 자리했다. 이번엔 진충이 먼저 입을 열었다.

"자넨 참으로 어쩔 수 없는 사람이군."

"……"

"거짓으로라도 그러겠다고 약속하면 되는 간단한 것 아닌가?"

"물론 그렇게 하면 됩니다."

"그런데 왜 그렇게 하지 않나?"

무루가 씁쓸히 웃으며 진충의 얼굴을 보았다.

"진심으로 절 걱정하고 도와주시는 어르신께… 거짓말을 하고 싶지는 않기 때문입니다."

"……."

"……."

"허어, 허허허. 당최 나는 자네를 한 번 이길 수가 없구만. 자네가 그렇게까지 말하니 내가 더 이상 버틸 재간이 없지 않은가?"

말은 그렇게 했지만 무루를 바라보는 진충의 시선은 따스해져 있었다. 이런 마음을 가진 녀석이 힘을 허투루 쓰지 않을 것이라 믿기 때문이었다. 그리고 힘을 사용할 때에는 그럴 만한 이유나 사정이 있을 것이라 생각했다. 무엇보다 이건 하늘이 이어준 인연이었다.

"장소를 말해주고 나는… 이 금문을 다 지울 생각이네."

"……."

"그리고 오늘 밤은 나와 함께 술을 대작함세. 나이를 떠나 하늘이 맺어준 인연 아닌가? 이별주는 해야지. 설마 이 부탁마저 거절한다면 난 결코 장소를 말하지 않겠네. 목에 칼이 들어와도 말일세."

한일자로 굳게 닫혀 있던 무루의 입술이 살짝 꼬리를 일으키며 작은 미소를 만들었다. 지난 육 년간 지어왔던 차갑고 삭막한 미소가 아닌 가슴으로부터 우러나온 밝은 미소였다.

"예, 그리하지요."

비록 작은 미소라지만 그 미소가 마음에 들었을까? 진충은 뭐에 홀린 듯이 그런 무루를 보다가 이내 환하게 너털웃음을 터뜨렸다.

"허허허, 좋네. 약속한 거네."

"예, 남아일언 중천금이라 했습니다. 그런데 저도 어르신께 묻고 싶은 것이 있습니다. 어르신께서는 이 무공이 탐나지 않습니까?"

"허허, 불행하게도 나는 자네와 같은 태양절맥, 아니지, 태양신맥이 아니라네."

"하지만… 큰 힘이라면 욕심이 나는 것이 인지상정이지요. 자기 것이 될 수 없더라도…….."

진충이 고개를 저었다.

"자기 그릇에 넘치는 것을 탐하는 것은 과욕일세. 잊지 말게나, 모든 실패의 이유는 게으름이나 과욕 둘 중 하나 때문이라는 것을."

"……."

"내가 인생의 목표로 삼은 것은 무림의 고수가 되는 것이 아니네. 하지만… 강호의 고수와 벗이 되는 것은 사양하지 않겠네. 허허허."

무루는 진충을 보며 소리없이 웃었다. 평범한 사내 같지만 거인이었다. 태어나 처음으로 진심으로 존경할 만한 가치가 있는 사람과 만난 것이다.

무루는 자리에서 무릎을 꿇고 허리를 숙였다.

"명심하지요. 그리고 이 도움, 결코 잊지 않겠습니다."

그가 갑자기 절을 하자 진충은 당황했다. 그러나 그 진심을 느끼며 가득 미소 지었다.

"허허, 자네는 게으름을 피울 것 같지는 않고, 분수에 넘치는 과욕만 부리지 말게. 남의 것을 탐하기 시작하면 정작 자신 안에 있는 보물은 간과하게 되지. 많은 사람이 불행한 이유는 바로 그 보물을 잊기 때문이네."

"예."

"일어나게. 장부의 무릎은 그리 값싼 게 아니네."

진충이 무루의 어깨를 감싸고는 일으켰다.

"하늘이 자네에게 내린 재주와 기연을 잘 써주게. 나는 반드시 이 기연엔 무슨 이유가 있을 것이라 생각한다네. 자네가 이를 사리사욕을 위해 쓴다면 오히려 재앙이 되어 자네를 덮칠 걸세. 세상의 이치란 게 그렇거든."

"이 은혜, 결코 잊지 않겠습니다. 훗날 반드시 다시 찾아뵙겠습니다."

"허허, 벗이 먼 곳에서 찾아와 준다면 그만한 기쁨이 또 어디 있겠는가? 다시 만날 수 있으면 나야 고마울 뿐이지."

진충은 무루를 보며 진한 아쉬움을 느꼈다. 변태가 아닌 것을 안 이상 자신의 손녀와 이어주고 싶은 생각이 다시 떠오른 탓이었다.

그러나 그는 고개를 저었다.

무루에게 무슨 사정이 있는지는 모르겠으나 그가 갈 길을 유추하는 것은 어렵지 않았다.

피로 점철된 가시밭길이 될 것이다.

그건 자신의 손녀와는 거리가 먼 인생이었다.

갑자기 손녀 생각이 나자 진충은 웃음이 나오면서도 한편으로는 보고 싶은 그리움이 가득해졌다.

눈에 넣어도 안 아픈 손녀다. 참한 녀석이면서도 의외로 의지가 강했다. 사내로 태어났으면 한자리 크게 했을 녀석이다. 더더구나 예쁘고 귀엽기까지 했다.

그의 생각이 잠시 옆길로 샌 것을 무루의 음성이 다잡았다.

"어르신?"

"응?"

"장소를……."

"아! 미안하네. 허허허."

진충은 이 중요한 순간의 실수에 대해 어이없어 헛웃음을 흘렸다.

"갑자기 손녀 생각이 들어서 말이네. 설(雪)이라는 녀석인데 어찌나 참한지. 이름만큼이나 맑은 녀석이지. 아! 그러고 보니 자네 이름도 참 좋구만. 무루(無漏)라……. 번뇌가 없는 경지란 말이지? 그런데 재미있는 것은 자네처럼 사연이 많아 보이는 사람도 없는데 말일세."

"장소를……."

"아! 허허허. 이런이런, 내가 주책이구만. 나도 늙었나 보네. 자네처럼 영민한 청년을 보니 손녀 생각이 나는 걸 보니 말일세."

"이젠 좀 장소를……."

第七章
예의 바른 소년, 천방지축 소녀

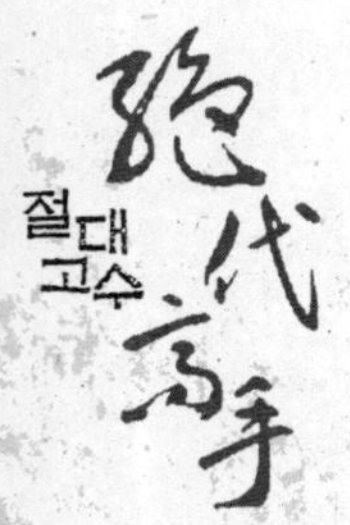

1

민음촌에서 진충과 헤어진 지 어느새 달포하고도 열흘이 지났다. 중원으로 돌아온 무루는 여름의 끝자락에 위치한 계절에 남악(南嶽) 형산(衡山)의 깊은 곳에 홀로 서 있었다.

괴구곡(怪口谷).

괴물의 입구라는 뜻에 걸맞게 주변 분위기는 을씨년스러웠다. 특히나 짙은 안개로 가득한 계곡 안에서 나오는 바람은 가끔씩 '스샤아아앙!' 하는 소리를 내며 아주 기분 나쁜 분위기를 만들었다.

보통 사람이었다면 오싹한 느낌에 서둘러 자리를 피했을 것이다. 그러나 무루는 반대로 가슴이 벅차올랐다.

"드디어 왔군."

쿵쾅거리는 심장과는 다르게 목소리는 차분했다.

그는 어둠이 깔리는 괴구곡 입구 앞에서 심호흡을 몇 차례 했
다. 여기까지 오는 내내 거의 쉬지도 않고 말을 타고 달려왔다.
지칠 만도 하건만 무루는 피로를 느끼지 못했다. 무루는 정체불
명의 이상한 안개를 향해 곧바로 발을 내디뎠다.

계곡 안, 안개의 숲으로 들어온 무루는 갑자기 쏟아지는 맹렬
한 바람에 숨을 들이켰다. 마치 온몸이 베일 것 같은 예기를 품
은 바람이었다. 그와 동시에 괴상한 소리들이 사방에서 들려왔
다.

우우우우우웅—!

마치 유부의 야차들이 울부짖는다면 그러한 소리가 날까?

무루도 인간인지라 으스스한 귀곡성에 몸이 절로 떨리는 건
어쩔 수 없었다. 하지만 무루는 여전히 태연한 얼굴로 발걸음을
재촉했다. 떨리는 육체와는 달리 그의 마음은 기대감에 심장이
터질 것만 같았다.

한 치 앞도 분간하기 어려울 정도로 짙은 안개가 계속됐다.
분명 자신은 계곡을 올라가고 있을 터인데 전혀 그런 느낌이 들
지 않았다. 비탈길이 아닌, 그저 평지를 계속 걷는 기분이었다.

그렇게 무려 한 시진쯤 걸었을까?

어느 누구라도 이상하다는 생각을 골백번은 했을 시간이다.
그러나 무루의 얼굴에서는 한 치의 망설임도 찾을 수 없었다.

왜냐하면 이 모든 괴현상은 야율강이 민음촌의 동굴에 남긴
글과 일치했기 때문이다. 그리고 마침내 그의 앞에 절벽이 모습
을 드러냈다.

막다른 길이었다. 무루는 짙은 안개 때문에 그 높이가 얼마나

되는지 짐작조차 불가능한 절벽 밑에서 씩 웃었다. 심장의 두근
거림이 더 빨라졌다.

무루는 애써 흥분을 감추며 절벽의 오른쪽으로 이동했다. 우
거진 수풀로 교묘하게 가려진 뒤에는 작은 암혈이 입을 벌리고
있었다. 장정 하나가 기어서 들어갈 만한 크기의 구멍이었다.

그는 수풀을 제치고는 망설임없이 엎드려 암혈 속으로 기어
들어 갔다. 먹물 같은 어둠이 시야를 덮는 순간 암혈 내부에서
번개가 연속으로 세 번 일었다.

암혈 속에서 번개란 있을 수 없는 일이다. 그러나 그렇게 따
지면 괴구곡으로 들어오는 순간부터 모든 것은 기현상이었다.

진법이었다.

번개로 인한 찰나의 빛이었지만 무루는 암혈 내부를 눈으로
확인했다. 작은 입구에 비해 내부는 꽤 넓었다. 그리고 불과 몇
걸음 앞에 벼랑이 있었다.

무루는 그 벼랑을 향해 거침없이 발을 놀렸다. 그의 발이 땅
에서 떨어지고 허공을 짚는 순간, 신형이 끝없는 어둠 속으로
추락했다.

무루는 하강하는 상태에서 정신을 놓치지 않으려 애를 썼다.
야율강의 말에 따르면 높이는 대략 이십여 장, 바닥은 물이 고
여 있는 웅덩이라 했다.

만약 물이 말라붙었다면 즉사를 피할 수 없었다. 하지만 무루
의 얼굴에서는 일말의 두려움도 찾을 수 없었다.

갑자기 바람의 방향이 바뀌었다.

눈을 뜨기도 어려울 정도의 맹풍이 밑에서 폭포수처럼 솟구

쳤다. 그 덕분에 떨어지는 무루의 속도가 현격하게 줄어들었다.

그리고 이내 '첨벙!' 소리를 내며 무루의 신형이 물과 충돌했다. 물의 차가움이 무루의 정신을 번쩍 들게 했다. 무루는 물 위로 올라서기 위해 팔다리를 부지런히 움직였다.

"푸아아!"

무루의 얼굴이 수면 위로 솟구쳤다. 어둠이 깔려 있긴 했지만 암혈에 처음 들어온 것에 비하면 훨씬 나았다. 웅덩이 앞쪽으로 이어지는 동굴에 희미한 빛을 내는 야광석이 박혀 있었기 때문이다.

서둘러 웅덩이를 빠져나온 무루는 품속의 노끈을 꺼내 젖은 머리칼을 뒤로 질끈 묶었다.

무루는 구불구불한 지하 동굴 길을 걸었다. 적당한 거리마다 야광석이 박혀 빛을 내주고 있어 시야는 한결 편했다. 그리고 야광석의 빛은 점점 더 밝아지고 있었다.

그리고 마침내 눈이 부신 야광석이 천장에 가득 박혀 있는 지하 광장이 모습을 드러냈다.

높이는 십여 장, 사방 좌우 폭은 오십여 장.

믿기지 않는 이 거대한 지하 광장 앞에 선 무루는 속에서 들끓는 흥분을 참기 어려웠다.

그는 잠시 멈췄던 걸음을 다시 앞으로 내디뎠다.

한 걸음 한 걸음이 사뭇 비장하고 묵직했다. 그가 광장의 중앙에 이르러 멈추고는 사방을 천천히 훑었다.

자신이 들어온 입구의 오른쪽에서부터 거대한 석문이 일정한 거리를 두고 여덟 개가 존재했다.

"천부 팔관이로군."

그 팔관의 석문 입구에는 글과 그림이 새겨져 있었다. 어떤 곳은 달랑 한 줄의 금문만 있었고, 어떤 곳은 깨알 같은 그림과 금문이 가득했다.

그는 아직 금문을 익히지 못했다. 하지만 문제 될 것은 없었다. 이곳을 지키는 두 명의 호법이 자신을 인도해 줄 것이기 때문에.

무루의 눈이 반대쪽으로 향했다.

우선 몇 개의 작은 암혈이 있었다. 그곳은 호법이 머무는 숙소였다. 그리고 그 옆으로는 천부 팔관과 같은 거대한 석문이 몇 개 있었다. 저건 호법들이 익히는 관문일 터였다.

무루는 문뜩 미간을 찌푸리며 암혈을 바라보았다.

야율강은 천부를 둘러싸고 있는 진법어 세 번에 걸쳐 침입자를 알리는 신호가 있다고 써 두었다.

천부의 호법들은 자신이 괴구곡에 들어서면서부터 침입자가 있다는 것을 알았을 것이다. 절벽의 작은 구멍으로 들어왔을 때에도 신호가 있었을 것이고, 웅덩이에 추락했을 때에도 신호가 호법들에게 전달됐을 것이다.

그런데 이 곤혹스러운 고요함은 뭔가?

천부로 들어오는 과정은 모두가 예상한 대로였지만 정작 중요한 사람은 없었다.

무루는 적이 당황스러워지려는 감정을 추슬렀다. 그는 먼저 주변 바닥을 유심히 살폈다. 먼지가 쌓이지 않은 것을 보고는 사람이 있음을 간파했다.

무루는 호법들이 머문다는 암혈을 향해 천천히 걸음을 내디
뎠다. 아주 오랜만에 긴장감이 전신 근육을 타고 팽팽하게 흘렀
다.

그가 가장 좌측의 암혈로 다가갔다. 그때 암혈 내부에서 인기
척과 목소리가 흘러나왔다.

"하아아함."

무루는 순간적으로 혼이 백 리 밖으로 날아갔다. 이건 여인의
하품 소리가 분명했다. 그것도 젊은 여인의 음성이었다.

왜 이곳에 젊은 여인이 자고 있었단 말인가? 오만 가지 생각
이 번갯불에 콩 볶을 시간에 무루의 머릿속에서 교차했다.

설마 천부의 호법이 여색을 탐하는 것인가? 아니면 이곳을 다
른 자들이나 세력들이 발견하고 점령한 것일까? 생각하다 보니
그럴 가능성도 충분히 있었다.

기대한 것과는 전혀 다르게 펼쳐지는 상황에 무루는 어찌 대
처해야할 지 난감해졌다.

그러나 그는 생사를 넘나드는 경험을 수백 번이나 했다. 빠른
속도로 냉정을 찾은 그는 등 뒤로 묶어둔 검파에 손을 올리며
암혈을 노려보았다.

암혈 내부의 어둠 속에서 하나의 인영이 걸어나왔다. 무루의
목울대가 출렁거리는 찰나 눈이 찢어질 듯이 커졌다.

"이 무슨……?"

여간해서는 표정의 변화를 드러내지 않는 무루도 이번만큼은
예외였다. 예상대로 암혈 밖으로 나온 자는 자신보다 훨씬 어려
보이는 소녀였다. 한 열서넛쯤 되었을까?

문제는 소녀가 벌거벗고 있다는 사실이었다. 아랫도리엔 아슬아슬할 정도로 짧은 가죽 치마—사실 치마인지 속옷인지도 구별할 수 없었지만—를 입고 있지만 그것이 오히려 더 선정적이라는 것이 문제였다.

맑고 커다란 눈망울에 백옥 같은 피부의 미소녀였다. 아직 어렸지만 사람의 혼을 집어삼킬 만큼 무서울 정도로 아름다웠다.

소녀의 붉은 입술이 열리며 고르고 하얀 치아가 드러났다. 만리호치(曼理皓齒)라! 만지면 미끄러질 듯한 피부와 하얀 이가 눈이 부실 정도였다.

아직 잠이 덜 깬 듯한 소녀의 눈이 점점 커졌다.

"어라? 넌 누구야?"

무루는 당황하며 고개를 옆으로 돌렸다. 비록 어리다고는 하지만 차마 소녀의 나신을 계속 보고 있을 수가 없었다. 그러기엔 눈앞 소녀의 몸이 너무 숙성했다.

은쟁반에 옥구슬 굴러가는 듯한 꾀꼬리 같은 소녀의 음색이 앙증맞은 입술 사이에서 흘러나왔다.

"어이, 이봐! 너 누구냐고."

무루가 속으로 심호흡을 하고는 반문했다.

"그건 내가 묻고 싶은 말이다. 너는 누구지?"

"뭐라고? 주인이 정체를 밝히는 경우가 어디에 있어? 너, 어떻게 이 안까지 굴러들어 왔어?"

"네가 이곳의 주인이라고?"

고개를 돌렸던 무루가 다시 소녀를 보며 물었다. 그의 찌푸려진 미간이 더욱 깊게 파였다. 여인과는 담을 쌓고 살아온 세월이다. 그런데도 이 소녀는 사람의 심장을 들끓게 하는 무언가가 있었다.

갸름한 턱 선의 그녀는 숨이 막힐 정도로 청순해 보였고 유려하면서도 굴곡진 몸은 현기증이 날 정도로 아찔했다. 아직 어려 보이는데도 이러하니 몇 년 후가 되면 어떨지는 상상하는 것도 힘들었다.

태어나 처음 보는 우물이다.

능히 아름다운 용모만으로 나라를 위험하게 만들 정도라는 경국지색(傾國之色)의 미모를 가진 절세미녀로 성장할 것이 자명한 소녀였다. 그런데 정말이지 나오는 말은 깼다.

"인마, 당장 말하지 못해? 이게 한번 죽도록 처맞아봐야 실토하려나? 맞고 말할래, 말하고 맞을래?"

"음……."

"정말 뒈지고 싶어?"

소녀는 눈에 쌍심지를 켜며 양손을 개미허리처럼 잘록한 허리에 댔다. 무루는 결국 한숨과 함께 다시 고개를 돌려야 했다. 고문도 이런 고문이 없었다.

"일단 옷부터 입어라."

"응?"

"네 몸에 뭐라도 걸치란 말이다!"

무루가 짜증스런 얼굴로 외쳤다.

'까아아악!' 하고 비명을 지르며 암혈 속으로 뛰어들어 가야 맞았다. 그러나 소녀는 뭔 개소리냐는 표정으로 외쳤다.

"더워 죽겠는데 네가 뭔데 지랄이야! 왜? 욕정이라도 치미는 거야? 킥! 꼴에 사내라고.”

“허…….”

“인마, 헛소리는 집어치우고 어떻게 안에 들어온 건지나 불어. 엉?”

무루는 뭔가 꼬여도 단단히 꼬이고 있다는 생각을 떨칠 수가 없었다. 이곳으로 달려오면서 상상한 수많은 기대가 너무 어이없게 일그러졌다.

그때 소녀가 나온 옆쪽의 동굴에서 인기척이 났다.

무루의 눈이 번뜩였다.

하나의 가능성이 그의 뇌리를 스쳤다.

이 소녀는 천부의 호법들이 제자로 들인 것일지도 몰랐다.

무루는 자신의 직감이 옳다고 확신했다. 그동안 살아오면서 자신의 직감은 꽤나 잘 맞는 편이었다. 그제야 무루의 얼굴에서 당혹스러움이 사라졌다.

소녀의 옆 암혈에서 하나의 인영이 걸어나왔다.

이번엔 소녀 또래의 소년이었다. 이번에도 아이가 나오자 무루의 낙심은 더 커졌다. 나오라는 노인들은 감감무소식이고 어디서 이렇게 애들만 튀어나오는 것인가?

그나마 다행인 것은 옷을 제대로 걸치고 있다는 점뿐이었다. 하긴 어린 사내 녀석이 옷을 입고 있든 말든 아무 상관 없지만.

소년은 뒷짐을 진 채 팔자걸음으로 느릿하니 나와서 무루를 빤히 바라보았다. 움직이는 행세로만 본다면 어느 명문대가에서 귀하게 자란 공자님과 다를 바 없었다.

무루 역시 소년을 직시했다.

창백한 안색, 야윈 육신.

바람이 불면 금방이라도 쓰러질 듯한 소년은 무슨 심각한 병이라도 걸린 것 같았다. 그러나 눈빛만큼은 제법 날카로웠다. 소년이 고개를 소녀에게 돌리며 말했다.

"사매는 지금 너무 흥분했어요. 흥분은 냉정을 잃게 하고, 냉정을 잃으면 일을 그르친다고 내 그렇게 말하지 않았습니까?"

소년은 아직 어린 나이인데도 말하는 본새는 제법 어른 티가 났다. 하지만 그런 애늙은이 같은 모습이 오히려 거북하게 다가왔다.

"사형, 뭐 하다가 이제야 기어나와? 지금 진을 관리하는 건 사형 순번이잖아."

"손님이 오셨으니 의관을 정비할 시간이 있어야 했지요. 저는 게으른 사매와 달리 예(禮)를 중히 여깁니다."

"손님? 무슨 개풀 뜯어 먹는 소리야? 이자가 손님이라고?"

"선의의 손님인지 악의의 손님인지는 아직 모르겠지만, 하여튼 이분은 손님이에요. 이분께서는 이곳까지 오는 데 한 차례의 망설임도 없었답니다."

소년은 자신이 사매라 부르는 어린 동생에게 깍듯이 대답하며 미소를 지었다. 반면 오빠뻘인 사형에게 소녀는 당돌하게 받아쳤다. 무루는 그 둘의 이상한 대화를 들으며 머리가 지끈거리기 시작했다.

하나부터 열까지 정상적인 것이라고는 없어 보였다.

"흥! 사형이 그것을 봤어?"

"보지 못했어도 유추하는 것은 어렵지 않지요. 침입을 알리는 세 번의 시간을 따져 보면 되니까요."

태평스러울 정도로 느릿느릿한 말이다. 그러나 소녀는 습관이 됐는지 아무렇지도 않아 보였다.

"그래? 그럼 저 자식이 이곳을 알고 있었단 말이야?"

"그렇지 않았다면 결코 한 번도 헤매지 않고 일체의 두려움도 없이 이 안까지 들어서는 것은 불가능해요. 귀신이라면 모를까. 허허허허."

노인에게서나 들을 수 있는 웃음소리가 지하 광장을 잔잔히 울렸다. 무루는 어린 소년의 이런 웃음이 거북하다 못해 매스껍기까지 했다. 혹시 반로환동(返老還童)한 고수들이 아닐까?

무루는 고개를 저었다. 반로환동한 무시무시한 고수라 해도 속일 수 없는 것이 몇 가지 있다.

눈빛이 그렇고 이가 그랬다. 무루가 본 소년 소녀의 눈빛과 이는 결코 강호의 무서운 노(老)고수는 아니란 결론이었다. 물론 아직 확신할 수는 없지만······.

소녀가 잠시 고개를 갸웃거리며 침묵하다가 무루의 상념을 깨고 들어섰다.

"흠, 그렇단 말이지? 그럼 귀신이라는 말이네? 그러기엔 너무 생생한데?"

소년이 혀를 끌끌 차며 대꾸했다.

"사매도 참. 고작 낸 결론이 그겁니까? 정말 사매는 초지일관 그리 멍청할 수 있는지 놀라울 따름이에요. 내가 한 말의 뜻은 저 손님이 이곳에 대해 잘 알고 있다는 것이지요."

순간, 소녀가 사나운 눈초리로 무루를 쏘아보았다. 무루로 하여금 더 당혹스럽게 한 것은 소녀가 아무리 사납게 표정을 지어도 그것이 매우 앙증맞게 보인다는 점이었다. 소녀가 봉긋한 가슴 아래로 팔짱을 끼고는 턱을 위로 세우며 물었다.

"어이? 너, 여기에 천부가 있다는 거 누구한테 들었어?"

무루는 결국 손을 들어 관자놀이를 짚었다. 소녀가 팔짱을 끼자 가슴이 도드라져 보여 절로 호흡이 가빠졌다. 저 어린 소녀한테 이런 정염에 든다는 것이 수치스럽고 양심의 가책까지 들었다.

하지만 소녀는 설사 도(道)를 위해 세상을 등진 신선이라도 다시 속세로 내려오게 할 만큼이나 아름다웠다. 전에 없던 두통이 생겨나고 있었다.

"휴우, 어쨌든 천부가 맞긴 하군. 다행이다. 나는 혹 잘못 찾아온 건 아닌지 잠시 헷갈렸으니까."

"어쭈구리? 또 내 말을 씹네?"

창백한 소년이 끼어들었다.

"사매, 일단 천천히 얘기를 해보도록 하지요. 폭력은 대화로 푼 다음에 해도 늦지 않는 법입니다."

"사형, 내가 대화를 시도하는데 저 자식이 계속 무시하잖아. 나는 계속해서 대화를 하려……."

무루가 끼어들어 소녀의 말을 막았다.

"너는 제발이지 일단 옷부터 걸쳐라."

자신도 대화를 해야 했다. 아니, 의사소통이 절박한 것은 자신이었다. 그러나 소녀가 저리 벌거벗고 있어서야 대화에 집중하기 힘들었다.

만약 다른 소녀나 여인이었다면 개의치 않았을 것이다. 그러나 이 소녀는 어떤 사람도 감당키 어려운 미색(美色)을 폭포수처럼 줄줄 흘려내고 있었다. 그건 정말이지 귀신이라도 홀릴 절대적인 아름다움이었다.

"흥! 끝까지 내 말엔 대꾸하지 않겠다 이거지? 어디 그 똥고집이 언제까지 갈지 보자."

말이 끝나는 순간 소녀가 흡사 맹수처럼 덮쳤다.

이에 놀란 무루가 반사적으로 뒤로 물러났다. 그 짧은 순간에 소녀는 무루의 좌측으로 접근해 주먹을 날리고 있었다.

'빠, 빠르다!'

그저 예쁘기만 한 소녀가 아니었다. 상당한 내력을 가지고 있지 않다면 절대 불가능한 몸놀림이었다.

무루는 이를 악물며 몸을 뒤로 젖혔다

부우우웅.

소녀의 작은 주먹이 아슬아슬하게 무루의 뺨을 놓치고 지나갔다. 그러나 그 가는 팔에서 나는 파공음은 더할 나위 없이 묵직했다.

내가 고수에게서나 볼 수 있는 공기의 떨림이었다. 풍부한 실전 경험을 가지고 있는 무루는 소녀의 능력을 단숨에 알아차렸다.

한편 기껏 기습을 했는데 허탕을 친 소녀는 분한 표정으로 몸을 비틀었다. 그러나 표정과는 달리 신이 난 목소리로 말했다.

"오옷, 제법인데? 순하게 생긴 것과 달리 한 가닥 하잖아. 좋았어. 어디 이것도 피해봐라."

무루는 쓴웃음을 베어 물어야 했다. 육 년 전 자신이라면 모르겠으나 작금의 자신을 보고 순하게 생겼다는 말을 하는 사람이 있을 줄이야.

파아앗.

그녀의 사슴처럼 쭉 뻗은 다리가 무루의 하반신을 노렸다. 무루는 뒤로 젖혀지는 몸을 더욱 빠르게 눕히며 양팔로 땅을 짚었다.

휘리리릭.

그의 신형이 뒤돌아 넘는 동작으로 소녀의 공격을 다시 피해냈다. 그러나 소녀는 가소롭다는 듯이 땅을 박차며 무루가 일어서는 지점으로 주먹을 꽂아 넣었다. 주먹에 뿌연 기운이 일렁이는 것이 상당한 공력이 담긴 일격이었다.

'빨라! 피하기엔 늦었다.'

무루의 눈가가 일그러졌다.

2

위기의 순간 무루는 뒤로 젖혀진 손에 걸린 검파를 잡았다. 방법은 하나밖에 없었다. 가슴을 내주고 동시에 검으로 소녀의 머리를 친다!

물론 소녀가 눈치채고 물러선다면 다시 대치해야 할 것이다. 그러나 다행히 소녀는 자신을 무시하고 있었다.

딸깍.

검신의 일부가 빛을 내며 모습을 드러냈다. 그러나 무루는 차마 검을 끝까지 뽑아내지 못했다.

퍼억!

가슴을 얻어맞은 무루의 신형이 뒤로 주르륵 밀려났다. 목구멍에서 핏물이 숫구치려는 것을 삼킨 그는 후들거리는 다리에 힘을 주며 버텼다.

아팠다.

하지만 쓰러지기에는 자존심이 허락하지 않았다.

소녀가 놀란 토끼눈으로 감탄했다.

"호오! 그걸 버티네? 이거 정말 흥미진진해지는데?"

그녀가 득달같이 다시 달려들려는 순간 소년이 그녀와 무루 사이로 뭔가를 하나 툭 던졌다.

작은 청동(靑銅) 구슬이었다.

"사매, 그만하십시오. 사형으로서의 뜻입니다."

소녀의 아미가 사납게 일그러졌다. 그녀는 자신의 일 장 앞에 땅에 떨어진 청동 구슬을 보다가 소년을 향해 일갈했다.

"날 방해하다니? 뭐 하는 짓이야? 당장 치우지 않으면 사형 면상부터 날아갈 줄 알아!"

"사매는 성격이 너무 급해요. 잠깐 멈추고 내 말 좀 들어보세요. 안 그러면 청동환을 더 던지겠습니다."

소녀가 뒤로 주춤 물러서며 어색하게 웃었다.

"그, 그러지 마. 치사하게. 사형, 일단 패고 설명은 천천히 들으면 될 것을 굳이 어렵게 풀려고 그래?"

무루는 소녀의 표정에 어리는 당혹감을 보며 두통이 더 심해졌다. 저 청동 구슬이 대체 뭐기에 천둥벌거숭이 같은 소녀가 갑자기 온순해지는 것일까?

소년은 소녀를 보며 피곤한 표정으로 혀를 찼다.

"쯧쯧쯧, 사매는 전력을 다하고 저 손님은 봐주고 있습니다. 이런 한심한 대결을 좋아하는 겁니까?"

소녀의 구름 같은 속눈썹이 떨렸다. 불신의 기색이 그 눈에서 줄기줄기 쏟아졌다.

"뭐라고? 저 자식이 날 봐줬다고?"

"그래요. 실력으로는 사매가 나았어요. 하지만 저 손님은 경험이 아주 풍부한 것 같습니다. 머리도 좋은 것 같고요. 형편없는 실력이지만 기본이 탄탄하고 응용력이 좋은 자예요."

소년의 형편없는 실력이란 말에 무루는 쓴웃음을 깨물었다. 은근히 부아가 났지만 인정할 수밖에 없었다.

자신이 삼류만 모아둔 낭인계, 그것도 대륙의 변방인 운남에서는 전설일 수 있었다. 그러나 그것은 우물 안 개구리라는 사실을 누구보다 잘 알고 있었다. 하지만 이 어린 친구들에게 그런 말을 듣는 것이 과히 기분 좋지는 않았다.

소녀는 고개를 갸웃거리며 소년에게 물었다.

"그게 무슨 말이야? 정확히 설명해 봐."

"사매가 저자의 가슴을 때리기 직전, 저 사내의 검이 빠져나오려다가 멈췄어요. 만약 저 사내가 멈추지 않았다면 사매는 아주 큰 부상을 입었을지도 모르지요."

소녀가 흠칫 떠는 가운데 소년의 말이 이어졌다.

"운이 없다면 머리가 박살 나 뇌수를 흘리며 처참하게 죽었을지도 모르죠. 허망하게 황천길 갔을 수도 있다는 말이에요."

무루는 이맛살을 찌푸렸다. 소년의 말은 분명 예의가 철철 넘쳤다. 하지만 그 속에는 숱한 가시와 이빨이 나올 듯 말 듯 수면 아래에 머물고 있었다.

그래서 듣고 있으면 찜찜한 기분이 들게 했다. 반면 소녀는 정반대였다. 말투는 거칠지만 뒤끝이 없었다.

소년과 소녀가 오래 같이 지내면서 서로의 말투에 무의식적으로 영향을 받은 것은 아닐까 하는 생각이 들었다.

한편 소년의 말을 들은 소녀의 오른쪽 눈썹이 위로 치솟았다. 그녀의 표정이 붉으락푸르락 변하더니 무루에게 물었다.

"어이, 날 봐줬다는 사형 말이 사실이냐?"

무루가 담담하게 입을 열었다.

"일단 옷이나 걸쳐라."

소녀의 어깨가 축 늘어졌다. 무루의 말에서 사형의 말이 농이 아님을 깨달은 것이다. 자신이 졌다는 사실에 갑자기 풀이 죽은 소녀는 퉁명스럽게 말했다.

"야! 누, 누가 봐달라고 했어?"

"그럼 죽여야 옳았나?"

"흥! 나는 분명 네 검을 피할 수 있었을 거야. 그리고 나는… 나는 널 죽일 생각은 전혀 없었어. 그냥 그러니까… 심심했던 차에 가지고 놀려고, 아냐. 이건 아니고, 그래, 기선 제압. 기선 제압만 하려고 한 거야. 네가 내 질문을 자꾸 무시하니까."

무루는 살짝 소름이 돋았다.

이 소녀, 천진하다.

너무 순진해서 장난으로 던진 돌에 개구리는 맞아 죽을 수도

있다는 것을 모를 정도로 말이다. 아까 맞은 가슴의 일격은 평
범한 자신 또래가 맞았다면 즉사할 수도 있는 위력을 가지고 있
었다. 다행히 자신은 개구리가 아니었다.

"그래, 알았다. 넌 맨주먹인데 어른인 내가 검을 쓴다는 것이
꺼림칙해서 관둔 것이니 마음에 담아두지 마라."

무루는 꺼림칙하게 웃으며 소녀를 보았다. 그나마 다행이었
다. 소마녀로 보이는 녀석이긴 했지만 진짜 마녀는 아니었다.
힘은 세지만 순진무구한 소녀일 뿐이었다.

어쨌거나 소녀를 향해 발검하지 않은 것은 그의 선택이었다.

방금 말한 것처럼 상대가 적수공권이라 그런 건 아니었다. 싸
움에 예의 따위는 없었다. 싸움 자체가 예의와는 상극인 것이니
까.

그렇다면 소녀라서? 그녀가 어려서? 아니면 우물이라서? 그
것도 아니었다.

이곳은 천부였고, 자신은 천부에서 얻어야 할 것이 있는 손님
이었다. 그리고 이 꼬맹이들은 자신을 천부의 좌우호법에게 인
도해 줄 녀석들이었다. 이 녀석들을 해하면 결국 손해는 자신이
입을 공산이 컸다.

그런 무루의 속내를 알 길 없는 소녀는 무루를 새삼 다른 시
선으로 보았다.

"호오, 외모와는 달리 꽤나 정정당당한 말을 하네? 조금 마음
에 들려 하고 있어. 뭐, 그건 그렇다 치고, 이젠 말해주지? 어떻
게 이곳에 온 거야?"

"옷을 걸치면 네 질문에 대답해 주지."

"젠장! 왜 더워 죽겠는데 자꾸 옷을 입으라고 성화야? 지가 내 더위 대신 타주는 것도 아니면서. 내가 더운 걸 얼마나 질색하는 줄 알아?"

그녀는 빽빽 소리를 지르며 투덜거렸다. 그러면서도 자신의 암혈로 돌아가는 소녀였다. 개미허리와 둔부로 이어지는 뒤태가 지독히 선정적이라 무루는 시선을 돌려야 했다.

무루는 한숨과 함께 이마 위의 땀을 훔쳤다.

이 광경을 차분한 시선으로 바라보던 소년이 무루를 향해 정중하게 고개를 숙였다.

"제 사매의 무례를 대신 사과드립니다. 그리고 손속에 인정을 베푼 것에 대해 감사를 드립니다."

"신경 쓰지 마라."

"대범하시군요. 아니면 속 좁은 것을 숨기려 대범한 척하는 위선자인 건지. 허허허."

"그 웃음과 말투, 너무 가식적이라고 생각하지 않나? 듣기에 정말 매우 거북하군."

"손님께서도 제 사매처럼 예(禮)를 모르시나 봅니다. 사매는 물정 모르는 순수함이라고 할 수 있겠지만 손님은 닳고 닳은 소인배라고 해야 할까요? 허허허."

"그렇게 말하는 너는 예를 안다고 생각하는 거냐?"

소년과 무루의 시선이 허공에서 맞부딪쳤다.

한 치의 물러섬 없는 기세 싸움이었다

소년은 자신만만했다.

어느 누구에게도 눈싸움이나 기세 싸움에서 밀리지 않을 자신이 있었다. 뒷짐에 쥐고 있는 청동환의 힘을 빌려 안력을 강하게 만들었기 때문이다. 하지만 그러한 여유만만은 파도가 휩쓰는 모래성처럼 금방 허물어졌다. 소년의 어깨가 살포시 흔들리기 시작했다.

무루의 거뭇한 눈 속에서 뭔가가 드러나려 했다. 그것의 정체를 파악할 수 없었지만 소년은 자신도 모르게 두려움에 휩싸이기 시작했다.

그것은 광기였다.

한과 슬픔을 차곡차곡 저장하다 변해 버린 광기가 까만 눈 속에서 금방이라도 폭발할 것 같이 숨 쉬고 있었다. 당장에라도 무루의 눈 속에서 야수가 튀어나와 소년을 집어삼킬 것 같았다.

그러나 무루의 눈에서 일렁이기 시작하던 광기는 언제 그랬냐는 듯이 사르르 사라졌다.

무루는 이 소년을 설득해야 천부의 좌우호법을 만날 것이라 판단하며 쓴웃음을 삼켰다. 소년의 눈빛이 자신을 도발했다. 그 도발은 예상보다 훨씬 대단해서 내면에 숨 쉬고 있는 짐승을 꺼낼 뻔했음을 깨닫고 자책했다.

'쯧쯧, 저리 어린 녀석한테 살의를 드러내려 하다니.'

무루는 자신이 왜 그렇게까지 반응했는지 이해가 되지 않았다.

자신의 심장 안에 살고 있는 야수.

무루가 그 존재를 느낀 것은 첫 살인을 한 직후였다. 여느 사람이라면 그 충격에서 최소 며칠간은, 어쩌면 평생 빠져나오기 힘든 것이 보통이다. 하지만 곤혹스럽게도 자신은 전율과 짜릿

한 흥분을 느꼈다. 그리고 자신의 가슴속에서 웅크린 채 숨어 있던 또 하나의 자신을 발견했다.

광기의 야수를.

그래서 자신은 혈동야차란 별호를 싫어했다.

야차!

마치 자신의 속을 다른 이들이 낱낱이 파악하고 있는 듯 들려서 말이다. 어쨌거나 그는 소년의 시선을 먼저 피했다. 그리고는 소년이 관심 가질 만한 질문을 꺼냈다.

"뭐, 좋아. 네 말투나 습관은 내 상관할 바 아니지. 그런데 네가 던진 저 구슬은 뭐지? 암기인가?"

소년의 얼굴은 땀에 푹 절어 있었다. 그는 거칠어진 호흡을 잠시 조절하다가 대꾸했다.

"제가 진법을 구축할 때 쓰는 겁니다. 종선기(從先氣), 그러니까 종선천지기의 기운이 갈무리되어 있는 구슬이지요."

차분히 답하며 무루를 바라보는 소년의 시선이 묘하게 변해 있었다. 세상에서 자신과 눈싸움을 해 이길 사람은 그리 많지 않았다. 아니, 거의 없다고 해도 틀린 말이 아니었다. 왜냐하면 자신은 청동환의 힘을 이용하고 있으니까 말이다.

상당한 고수라면 모르겠지만 저 상대는 그 정도의 고수가 절대 아니었다. 그것이 왠지 꺼림칙했다.

"종선기? 종선천지기?"

무루가 고개를 갸웃거리며 되묻자 소년이 답했다.

"가령 예를 들면 이런 겁니다. 보시겠습니까? 아! 이미 제가 던지고 있군요. 죄송하다고 해야 할까요?"

말하는 소년의 손에서 여덟 개의 청동 구슬이 무루의 주변으로 날아가고 있었다. 소년의 갑작스러운 행동이었지만 무루는 가만히 지켜만 보았다. 구슬이 암기처럼 자신을 향해 짓쳐드는 것도 아니고 주변으로 포물선을 그리며 떨어지고 있었기 때문이다.

그러나 청동환(靑銅丸)이 땅에 떨어지는 순간, 무루는 눈을 부릅떴다.

"대체 이, 이건……?"

무루는 놀라서 사방을 두리번거렸다.

무루 자신은 사막의 한가운데에 있었다. 위로는 동굴 천장이 아닌 구름 한점 없는 하늘이 펼쳐져 있었고 그 가운데 태양이 자리했다. 공기가 지독하게 뜨거워 화상을 입을 것만 같았다. 허공의 어딘가에서 소년의 목소리가 울렸다.

"손님께서는 제 놀라운 진 안에 갇혔습니다. 제가 내보내 주지 않는 이상 손님은 그곳에서 결코 나갈 수 없지요."

"이따위 환영에 겁먹을 거라 생각한다면 오산이다."

"허허허허, 꼴에 남자라고 뻗대시는군요. 하지만 그게 단순한 환상일까요? 덥지 않나요?"

그랬다.

숨이 턱턱 막힐 만큼 더웠다. 태양은 세상의 모든 것을 불태울 것 같이 일렁거렸고, 사막의 모래 위는 열기로 인한 아지랑이가 피어올랐다.

"음, 사술이긴 하나 놀라운 재주군."

무루는 소년의 재주를 인정하며 소매로 이마를 훔쳤다. 그러다가 움찔 놀라 자신의 소매를 보았다. 소매가 땀으로 축축했다. 정말로 더워서 땀이 나고 있었다.

무루는 속으로 감탄하며 발을 내디뎠다.

푹푹 빠지는 모래밭의 느낌. 똑같다고 말할 수는 없지만 그 차이는 아주 작았다.

허공을 흐르는 공기가 점점 더 뜨거워지고 있었다.

하지만 몇 걸음만 앞으로 나가면 청동환의 영역 밖일 터, 진은 사라질 것이다.

무루는 앞으로 걸었다. 걷고 또 걸었다. 무루의 눈에 놀람의 기색이 짙어졌다. 뒤를 돌아다보니 자신이 걸어온 발자국이 길게 이어져 있었다.

허공에서 소년의 말이 울렸다.

"인정하시겠습니까, 손님의 고작 그 정도의 능력으로는 결코 그곳에서 빠져나올 수 없음을?"

무루는 잠시 생각에 잠겼다. 냉정한 평가로는 나올 자신이 있었다. 그의 매서운 눈은 모래나 허공에 간간이 보이는 묘한 이질감이 느껴지는 곳을 놓치지 않고 있었다. 분명 저곳을 베면 이 진은 파괴될 것이다.

소년의 능력이 대단하기는 하지만 아직 녀석의 공부가 완벽하지는 않았다. 무루는 속으로 웃었다. 결국 소년도 아직 치기 어린 아이란 것을 느꼈다.

천둥벌거숭이 소녀도 그랬지만 짐짓 어른 티를 내는 소년도 결국은 자신에게 인정받고 싶어하고 있는 것이다. 그렇다면 추켜세워 주는 것이 어려운 것은 아니다.

무루는 끝없는 모래바다 위에서 씁쓸히 웃으며 고개를 끄덕였다.

"인정하지. 이제 보니 아주 대단한 친구였군."

"허허허, 좋습니다. 저는 손님의 그 솔직함이 아주 마음에 들었습니다. 훌륭한 인품입니다. 기실 모든 예의 근본은 상대방을 인정하고 존중하는 것에서부터 시작하는 것이지요."

"고맙다고 해야 하나?"

"별말씀을. 손님이 제 사매에게 손속의 인정을 베풀었으니 저 역시 봐드리지요."

그 말이 끝나는 순간 무루의 눈앞에 펼쳐진 사막의 광경이 흔들리기 시작했다. 그러더니 순식간에 밑으로 푹 꺼져 버렸다. 그리고 무루의 시야에 소년이 씩 웃고 있는 모습이 들어왔다.

무루는 소년을 바라보다가 자신의 몸을 내려다보았다. 옷이 땀에 푹 절어 있었다. 한바탕 꿈이라도 꾼 것 같았다. 아직 허점이 있긴 하지만 대단하다는 것을 인정하지 않을 수 없었다. 소년이 성장하고 공부가 깊어지면 놀라운 진법의 대가가 탄생할 것이 분명했다.

"엄청나군. 빠져나올 수 있는 방법은 전무한가?"

이왕 추켜세워 주기로 한 거, 일부러 엄살을 떠는 말에 소년의 입가에 함박미소가 걸렸다.

"진의 급소를 찾아내거나 진을 깰 만한 강력한 힘을 가졌다면 가능합니다. 문제는 손님이 그 정도의 고수가 아니라는 점이긴 합니다만…… 허허허."

무루는 고개를 끄덕이며 인정하는 모습을 보여주었다. 그러자 소년은 기분이 좋아졌는지 밝은 안색을 되찾았다.

"그럼 저와의 대결은 일대일 무승부군요."

무루는 피식 웃었다. 역시 소년은 눈싸움을 가슴에 담아두고 있었던 것이다. 지기 싫어하는 성정이 꼭 예전의 자신을 보는 것 같았다.

어쨌거나 무루는 슬슬 본론을 꺼낼 때라 여겼다. 언제까지 애들하고 기세 싸움을 하고 있을 수는 없었다.

"너희의 사부님을 뵙고 싶은데. 천부의 좌호법과 우호법님을 말이야."

소년이 멈칫하더니 눈이 가늘어졌다.

"과연… 손님께서는 본 부에 대해 많은 것을 알고 계시군요."

"사형, 내가 의심스러운 자라고 했잖아."

암혈에 들어갔던 소녀가 나오며 끼어들었다. 그 모습을 본 무루는 손으로 이마를 짚었다.

얇은 천으로 된 상의를 걸쳤고 밑으로는 짧은 치마 그대로였다. 그마저도 상의의 옷고름은 묶지 않았다.

무루는 갑자기 화가 치밀었다. 그는 소년을 보며 성난 목소리로 말했다.

"너희는 몇 살이지?"

"저는 열여섯, 사매는 열넷입니다. 그러는 손님은 어떻게 되십니까?"

"이봐, 그 나이면 알 만한 건 알 나이잖아. 너는 사매가 저렇게 벌거벗고 다니는 것을 구경만 하고 있었단 말이냐?"

무루는 뭔가 많이 짜증스러웠다. 그건 천부에 대한 도덕관이나 가치관이 자신이 생각한 것과는 다를 수도 있다는 느낌 때문이었다. 어째 돌아가는 정황이 천부는 사이비(似而非) 집단 같았다.

"허허허, 뭐 사매가 여름엔 더위를 많이 타는 체질이라서요. 곧 선선한 가을이 오면 옷을 걸칠 겁니다. 물론 제가 누누이 의관을 챙기라고는 하지만 사매의 고집을 누가 꺾겠습니까? 후우."

"내가 그런 말을 하는 건 아니잖나? 대체 무슨 생각으로……."

무루는 도중에 말을 멈췄다. 소년을 다그칠 일은 아니었다. 문제는 이들의 사부일 좌우호법에게 있었다.

대체 어떻게 생겨먹은 작자들이기에 제자를 이렇게 키울 수 있다는 말인가? 무루는 고민에 빠져들었다.

자신은 복수를 위해서라도 강해져야 했다.

그러기 위해서 천부의 무공은 반드시 필요하고, 당연히 천부 호법들의 도움은 절실했다. 그리고 이렇게 어린 제자들의 능력이 엄청난 것을 보니 더욱 마음이 들뜬 것도 사실이다.

자신이 이곳에서 얻을 무공에 대한 희망이 커진 것이다. 하지만 이들의 성정이 퇴폐적이란 생각이 들자 진퇴양난에 빠진 기분이 들었다.

'제길, 알 게 뭐냐? 난 이곳의 무공을 얻으면 그만인데.'

소년이 얼굴을 찡그린 채 말했다.

"설마 제가 사매에게 무슨 음흉한 생각이라도 한다고 여기는 건 아니겠지요?"

"네 나이 때에는……."

그 말에 소년의 얼굴이 시뻘겋게 달아올랐다.

"지, 지금 정말로 제가 그런 사악한 정념을 품었다고 여긴단 말씀이십니까? 예의에 벗어나도 한참 벗어난 그런 짓을! 마땅히 사형으로서 어린 사매를 보호해야 하거늘, 어찌 그런 금수 같은……."

소년이 얼마나 분노했는지 목까지 붉었다. 무루는 소년의 그 결백할 정도로 예에 집착하는 모습을 보며 한발 물러섰다.

"대단하군. 적어도 넌… 정상적인 인물은 아니야."

솔직히 믿겨지지 않았다. 소년은 한창때의 나이다. 무루 자신도 흔들리게 한 미색인데 이 소년은 그것을 통제하고 있단 말인가?

무루는 고개를 저었다. 소년을 인정해 주긴 했지만 오히려 지나치게 팔짝 뛰며 부인하는 것이 약간 거슬렸다. 어쩌면 소년도 솟구치는 정염에 힘겨워하고 있을지도 몰랐다. 그래도 대단한 건 인정할 수밖에 없었다. 그 초인 같은 인내력을 말이다.

소년이 무루를 잡아먹을 듯한 시선으로 노려보았다.

"그건 또 무슨 말씀이십니까?"

무루의 말은 말 그대로 정상이 아닌 비정상이란 말이었다.

만약 이 소년이 강한 힘을 얻어 무림으로 출도한다면 대협객이 탄생할 수도 있겠다 싶을 정도였다. 아니면 편협한 광인이 되거나.

어쨌거나 지금 소년의 기분을 강칠 필요는 없었다. 자신은 스스로 얻어야 할 것만 얻어내면 그만이었다.

“어떤 성인군자도 너보단 못할 것 같단 말이야.”

무루의 말에 소년의 눈동자가 미미하게 흔들리기 시작하더니 입가로 번져 나가 미소를 만들었다. 대번에 변하는 표정이 불가사의할 정도였다. 예를 중시하는 녀석치고는 성격이 갈대와 같았다. 참으로 난해한 녀석이었다.

“혹시 그거 칭찬의 의미로 말하신 겁니까?”

소년의 음성이 자못 떨렸다. 자신의 초인 같은 인내심을 간파해 준 것이 고맙다는 의미일까?

“물론이지.”

“허허허, 뭘 그렇게까지 과찬을……. 어쨌거나 감사합니다.”

소년이 부끄럽다는 듯이 말하며 흐뭇해했다.

무루는 얘기가 자꾸 곁길로 흐르는 것을 느끼며 다시 본론으로 돌아갔다.

“그런데 나는 너희의 사부님을 뵙고 싶다. 모셔올 수 있겠지?”

소녀가 우울한 표정으로 소년 대신 대답했다.

“사부 없어.”

무루의 눈이 휘둥그레졌다.

“뭐?”

“사부 다 돌아가셨다고. 그러니까 사형과 내가 이곳의 좌우호법이야.”

무루의 얼굴에서 핏기가 사라졌다.

이건 말도 안 되는 일이었다. 절대 이런 일이 발생해서는 안 됐다. 그러나 소년은 사매의 말이 맞는다는 표정으로 고개를 끄덕였다.

"사실입니다. 제 사부님은 일 년 전 비 오는 날에 밖으로 나가
셨다 낙뢰를 맞고 장렬하게 운명하셨습니다."

"……."

"그리고 사매의 사부님은 반년 전에 무리한 도전을 하시다가
결국 돌아가셨습니다. 친한 벗이었던 제 사부님을 잃고 너무 상
심했던 게지요."

무루의 신형이 한차례 휘청거렸다. 머리가 띵하니 울렸다.

"큭, 큭큭큭."

허탈한 웃음이 폐부 깊은 곳에서부터 올라왔다. 역시 쉽게 이
뤄지는 것은 없었다. 빌어먹을!

3

무루가 어찌나 차가운 표정으로 웃는지 소년과 소녀는 아무
말도 못하고 바라만 보았다. 말이 웃는 것이지 사실상 통곡과
같았다.

무루는 잠시 그렇게 웃다가 핏발 선 눈으로 소년을 보았다.
잇새로 원래 그의 차가운 음성이 폭발할 듯이 흘러나왔다.

"대체 무슨 무리한 도전을 했다는 거지?"

무루의 숨 막힐 정도로 삭막한 기세에 천방지축이던 소녀와
태연하던 소년까지 찰나 움찔했다.

"하늘에 선택받은 자만이 들어갈 수 있다는 곳에 들어간 거
지요."

무루는 소녀의 사부가 도전한 것이 천부 팔관임을 직감했다.

"대체 왜 그런 짓을 한 거지? 이천오백 년 동안이나 대대로 잘 지켜왔으면서 왜 하필 지금 이때에!"

소년의 눈에 이채가 스쳤다. 천부에 관한 것을 대체 저 이방인이 어디까지 알고 있는지 궁금했다.

"글쎄요. 제 생각은 조금 다릅니다. 저는 이천오백 년 동안이나 이 천부가 존속하고 있었다는 것이 더 놀랍습니다. 진즉에 호법들은 이곳을 팽개치고 자신의 삶을 살기 위해 떠나야 했습니다. 그리고 저는… 반드시 그렇게 할 것입니다. 제 사부님의 주술과 진법을 팔성까지만 익히면 미련없이 이곳을 떠날 겁니다."

예를 생의 첫 번째 가치로 둔 소년이 할 말은 아니었다. 그러나 소년의 말은 논리 정연했다. 그런 무루의 생각을 짐작한다는 듯이 소년이 말을 이었다.

"사람을 억지로 가두는 악법은 법이 아닙니다. 그러니 그것을 깬다 해도 예에 어긋나는 일은 아닐 겁니다."

"그래, 네 말이 맞아. 그런데 왜 하필 지금이냔 말이다."

팔짱을 끼고 사형과 무루의 대화를 흥미롭게 듣고 있던 소녀가 입술을 삐죽거리면서 말했다.

"우리 사부가 죽었는데 왜 네가 지랄이야. 슬퍼해도 우리가 슬퍼해야지. 칫. 그리고 사형, 그건 또 무슨 말이야? 사부님들께서 부율(府律)을 절대 지켜야 한다고 하셨잖아. 우리는 여기를 떠나면 안 돼. 하늘이 점지한 분을 기다려야지. 안 그러면 벼락 맞아 죽는다고 했어."

그러는 소녀의 눈에 이슬이 촉촉하게 맺혀 있었다.

돌아가신 사부 생각으로 피어난 그리움이 눈덩이처럼 커진 것이다. 소년이 고개를 세차게 저으며 대꾸했다.

"사매, 그건 다 미신이에요. 왜 우리가 인생을 여기에 몽땅 저당 잡혀야 하지요?"

"사형 사부님도 그래서 돌아가신 거야. 가끔 사형처럼 이곳을 떠나 자유롭고 싶다는 말씀을 하셨잖아. 그래서 하늘이 노해 벼락을 내리신 거야. 나는 하늘의 뜻을 따르는 자부심을 가지고 이곳을 끝까지 지킬 거야."

"허허허, 사매는 참으로 미련퉁이에요. 하늘의 뜻은 무슨 얼어 죽을! 제 사부님이 벼락을 맞은 것은 순전히 운이 없었기 때문입니다."

"아니야. 내 사부님이 그러셨어, 하늘이 노해서 좌호법님에게 벼락을 내린 거라고."

소녀가 소년의 사부를 욕하자 점잖던 소년도 결국 발끈했다.

"흥! 그래서 우호법님도 부율을 깨고 천부 팔관에 도전한 겁니까?"

소녀의 큰 눈에 눈물이 더욱 그렁하니 맺혔다.

"그러니까 돌아가신 거지."

"……!"

소년이 얼굴을 구기며 고개를 돌렸다. 자신이 아무리 운이 없었다고 설득해도 사매는 듣지 않을 것이다.

"사형, 그러지 말고 여기서 같이 잘살자. 나 혼자 살면 심심하단 말이야."

"싫어요. 난 반드시 떠날 겁니다. 내 공부가 어느 정도 완성되고 사매가 스스로 온전히 자신을 지킬 만큼 강해질 때쯤에."

"그러지 말고 같이 있어. 내가 자주 사냥 나가서 맛있는 거 많이 잡아올게."

"싫다니까요. 사매는 세상 경험이 적어서 아무것도 모르지만 나는 알 건 다 알아요. 힘만 있다면 세상에 재미있고 좋은 것들이 얼마나 많은데 왜 이딴 지하에 박혀 삽니까? 난 세상으로 나아가 내 꿈을 펼치며 멋지게 살 겁니다."

호법 둘이 티격태격했다. 아무리 가진 재주가 뛰어나도 아직은 역시 어린아이일 뿐이었다. 그러나 무루는 두 아이의 말장난을 살필 여유가 없었다.

"제길! 좋아, 나 혼자라도 상관없다."

무루는 어차피 지난 육 년간 혼자 지옥 같은 삶을 거쳐 왔음을 상기했다. 어차피 늘 혼자였던 인생이다. 그가 이를 악물며 천부 팔관을 쏘아보듯 훑었다.

좌우호법이 대체 자신에게 무엇을 도와줄 것인지는 몰라도 어차피 헤쳐 나가야 할 것은 자신이었다.

"야, 너희들!"

무루는 여전히 쫑알거리고 있는 아이들을 향해 외쳤다. 덕분에 둘의 말다툼이 멈췄다.

"너희들, 금문이라는 문자를 아나?"

소년이 눈살을 찌푸리며 반문했다.

"그건 왜 묻습니까?"

사매와 다툴 때와는 전혀 다른, 방금 전처럼 아주 정중한 말투였다.

“아나 모르나만 답해라.”

소녀가 대신 대답했다.

“당연히 알지. 내가 글자도 모를까 봐? 지금 너, 우리를 무시하는 거야?”

무루가 반색했다. 어쨌든 지금 천부의 좌우호법은 저 녀석들이었다. 그리고 금문을 안다면 최소한의 도움은 받을 수 있다는 말이다.

“좋아, 그럼 너희들은 저 천부 팔관의 석문에 있는 것을 나에게 해석해 줘야겠다. 그리고 이곳에 대해 알고 있는 모든 것을 나에게 얘기해 줘야겠고.”

“왜 네가 시키는 것을 우리가 해 줘야 하는데? 아주 웃겨?”

소녀가 퉁명스럽게 반발했다. 그러나 소년의 얼굴에서는 표정의 변화가 일었다. 그의 동공이 점점 커지고 콧구멍이 벌렁거렸다.

“서, 설마…….”

무루가 소년에게 시선을 옮기며 고개를 끄덕였다.

“그래, 네가 지금 생각하는 것이 맞을 거다.”

“마, 말도 안 돼.”

소년이 숨도 제대로 못 쉬며 입을 쩍 벌렸다. 가뜩이나 창백한 소년은 금방이라도 쓰러질 것 같은 모습을 보였다. 그런 소년의 뇌리로 아까 눈싸움을 하던 장면이 떠올랐다.

청동환의 힘을 빌린 자신의 안광은 어지간한 내력을 가진 고수라도 감당하기 힘들다. 그런데 오히려 눈싸움에서 밀린 것은 자신이 아니었던가? 저 사람은 내력이 없거나 일천해 보이는데 말이다.

소년의 뇌리에 벼락이 쳤다. 그런 야수의 눈빛을 가질 수 있는 자, 절정고수도 아닌데 청동환의 힘을 빌린 자신의 시선을 꺾을 수 있는 자.

답은 하나였다.

오히려 그 생각을 왜 이제야 했는지 어이가 없을 정도였다. 하지만 어찌 생각하면 당연한 것이었다. 무려 이천오백 년 동안이나 이곳에는 주인이 없지 않았던가!

단지 소녀만 여전히 영문을 모른 채 눈을 동그랗게 치켜떴다.

"뭐야? 둘만 아는 비밀이라도 있는 거야?"

소년이 손을 바들바들 떨며 무루를 가리켰다.

"아, 아니야. 거짓말일 겁니다. 이천오백 년 동안이나 아무 일 없었는데 설마……. 허허허, 그건 정말이지, 말도 안 되는 일이지. 암, 당신이 정말 태, 태태태… 태태……."

소년은 마지막 말을 차마 끝맺지 못했다. 그래서 무루가 대신 말을 이어주었다.

"내가 태양절, 아니, 태양신맥이다."

"……!"

"……!"

소년과 소녀가 동시에 얼어붙었다.

소년은 설마 하던 것을 확신하며, 소녀는 갑작스러운 충격에. 그러다가 둘 다 엉덩방아를 찧으며 주저앉고는 무루를 향해 외쳤다.

“진짜입니까?”

“뻥이지?”

무루가 양팔의 소매를 걷고는 내밀며 반문했다.

“어쨌거나 너희들도 어느 정도는 사부님들한테 배운 것이 좀 있어 보이고, 혹시 너희들 맥문을 짚어서 태양신맥인 거 알아낼 수 있냐?”

둘이 동시에 고개를 끄덕였다. 그리고는 서로의 얼굴을 마주 보다가 앞으로 뛰어 무루의 팔을 하나씩 잡아챘다.

잠시간 진맥에 열중하던 소년과 소녀의 고개가 약간의 시간차를 두고 위로 올라섰다. 둘은 뜨 눈을 마주하며 멍하니 있다가 서로에게 물었다.

“마, 맞지요?”

“태, 태양신맥 맞지?”

그리고 둘이 함께 동시에 고개를 끄덕였다. 무루는 잡혔던 양팔을 툭 떨쳐 내고는 말했다.

“확인이 끝났으면 이제 거래가 가능하겠지? 일단 너희들은 저 금문부터 해석해 주면 된다. 나는 천부 팔관에 도전하고 너희들은 자유를 얻는 거지. 어떤가?”

무루는 올렸던 소매를 내리다가 이상한 분위기에 눈을 치켜떴다. 자신을 똘망똘망한 눈망울로 올려다보는 소년과 소녀.

“뭐, 뭐야?”

특히나 소녀는 눈물을 흘리고 있었다. 소녀가 무루의 품에 달려들었다.

“부주님!”

“헉!”

무루의 몸이 사시나무처럼 떨렸다. 어떤 전장에서도 이렇게 떨린 적은 없었다. 아직 어린아이라고는 하지만 열넷이면 어리다고만 할 수 없었다. 더구나 이 소녀는 지독한 우물이 아닌가? 게다가 옷도 제대로 걸쳐 입지 않은.

그러나 소년은 경악에 찬 표정을 지으면서도 질문을 잊지 않았다.

“하, 하나만 말씀해 주십시오. 당신은 어떻게 이곳을 알고 계십니까?”

무루는 소녀가 엉엉 울며 안겨 있는 것이 불편했다. 그러나 굳이 피하지 않으며 소년의 질문에 답했다.

“짧게 말해주지. 야율강이라고 아나?”

소년이 고개를 끄덕거렸다.

“사부님들께 들은 적이 있습니다. 사조(師祖)님에게 외인 친구가 한 명 있었는데, 그분의 성함이 야율강이라고.”

“난 그가 죽기 전에 남긴, 이곳에 대해 남긴 글을 우연히 발견했다. 그리고… 내가 태양신맥이라 이곳을 찾았다. 음, 지금 길게 말해야 하나?”

소년은 고개를 저으며 말했다.

“아니. 일단 그거면 충분합니다. 긴 얘기를 나눌 시간은 앞으로 차고 넘칠 테니까요. 지금은… 본 부를 길고 긴 잠에서 깨워 줄 분이 오셨다는 것! 그것 하나만으로도 벅차니까요.”

그리고 소년은 무릎을 꿇으며 절을 올렸다.

“천부의 좌호법 구위영이 영광과 힘, 그리고 명예를 가지실 주군께 인사드립니다."

무루는 그 깍듯한 예에 혀를 차다 물었다.

"너는 기분이 나쁘겠군. 나중에 자유를 찾으려 했는데 나한테 얽매이게 생겼으니."

구위영이 묘한 미소를 지으며 답했다.

"글쎄요. 그건 주군께서 천부 팔관을 통과하신 다음에 생각해도 괜찮겠지요. 과연 통과하실 수 있을지도 의문이고 말입니다."

눈물을 흘리던 소녀가 구위영을 째려보며 외쳤다.

"사형, 그 무슨 재수없는 소리야!"

그러나 구위영은 침착하게 말을 계속했다.

"전설과 신화가 실제였던 그 옛날에는 태양절맥, 아니, 태양신맥의 전사들이 많지는 않아도 곳곳에 있었습니다. 하지만 천부 팔관을 통과한 자는 거의 없었지요. 팔관은커녕 일관도 통과 못한 자가 부지기수였습니다."

무루의 눈에 이채가 흘렀다.

"그 말은… 내가 천부 팔관을 통과 못한다면……."

구위영이 씩 웃으며 고개를 끄덕였다.

"저는 당신을 인정하지 않을 것입니다. 그리고 이건 예에도 본 부의 부율에도 어긋나는 것이 아닙니다."

무루도 같이 미소 지었다.

"그건 아무래도 상관없어. 너희들에게 굳이 인정받고 싶은 생각은 애초에 없었으니까. 다만 너희들은 원래 천부 팔관을 통과하는 데 필요한 조언만 해주면 된다. 난 너희들에게 충성을 강요할 생각 따위는 없어. 네 자유를 억압할 생각은 더더욱 없고."

"그렇습니까? 그렇게 말씀해 주시니 고맙습니다. 어쨌든 주군께서, 정확히 말씀드리면 예비 주군께서 천부 팔관에 도전하는 동안 좌호법으로서 도와드려야 할 것에 대해서는 최선을 다하겠습니다."

정중하게 말하는 구위영의 미소는 묘했다. 아쉬운 듯하면서도 기대감에 차 있었고, 호기심도 담고 있었다. 동시에 설렘도 있었다.

무루가 화답했다.

"내가 원하는 것은 바로 그뿐이다. 그런데 하나 물어도 될까?"

"뭐든지 하문하십시오."

"너는… 내가 부주가 되길 진심으로 원하는 거냐?"

가혹할 수도 있는 질문이었지만 무루로서는 분명히 짚고 넘어가야 할 문제였다. 구위영의 얼굴에 일말의 곤혹스러움이 떠올랐다. 그는 잠시 망설이다가 대답했다.

"아마… 그럴 겁니다."

"아마라……. 재미있는 말이군."

"솔직하게 말씀드리죠. 전 자유롭고 싶습니다. 평생을 천부에 얽매이고 싶은 생각은 손톱만큼도 없습니다. 아니, 없었습니다."

소녀가 발끈하려는 것을 무루가 제지하고는 말했다.

"그래, 나도 그럴 것 같아서 물어본 거야."

"하지만 주군이 일관을 통과하고, 이관을 통과하고, 삼관을 통과하고… 그렇게 강해진다면 저 역시 강해집니다."

무루가 이해가 안 간다는 얼굴로 고개를 갸웃거리자 소녀가 끼어들었다.

"주군, 그건 말이지. 아니, 그건 말이에요, 사형은 주술이나 진법을 펼칠 때 청동환을 쓰거든. 아니, 쓰거든요."

"일단 편하게 말해도 좋아. 말투야 상관없어."

여전히 무루의 허리를 꼭 감고 있는 소녀가 눈을 데루룩 굴리다가 환하게 웃었다. 그 웃음이 어찔해 무루는 다시 한숨을 삼켜야 했다.

"야아, 우리 주군은 맘씨도 좋아요. 하지만 괜찮아요. 사부님한테 말했던 것처럼 하면 될 것 같으니까… 요. 음, 그러니까 사형의 청동환은 그리 많지가 않아요. 하지만 주군이 종선기를 스스로 발현해 내서 평범한 청동환에 그 힘을 주입해 주면 종선기를 품은 구슬이 많아지잖아요. 그럼 더 위력적인 주술이나 진법을 펼칠 수도 있다는 거죠."

구위영이 소녀의 말을 받았다. 무루는 종선기에 대해서 묻고 싶었지만 시간은 많았다. 그건 나중에 천천히 듣기로 하고 소년 소녀의 말을 경청했다.

"사매의 말 그대로입니다. 앞날의 자유도 그립긴 하지만… 제 공부에 대한 욕심도 만만치 않거든요. 그러니 전 진심으로 주군이 강해지길 고대합니다. 일종의 상부상조라고 할까요? 그리고 그건 사매도 마찬가지입니다."

"이 녀석도?"

무루가 소녀의 머리를 툭툭 치며 물었다.

"예. 사매의 내력은 하단전을 기초로 합니다. 하지만 주군께서 종선기를 자유자재로 이용할 수 있는 경지에 오르면, 그 힘으로 사매의 내력을 훨씬 더 심후하게 해줄 수 있지요."

"음, 대체 종선기가 뭐기에?"

"모든 기의 근원입니다. 동시에 무한한 힘의 바탕입니다. 그렇기에 주군께서 사매를 도와주시면 사매는 자연기를 더욱 빨리 흡수할 수 있게 되는 거지요."

무루가 웃었다.

"이해관계가 얽혔든 아니면 부율이나 충성심 때문이든 상관없어. 중요한 건… 같은 목표를 우리는 바라보고 있고, 너희들은 날 열심히 돕겠다는 거니까. 좋아, 나도 힘을 얻는다면 너희들이 원하는 것을 주지."

그렇게 천부를 잇는 셋이 뭉쳤다. 전설이 영글기 시작했다.

第八章

무루, 도전하다

1

천부 일관의 석문 앞에 서 있는 무루는 한차례 심호흡을 해댔
다.

천부에 들어온 지 사흘째를 맞는 아침이다.

사흘 전, 천부 팔관에 도전하려던 무루의 시도는 소년과 소녀
의 필사적인 제지에 이뤄질 수 없었다. 먼저 체력부터 최상의
상태로 만들어야 한다는 주장이었다.

괜찮다고 말했지만 그 둘은 그러면 절대 금문을 해석해 주지
않겠다고 바득바득 우겼다.

결국 이 자리에 서기까지 사흘의 시간이 소요된 것이다.

하루가 조급한 무루였지만 그 시간이 나쁘지는 않았다. 왜냐
하면 그동안 천부에 관한 많은 것을 알 수 있었기 때문이다.

흥미로운 것들이 많았다.

예를 들면, 이천오백 년 전까지만 해도 가장 강대한 힘을 지니고 있었다는 천부. 칠대부주였던 천신공이 세상과 인연을 끊겠다는 선언은 순탄치 않았다.

내부에서 반발하는 자들이 결코 적지 않았다. 결국 천신공이 죽자 그들은 천부에서 나왔다. 하지만 가장 강력한 힘을 지닌 부주와 그를 지키는 좌우호법이 없는 그들의 힘은 한계가 있었다.

결국 타협이 이뤄졌다.

속세를 선택한 그들이 위기에 봉착했을 시에는 좌우호법이 도움을 준다. 대신 그들은 언제가 될지 모르지만 하늘의 사자인 태양신맥이 나타나 부주를 잇게 되면 다시 복종하기로 했다.

그렇게 이천오백 년이 지나왔다는 것이다.

그 긴 세월 동안 그들과의 관계가 지속되고 있다는 것은 믿기지 않을 정도였다. 가히 종교 집단과 다를 바 없었다. 물론 그 결속력이 많이 퇴색한 것은 사실이지만 말이다.

속세를 선택한 그들이 선택한 것은 상업(商業)이었다. 정치나 군(軍)을 선택하는 것은 천부의 좌우호법이 결사반대했다. 그건 부주의 유지와 정면으로 충돌하는 것이기 때문이었다.

어쨌거나 그들은 상업 분야에서 천천히, 그러나 거대하게 성장했다.

천하의 돈 중 삼 할을 주무른다는 황금련(黃金聯)!

이천오백 년이 지난 작금의 그들이었다.

재미있는 것은 그들과의 관계가 이어지고 있는 것은 사실이지만 사이가 과히 좋지 않다는 점이다. 하긴 그 오랜 시간 동안

부주가 탄생하지 않았으니 그럴 만도 했다.

또한 황금련은 굳이 천부의 좌우호법을 필요로 하지 않을 정도로 성장했으니 말이다. 그래서 지난 일백여 년간은 제대로 된 한 번의 만남도 없었다고 한다.

이 점에서 소녀는 매우 화를 냈다. 원래대로라면 십 년에 한 번씩 황금련의 수장과 주요 인사들이 이곳을 방문해서 인사를 해야 하는 것이 법도라고 했다. 그러나 소년은 고개를 저었다.

"사매, 꼭 그렇게 볼 것도 아니지요. 사실 나 같아도 존재만 할 뿐 과거의 영광을 예전에 잃어버린 이곳에 충성을 바치고 싶은 생각은 들지 않을 겁니다. 그나마 십 년마다 이곳에 올리는 재물을 잊지 않는 것이 고마울 지경이어요."

"사형, 그깟 푼돈이 뭘 그리 대단하다고. 그나마 액수가 점점 줄어들고 있잖아."

"물론 앞으로는 변해야지요. 부주님이 천부 팔관을 다 통과해 진정한 부주님이 되시면 말입니다."

어쨌든 무루에게 그것들은 흥미로운 얘기에 불과했다. 그의 관심은 온통 천부의 무공과 지금 눈앞에 있는 천부 팔관뿐이었다.

무루의 양옆에서 소년과 소녀가 상기된 표정으로 서 있었다.

소녀, 성은 없고 이름이 유라(柳羅)인 그녀는 주먹을 불끈 쥐며 입을 열었다.

"오라버니, 힘내세요!"

사실 부주님이나 주군이란 호칭을 써야 한다고 주장했지만 무루는 받아들이지 않았다. 그 호칭은 천부 팔관을 다 통과하는 날 받아들이겠다고 했고, 이 점에서는 물러나지 않았다.

결국 호칭은 형님과 오라버니로 귀착되었다.

소년 구위영은 걱정스러운 얼굴로 무루를 보았다.

"형님, 무엇보다 자신을 믿으셔야 합니다. 태양신맥이란 체질은 하늘이 내린 것입니다. 본래 기에 가장 민감한 체질이라는 것을 스스로 믿어야 합니다. 믿지 않으면 일관을 통과하는 것은 불가능하다고 기록에 쓰여 있습니다. 예전에도 둘 중 한 명은 실패해 죽었다고……."

무루가 묘한 표정으로 구위영을 바라보았다. 사흘 전 그날 이후, 이 녀석은 정말 착실하게, 진심으로 자신을 돕고 있었다. 무루가 담담히 입을 열었다.

"그 말이 참 재미있다는 생각이 들어. 예전엔 태양신맥이 많지는 않아도 종종 있었다고 했잖아. 그런데 왜 지금은 이렇게 희귀 체질이 된 거지?"

"그야 모르지요. 하지만 형님, 지금은 그딴 것을 생각할 겨를이 없습니다."

"한 번만 더 들으면 백 번을 채운다. 충분히 알아들었으니까 됐어."

"아무리 강조해도 지나치지 않다는 뜻입니다. 정 안 되면 최대한 몸을 웅크리고 몸의 급소를 차단하십시오. 두 시진만 버티면 어쨌든 석문은 다시 열리니까요."

유라도 거들었다.

"어차피 예전의 기록을 보면 평균 백 번의 시도 끝에 일관을

통과했다고 해요. 그러니까 처음에 너무 무리하실 필요는 없어
요. 한 번 시도한 다음에는 보통 닷새의 휴식이 필요하니 이 년
정도 계획을 잡으시면 돼요.”

무루는 대꾸하지 않았다. 하지만 속으로 그는 고개를 젓고 있
었다.

일관에서 이 년이나 허비할 생각은 추호도 없었다.

'나는 이천오백 년 전의 사람들과는 달라. 나는 이미 육 년의
지옥을 겪었다. 무엇보다 내가 허비하는 하루하루를 원수들은
편히 있을 것이 마음에 안 들어.'

구위영이 손에 들고 있는 청동단검을 석문의 입구 옆에 있는
구멍에 넣었다. 무루는 심호흡을 하며 석문의 바로 앞에서 금문
을 보았다.

천부 일관(天府一關).
─암흑 속에서 기를 감지한다

석문이 한차례 움찔거리는 듯이 몸을 떨더니 이내 그르렁거
리는 소리를 내며 옆으로 이동했다.

무루보다 지켜보는 구위영과 유라가 더 긴장한 얼굴이 되었
다. 무루는 열린 석문으로 발을 옮기며 둘을 향해 말했다.

“오늘부터 너희도 부지런히 수련하라. 지난 사흘 동안 너희
들이 수련하는 거 한 번도 못 봤어.”

유라가 쌍심지를 켜며 외쳤다.

“오라버니! 지금 그런 말 할 때예요?”

무루는 안으로 들어서며 주변을 살폈다. 좌우 오 장 정도의 지하 석실이었다. 그가 중앙에 서자 석문이 절로 닫혔다. 틈 사이로 흘러들어 오는 빛의 양이 줄어들더니 이내 완전한 암흑이 되었다.

"훗. 정말 대단한 진법이군. 위영이 녀석을 봐도 그렇고, 아무래도 천부는 무공보다 진법에 더 대단했던 것 같아."

아무리 지하 깊은 곳의 석실이라지만 손을 자신의 눈앞에서 흔들어도 보이지 않는 먹물만 존재했다.

시간이 천천히 흘러갔다. 암흑 속에서 가만히 서 있어야 하는 시간은 더더욱 늦게 흘러가는 법이다.

실제로 반 각, 무루가 느끼기에는 족히 이각은 될 즈음이었다. 무루가 일관이 고장 난 것은 아닌가 하는 의문을 품을 때 변화가 일었다.

퍼억!

"큭!"

무언가 묵직한 것이 무루의 배를 때렸다. 무루는 입을 쩍 벌린 채 턱에 힘을 주었다. 어느 정도의 통증은 예상했지만 이 정도로 심대할 줄은 몰랐다.

무루가 비틀거리며 뒤로 두 걸음을 주춤 물러섰다. 구위영이 했던 말이 떠올랐다. 처음엔 약간의 시간을 두고 타격이 가해진다. 그러나 그 시간 차는 점점 줄어들 것이고, 두 시진 중 마지막 반 각은 쉼없는 타격이 일어날 것이라고.

"재미있군."

무루는 눈에 힘을 주었다. 그러나 이 빌어먹을 어둠은 최소한의 시야도 허락하지 않았다.

무루는 방금 맞은 배를 잇달아 쓰다듬으며 주변을 두리번거렸다. 한편으로는 귀도 쫑긋 세웠다.

"보이지 않는다면 들으면 된다."

그 순간이었다.

퍼억!

무루의 고개가 옆으로 홱 돌아갔다. 오른뺨을 얻어맞은 것이다.

입술이 터져 피가 주르륵 흐르는 것이 느껴졌다.

"아무 소리도 안 난다라……. 역시 대단한 진법인걸. 후후후."

그 순간 무루의 눈에 이채가 스쳤다. 그는 자신이 방법을 잘못 선택하고 있음을 깨달았다.

석문 입구의 금문은 기를 감지하라고 말했다.

그런데 보고 듣고 피하려 했으니 허튼짓을 하고 있던 셈이다.

"제길, 이번의 두 대는 정말… 바보처럼 그냥 헌납한 꼴이군."

무루는 스스로의 어리석음을 자책하며 피식 웃었다. 그리고는 눈을 감았다. 아예 손을 올려 귀까지 막았다.

어차피 도움이 되지 않을 것이니 의식적으로 그것을 차단한 것이다. 이제 자신이 할 수 있는 것은 본능적으로 기를 느끼고 피하는 것밖에 없다는 것을 자신의 무의식에 주입하는 것이었다.

퍼억!

“큭.”

퍼억!

“컥!”

약간의 시간 차로 타격성과 신음이 계속 흘러나왔다. 그러나 무루는 여전히 눈을 감고 귀를 막은 채 집중했다.

사실 무루는 두 대를 쓸데없이 얻어맞았다고 생각했지만 실상은 그게 아니었다. 예전 일관에 도전했던 사람들이 무루처럼 행동을 변경한 것은 열 번도 훨씬 넘는 도전 끝에 이뤄졌다.

왜냐하면 사람이란 결국 눈과 귀에 의존할 수밖에 없기 때문이다. 아무리 기를 감지하라고 해도 인간은 믿을 수 있는 것에 의지하려는 경향이 강한 존재다.

기를 감지하라는 것은 실체가 없었다.

그저 자신의 체질만 믿고 도전하라 하지만, 그러기에는 한 번의 타격 때마다 느끼는 고통이 적지 않았다. 그러면 결국 다시 최초의 믿음을 잊고 본능적으로 쉬운 것에 의지하게 된다.

그러나 무루는 버텼다. 고통 속에서도 믿고 버텼다. 이렇게 대단한 진법을 만든 사람들이 사람 가지고 장난치려고 천부 팔관을 만들진 않았을 것이라 믿었다.

무엇보다 천부 팔관은 자신이 가족의 복수를 위해서 매달릴 수 있는 유일한 동아줄이었다.

'나는 믿는다. 믿을 것이다. 분명 기를 감지할 수 있어. 천형의 육신인 태양절맥이 아니라 하늘이 전사로 내린 태양신맥임을 난 믿어야 해.'

퍼억!

"크윽."

'이따위 고통은 장난이야. 곰에게 가슴을 얻어맞았던 것에 비하면… 커흑.'

일관의 석문 밖에서 구위영과 유라는 초조한 심정으로 금창약(金瘡藥)을 가지고 서성거렸다.

기록에 의하면 천부 팔관에 도전했던 사람들이 이구동성으로 가장 어려운 때로 꼽은 것은 천부 일관에 최초로 도전할 때였다.

백이면 백 다 기절해서 호법들에 의해 업혀 나왔는데, 그때 입은 공포로 꽤 오랜 시간 두 번째 시도를 하지 않았다고 했다. 그러니 구위영과 유라가 지금 초조한 것도 당연한 것이었다.

"사형, 아직 두 시진 안 지났어?"

"거의 다 됐어요. 제발 겁먹고 포기하는 일은 없어야 할 텐데."

"사형, 너 그게 뭔 개소리야. 오라버니가 왜 포기를 해?"

유라가 눈을 시퍼렇게 부라리자 구위영이 고개를 끄덕이며 실수를 자인했다.

"미안. 너무 걱정돼서 말이 잘못 나왔어요. 단지 나는 형님이 너무 위축되지 않았으면 해서…….

"말조심해. 말이 씨 된다고, 재수없는 말 내뱉지 말라고."

"그러죠. 알았어요."

구위영은 미안한 표정을 지으며 곧바로 인정했다. 그는 유라에게 정말 미안했다. 천부 일관은 유라에게 원수와 다름없는 관문이다. 바로 그녀의 사부를 앗아갔기에.

유라의 사부는 계속 실패하면서도 도전을 멈추지 않았다. 마치 무슨 한이라도 맺힌 사람처럼 사흘 간격으로 계속 도전했다. 그리고 결국 매질에 의한 장독이 올라 허무하게 죽고 말았다.

천부 일관.

공포스러운 관문이었다. 구위영은 사부들끼리 한 말을 들은 적이 있었다. 그분들이 무림에 출도하면 천하십대고수에 끼일 수도 있을 것이라고.

그런 고수들조차 맥 못 추고 당하는 것이 천부 일관이었다.

"사형, 다시는 부주님, 아니, 오라버니를 의심하지 마. 우리가 지금 할 수 있는 건 오라버니를 믿는 것뿐이잖아. 호법은 절대적으로 부주님을 믿어야 하는 거잖아. 그러니까……."

그녀의 말 도중에 석문이 한차례 꿈틀거렸다. 그러더니 그르렁거리는 굉음을 내며 서서히 열렸다.

구위영이 유라를 보며 말했다.

"어서 들어가지요. 같이 부축해서 나와야 해요."

"사형, 나… 나… 떨려서 못 들어가겠어."

"사매, 조금이라도 빨리 치료를 해야 합니다."

그러나 유라는 가슴을 부여잡고 학질이라도 걸린 듯이 부들부들 떨기만 했다.

구위영의 눈가에 애잔함이 스쳤다.

지금 유라는 예전의 사부님 일을 떠올리고 있는 것이다. 들어갔을 때 싸늘한 시신으로 변해 있었던 사부의 기억을. 그건 결코 쉽게 치유되지 않는 마음의 상처로 오랜 시간 남아 사매를 괴롭힐 것이다.

"휴우, 그럼 사매는 여기서 기다리세요. 일단 내가 업고……."

구위영이 안쪽으로 뛰어들어 가려는 순간 그의 발이 멈췄다. 피투성이의 무루가 가쁜 숨을 몰아쉬며 나오고 있었다.

"이봐, 꼬맹이들. 내가 게으름 피우지 말고 수련하라고 했지?"

구위영과 유라는 마치 귀신이라도 본 것처럼 무루를 보았다. 이럴 수는 없었다. 아니, 이러면 안 되는 것이다. 대체 어떻게 첫 번째 도전에서 스스로의 힘으로 나올 수 있단 말인가?

양쪽 눈두덩이가 불룩 부어오른 무루는 비틀거리다가 침을 뱉었다. 핏물이 가득한 침이 튀어나왔다.

"오, 오라버니, 괜찮은 거예요?"

"괜찮다."

말은 그렇게 했지만 절대 그렇지 않다는 것을 구위영과 유라는 알았다. 무루가 거친 숨을 내쉬다가 유라의 손에 들린 것을 보고는 물었다.

"그거 금창약이냐?"

"네? 예, 맞아요."

"네가 처음으로 마음에 든다."

무루는 금방이라도 쓰러질 듯이 유라에게 다가가서는 금창약을 뺏듯이 잡아챘다.

그리고는 비틀거리면서 구위영의 옆 암혈, 그러니까 자신의 거처로 걸었다. 놀라고 질렸다는 표정으로 서 있던 구위영이 황급히 그의 옆으로 뛰어가서는 말했다.

"형님, 제가 부축해 드리겠습니다."

"풋. 그럴 시간 있으면 너희 수련이나 해라. 나는 열심히 하고 있는데 너희들은 대체 언제까지 농땡이만 칠 거냐?"

"형님, 지금 허세를 부릴 때가 아니에요! 저에게 힘을 주겠다고 하셨죠? 그렇다면 제 말을 들으세요. 이런 식으로는 개죽음만 당할 뿐이에요."

걷던 무루가 멈췄다. 그리고는 고개를 돌려 구위영을 향했다.

"구위영, 내 눈을 똑똑히 봐라."

무루가 피에 젖은 눈으로 말했다. 무루의 이글거리는 눈빛에 구위영은 순간 질식할 것만 같은 압도감을 느꼈다.

사흘 전 보았던, 잠시 머리를 들이밀며 나오려 했다가 조용히 사라진 광기의 눈빛이 시퍼렇게 일렁이며 쏟아져 나왔다.

"허, 형님……."

"난 아직 시작도 안 했다. 천부 팔관 중에서 겨우 일관이야. 아직 난 스스로 할 수 있다. 벌써부터 징징거리진 않을 것이니 걱정하지 않아도 된다."

구위영에게만 들리는 낮은 말이었지만 그 목소리에는 무엇으로도 꺾을 수 없는 의지가 전달되고 있었다.

"형님, 저는 그저 형님이 걱정돼서……."

"난 반드시 다 통과한다. 부숴서라도 통과할 거다. 그래서 빌어먹을 천부 부주의 이름으로 너에게 자유를 선사해 주마. 네가 여기가 싫어 도망치듯이 빠져나가 얻는 자유가 아니라, 당당하게 나갈 수 있는 권리를 주겠다는 말이다."

"……!"

"난 너에게 힘도 줄 것이고, 자유도 줄 것이야. 그러니 열심히 해라. 너도 장부다. 네 입으로 네 공부의 팔성까지 성취하면 자유를 얻겠다고 했다. 맞지?"

"예……."

구위영은 무엇에 홀린 것처럼 대답했다. 아니, 대답할 수밖에 없었다. 여기서 고개를 젓는다는 것은 상상조차 할 수 없었다.

"내가 천부 팔관을 다 뛰어넘을 때까지 그 말 지켜라. 나도 기쁜 마음으로 널 해방시켜 줄 수 있게."

"……!"

무루는 팔을 잡고 있는 구위영의 손을 뿌리치고는 앞으로 가다가 고개를 돌렸다.

"아무래도 오늘 재도전은 힘들 것 같다."

뒤편에 멍하니 있던 유라가 화들짝 놀라 외쳤다.

"그걸 지금 말이라고 해요? 최소 닷새는 쉬어야……."

"내일 다시 도전한다."

그 말을 끝으로 무루는 자신의 암혈로 들어가 버렸다.

유라가 그 암혈을 노려보며 구위영에게 다가서는 말했다.

"말려야 해. 저러다 죽어."

구위영은 넋이 나간 사람처럼 멍하니 있다가 한차례 몸을 부르르 떨었다.

"아니, 안 죽습니다. 저 사람… 결코 안 죽어요. 겨우 천부 팔관 따위로 죽을 사람이 아니에요."

"그게 무슨 말이야? 감히 천부 팔관을 '겨우'라고 하다니!"

"저 사람, 강해요. 소름이 돋을 정도로 진짜 강하다구요. 세상

그 누구보다도 강해요."

넋이 반쯤은 나간 것처럼 말하는 사형을 보며 유라는 어이가
없었다.

"사형, 사형까지 왜 이래?"

"사매도 봤잖아요. 일관의 첫 도전에서 스스로의 발로 걸어
나온 최초의 사람이에요. 우리가 읽은 천부의 기록에 그런 사람
있었어요?"

"그, 그야 없었지……."

"그리고는 겨우 하루 만에 다시 들어가겠다고 말하는 사람이
란 말입니다. 허허허. 눈으로 보고도 믿을 수가 없어요. 믿을 수
가……."

구위영은 스스로 말하면서도 기가 막힌지 연신 고개를 절레
절레 흔들었다. 그러나 유라는 말도 안 된다는 얼굴로 고개를
저었다.

"내일 아침 되면 달라질 거야. 온몸이 쑤셔서 스스로 물러날
지도 모르지."

"아니. 형님은 분명 바로 자신의 말을 지킬 겁니다. 장담할
수 있어요. 살이 찢어지고 문드러져도 형님은 들어갈 거예요.
그 눈빛을 보면 알 수 있어요."

구위영은 소름이 돋은 팔을 쓰다듬으며 격한 숨을 내쉬었다.
유라는 약간, 아니, 좀 많이 이상해진 구위영을 보며 말을 받았
다.

"그래, 저 인간, 그럴지도 몰라. 똥고집만 센 인간 같으니까.
그러니까 말려야 한다고. 저러다 죽을지도 몰라."

"방금 내가 말했잖아요, 형님은 안 죽는다고. 난 알 수 있어요. 형님의 뜨거운 의지가 내 마음을 움직였어요. 나… 정말 제대로 할 겁니다. 저 사람, 내 주군이 될 자격이 있는 사람이란 말이에요. 태양신맥이라서가 아니라 저 불굴의 의지를 봐요. 저 사람은 강해질 것이고, 더불어 우리도 더 높은 경지로 이끌 겁니다. 두고 보세요."

"사, 사형?"

"나 구위영, 오늘부로 다시 태어납니다. 저 인간과 함께 끝까지 가볼 작정이에요. 그래서 그가 어디까지 가는지 보고 말겠어요."

유라는 왠지 모를 불안감을 떨치려 구위영의 소매를 잡고 거칠게 흔들었다.

"정말이지, 사형까지 왜 그래? 마치 미친 사람처럼. 우리라도 힘을 합쳐 정신을 똑바로 차리고 있어야지."

"허허허, 맞아요. 난 미칠 겁니다. 그러지 않으면 견딜 수가 없을 테니까. 허허허허, 재미있어. 아주 재미있단 말이에요. 자유? 그딴 것보다 수백, 수천 배는 더 재밌는 인생이 펼쳐질 겁니다. 허허허, 역시 인생은 오래 살고 봐야 하는 건가 봅니다."

겨우 열여섯 살의 소년이 할 말은 결코 아니었다.

유라는 어처구니없는 얼굴로 구위영을 노려보다가 다시 무루가 사라진 암혈을 보았다.

"어쨌든 고맙네."

진심으로 고마웠다. 만약 그마저 사부처럼 죽어버리면 어쩌나 하고 가슴을 졸였던 시간이다. 동시에 불안했다. 저리 무모하니 허망하게 죽어버릴지도 모른다는 두려움이 그녀를 불안하게 만들었다.

그런데 이상한 건, 그가 일관에서 스스로의 힘으로 걸어나왔을 때부터 자꾸만 가슴이 쿵쾅거리며 뛴다는 점이다.

그녀는 그 이유가 무루, 훗날의 부주가 될 사람이 무사해서라고 생각하며 더 이상 생각의 확장을 막았다. 지금은 어떤 방법으로 그가 내일 도전하지 않게 만드느냐 하는 고민이 더 컸다.

아직 그녀는 소녀였기에 이 두근거림의 실체를 제대로 몰랐다. 소녀에서 여인으로 가는 마음의 성장인 것을.

다음날 무루는 다시 일관에 도전했고, 다시 스스로의 힘으로 걸어나왔다.

여전히 피투성이인 채로.

2

천부 일관 도전 스물두 번째.

경과한 날짜로는 스물넷째 날.

들어오자마자 첫 공격을 눈가에 얻어맞은 무루는 퉁퉁 부은 눈으로 암흑 속에서 중얼거렸다.

"개천에서 용 난 거다. 내 몸뚱어리는 이제 더 이상 천형의 육신이 아니란 말이다. 후후후."

아무도 없는 천부 일관 속의 어둠.

무루는 마치 스스로를 세뇌라도 하듯이 중얼거렸다.

"이봐, 어서 오라고. 난 준비가 되어 있으니까."

왜였을까? 무루는 갑자기 이마가 간질거렸다. 그 이마의 간
질거림이 이내 가슴으로 번져 갔다.

의아한 표정이 된 무루는 순간 눈을 치켜떴다. 간질거림이 전
신으로 퍼져 나갔다. 그러더니 이내 하단전 주변의 뜨거운 혈도
들과 만났다.

화아악!

마치 아랫배에서 불길이 이는 것 같았다. 간질거리는 이상한
느낌의 배가 불을 싣고 달리는 것 같았다.

쿠쿠쿠쿵!

화재에 휩싸인 배는 사지백해로 거침없이 달렸다. 몸이 뜨거
워졌다. 순간 그의 고개가 이유도 없이 옆으로 휙 돌았다.

파앗!

묵직한 기가 무루의 얼굴을 때리려다가 애꿎은 허공만 때리
며 스쳤다.

"이, 이건… 뭐냐?"

뜨거워진 몸.

몸이 다 타버려 재가 될 것만 같았다. 무루의 허리가 제멋대
로 회전하며 상반신을 기울였다.

파아앗!

이번 암흑 속의 공격도 무용지물로 화했다. 무루의 눈에 이채
가 스쳤다. 몸이 스스로 공격하는 기운을 알아채 피하고 있었
다.

"마침내! 아니, 아니야. 이것으로 끝난 게 아니야. 몸이 피하
는 것을 동시에 내 의식도 인지하야 돼."

몸이 알아서 반응하는 단계!

그것이 의미하는 것은 적지 않았다. 어떤 기습에서도 위험을 벗어날 수 있다는 의미다. 그러나 무루는 고개를 저었다.

더 나아가야 했다. 의식이 기를 감지해야 했다. 그렇지 않으면 몸뚱어리만의 추한 장난일 뿐이다.

육체가 스스로 반응한다. 이젠 피한다는 생각마저 버려야 할 때였다. 중요한 것은 기의 감지였다.

다리가 절로 굽혀졌다. 허리가 제멋대로 젖혀졌다.

그렇게 몸이 먼저 공격을 피해냈다. 그러나 무루는 이 같은 상황이 점점 불만스러웠다.

'이건 인형에 불과하다. 이런 식으로는 마지막 반 각 동안에 쏟아지는 무수한 공격을 절대 피할 수 없다.'

그리고 그의 예측은 맞아떨어졌다.

그러나 그 무수한 공격 속에서 무루는 씨익 웃었다.

난무하는 공격 중 극히 일부가 느껴졌다. 의식할 수 있었다. 어디에서 공격이 뻗어오는지, 자신의 몸 중의 어디를 노리는지 파악이 가능했다.

'끝났다. 후후후.'

무루는 잇따른 타격에 얻어맞으면서도 웃었다. 처음이 어려운 법이다. 나머지는 숙련 과정일 뿐이었다.

그리고 엿새 후, 구위영과 유라는 자신의 눈을 의심했다. 각 관문의 시험이 종료되면 해당 관문에서 다음 관문의 열쇠가 모습을 드러낸다. 무루가 천부 이관(二關)의 열쇠인 청동단검을 가지고 나타난 것이다.

불과 삼십 일.

구위영과 유라는 그날 아무것도 먹지 않고 멍한 하루를 보냈다.

무루가 얻어터지고 나오는 것도 싫지만, 그렇다고 이렇게 비정상적으로 월등한 모습을 보이는 것도 과히 기쁘지만은 않다는 점을 그들은 그때 처음 알았다.

"사형, 오라버니가 일관 통과한 것을 기념해서 뭔가 잔치라도 해야 하는 거 아냐?"

"그렇지요. 어마어마한 기록을 세웠으니까 우리끼리라도 성대한 잔치를 하는 게 맞지요."

"사냥 다녀올까? 사형은 간만에 마을 좀 다녀오든지. 술 좀 받아오고……."

"사매, 벌써부터 술을 밝히는 겁니까? 술은 정신을 흐리게 할 뿐만 아니라 만악(萬惡)의 근원이에요."

"아니, 난… 무루 오라버니가 술 마시그 싶어할 것 같아서."

"……."

"아, 그런데 오라버니는 그런 거 별로 안 좋아할 것 같아."

"그렇지요?"

"응."

"하아아……."

"하아아……."

둘이 동시에 한숨을 내쉬다가 서로 얼굴을 마주 보았다. 그리고는 다시 풀 죽은 얼굴로 한숨을 내쉬었다.

"사매, 이게 말이 됩니까?"

“안 되지.”

“해도 해도 정도란 게 있어야죠. 뭐, 형님 말로는 지난 육 년 간의 수련과 실전이 도움됐다고는 하지만 그럼 그전에 도전했던 사람들은 다 뭡니까? 우리가 가지고 있는 기록들은 다 뭐냔 말입니다!”

“맞아. 내 말이 바로 그 말이야.”

“우리가 전에 형님 걱정해 해준 말이 다 우스꽝스러워진 셈이에요.”

“내 말이! 오라버니가 지금 우리를 얼마나 경망스럽다고 여기겠어. 별것도 아닌 것에 호들갑 떨었다고 생각할 거야.”

“그치요? 솔직히 우리가 형님 잘되는 게 배 아파서 그런 건 아니잖습니까? 우리가 그 정도로 속 좁지는 않잖아요.”

“그래. 오라버니가 잘되면 우리도 좋은 거니까.”

“맞아요. 맞고말고요. 근데… 왜… 이렇게… 마음이 심란할까요?”

뜨겁게 타오르던 목소리가 단숨에 푹 꺾였다. 역시 유라의 음성도 작아졌다.

“그러게. 왠지 가슴 한쪽이 텅 빈 것 같고 몸에 힘이 없네.”

“하아아……”

“하아아…….”

다시 한숨과 함께 잠시간의 침묵이 흘렀다. 구위영이 불쑥 말했다.

“난 천재가 싫습니다.”

“치. 예전에는 툭하면 자신이 천재라고 뻐기던 거 잊었나 봐.”

구위영이 화들짝 놀라며 외쳤다.

"누가요? 내가요?"

그는 검지로 자신을 가리키며 고함을 이었다.

"내가 그런 말을 했다고요?"

"이제 와서 웬 딴소리야? 습관처럼 말하고서는. 사부님들이나 나도 인정했잖아."

"허허허, 그 무슨 말도 안 되는……. 사매, 사매는 내가 천재라고 생각해요?"

유라가 찰나 입술을 꾹 깨물며 생각하는 표정을 지었다가 고개를 저었다.

"아니. 사형은… 둔재였어."

"허허허, 그래요. 나는 둔재였어요. 절대 재수없는 천재가 아니란 말입니다."

"맞아. 우리는 재수있는 둔재들이야."

"맞아요. 천재들은 인간미가 없어요."

"맞아, 인간미. 그게 중요하지. 인간미있는 둔재들."

둘의 대화가 또 끊겼다가 잠시 후 한숨을 내쉬었다.

"하아아……."

"하아아……."

그날 그 둘은 자신이 살아오면서 내쉰 한숨보다 더 많은 한숨을 쉬었다.

第九章
기록을 갈아치우는 남자

절대고수 絶代高手

1

구위영과 유라가 걱정하는 동시에 왠지 음흉해 보이기도 하는 눈빛을 흘리며 무루를 바라보았다. 그러나 무루는 거들떠보지도 않으며 눈앞의 석문만 바라보았다.

천부 이관(天府二關).
—기 중의 기, 원기(元氣)인 선천지기를 혼원일기공(混元一氣功)을 이용해 상단전과 중단전에 이어지는 고리로 만든다. 그 바탕 위에 운기행공을 통해 종선기, 즉 종선천지기(從先天之氣)를 생성한다.

천부 이관은 팔관 중 유일하게 호법도 같이 들어가는 관문이다.

구위영이 두 번째 관문의 열쇠인 청동단검을 석문 가의 구멍에 조준하며 말했다.

"형님, 엽니다."

무루는 석문을 훑어보며 고개를 끄덕였다. 두 번째 관문에는 혼원일기공의 내공심법이 깨알같이 적혀 있었다. 그는 지난 며칠간 그 구결들을 다 외웠고, 천부 일관에서 느낀 기운들을 어찌 움직여야 하는지를 익혔다.

그르르릉.

짐승 같은 소리를 내며 두 번째 관문이 열렸다.

내부는 야광석이 촘촘히 박혀 있어 휘황찬란할 정도로 밝았다. 작은 규모의 석실 가운데에는 하나의 석탁(石卓)이 있고, 그 위에는 반짝반짝 빛이 나는 얇은 침이 수백여 개 있었다.

먼저 안으로 들어선 무루는 입고 있던 옷을 벗고는 석탁 옆에 섰다. 그리고는 다리를 어깨 너비로 벌렸다.

"시전해라."

무루는 담담히 말했다. 유라는 석탁 위의 침을 하나 빼 들고는 침을 꿀꺽 삼켰다. 기실 오라버니가 벌거벗은 것을 부끄러워하면 놀려줄 참이었다.

여인에 대해 아무런 감흥을 느끼지 못한다는 사형도 목욕하는 것을 훔쳐보면 얼굴이 시뻘게져서는 고래고래 소리를 지르고는 했다. 그런데 무루가 정작 아무렇지도 않아하자 유라는 맥이 풀려 버렸다.

"오라버니 몸은 볼 때마다 너무 징그러워. 무슨 상처가 이리 많아."

구위영이 놀란 눈으로 물었다.

"봤나요?"

"당연하지. 몸 닦을 때마다 매일 훔쳐봤는데."

무루도 처음 알았다는 듯이 고개를 돌려 유라를 보았다. 유라
가 씩 웃으며 물었다.

"왜? 부끄러워요? 사내자식이 뭔 부끄러움을 타요. 사람이 다
거기서 거기지. 흐흐흐……."

무루는 표정 변화 없이 대꾸했다.

"다음부터는 그러지 마라."

그리고는 다시 앞으로 고개를 휑하니 돌렸다. 무루가 그렇게
나오니 유라는 자신만 바보가 된 느낌이 들어 아미를 찌푸렸다.

구위영이 정색하며 말했다.

"사매, 긴장해야 해요. 까닥 한 치의 실수만 있어도 형님은 폐
인이 됩니다. 혼자서는 밥도 못 먹는 병신이 되는 거예요."

"한두 번 연습한 것도 아닌데 뭘 새삼스럽게."

"허어! 인형에 한 거하고 같습니까? 사매의 실수 한 번으로
앞길이 창창한 우리 형님이 병신이 된다니까요. 그러면 우리가
더러운 똥 수발까지 다 들어야 할지도 몰라요."

무루는 구위영의 화법에 이제는 좀 적응됐다 싶으면서도 한
숨을 삼켰다. 말은 참 예의 바르게 하지만 간간이 심장을 후벼
파는 적나라한 표현을 아주 쉽게 내뱉었다. 몇 번 주의를 주긴
했지만 어디 그게 쉽게 고쳐질 것인가. 천성인 것을.

유라는 입술을 삐죽거렸지만 이내 집중했다. 사실 그녀도 잔
뜩 긴장한 터였다.

천인청동환침술(天人靑銅還針術)!

무루의 몸에 구백칠십이 개의 침을 박아 넣는 대법이었다.

구위영이 무루의 이마에 침을 가져다 댔다가 휴우우 하는 한숨과 함께 결국 꽂지 못하고 물러났다.

유라도 말과는 다르게 땀을 훔치며 첫 침도 놓지 못했다. 유라가 찡그리며 말했다.

“젠장, 사부님들이 있었으면 좋았잖아. 아직 우린 어린데······.”

구위영이 눈살을 찌푸리며 유라에게 쏘아붙였다.

“사매, 지금 그런 말을 하면 어떻게 합니까?”

둘이 무루의 눈치를 살폈다. 시술할 자신들이 이런 모습을 보이면 정작 당사자는 얼마나 두렵겠는가. 약간의 실수만 있어도 폐인이 되거나 죽을 사람은 바로 무루인데.

무루가 구위영과 유라를 한 번씩 일견하고는 씩 웃었다. 처음 보는 그의 환하고 부드러운 웃음에 둘은 잠시 멍해졌다. 삭막한 표정 일색이던 이 사내에게 이런 미소가 있었던가?

“연습했던 대로 편하게 해라.”

유라가 침을 꼴깍 삼키고는 물었다.

“우리를··· 믿으세요?”

“믿는다.”

이번엔 구위영이 물었다.

“무슨 근거로 말입니까? 이건 사부님과 연습했던 것이 아닌 실제인데······.”

“이천오백 년을 내려온 천부의 현 좌호법, 우호법은 너희들이니까.”

“……!”

“나를 지켜주는 호법을 믿지 못한다면 나는 이곳의 부주 될 자격이 없다.”

“형님…….”

“오라버니.”

소년과 소녀가 말을 흐리며 입술을 꾹 깨물었다. 그들은 아직 어렸다. 가슴 깊은 곳에서는 늘 외로움과 두려움이 가득했다. 그런데 무루의 지금 한마디가 그 둘로 하여금 자부심을 느끼게 만들었다.

“난 너희들이 있는 것이 행운이라고 생각한다. 너희들마저 없었다면 난 꿈을 꾸지도 못했을 거니까.”

“…….”

“너희들… 여기에 있어줘서 고맙다. 이건 내 진심이다.”

구위영과 유라는 말을 잃었다. 잠시 그렇게 무루를 바라보던 둘은 이내 서로 마주 보며 피식피식 웃었다. 어느새 그들의 손은 떨림 현상이 멈춰 있었다.

구위영이 장난스러운 표정으로 말했다.

“꽤 아플 겁니다.”

유라도 키득거리며 동조했다.

그렇게 천인청동환침술이 시작됐다.

침 하나하나가 신중하게 무루의 몸에 꽂혀 들어갔다. 머리와 가슴에 침이 집중됐다. 그리고 우라가 임맥의 스물네 개의 각 혈에도 반 푼씩 꽂아 넣을 때, 구위영도 장강을 시작으로 허리뼈를 따라 요수, 요양관, 명문 등이 줄지어 있는 독맥의 요혈에 스물여덟 개의 침을 꽂았다.

구위영과 유라의 이마에 땀방울이 촉촉이 맺혔다. 그 이슬이 뺨을 타고 주르륵 흘러내렸다. 삼백예순 경락의 요충지를 구위영과 유라는 거침없이 요리했다.

낮은 숨소리만 석실 안에서 새근댔다. 그리고 마침내 대법이 끝났다.

"형님, 끝났습니다."

"끝났어요, 오라버니."

고슴도치가 된 무루는 몸을 움직일 수도, 말을 할 수도 없었다. 그러나 구위영과 유라는 무루의 눈빛에서 마음을 읽을 수 있었다.

'수고했다.'

둘의 얼굴에 해냈다는 승리감과 인정받았다는 느낌이 교차했다.

"형님도 원하는 것을 꼭 얻으십시오."

"빨리 나와요. 멧돼지 한 마리 잡아놓고 기다릴 테니."

이미 무루는 눈을 감고 혼원일기공의 구결을 암송하며 상단전과 중단전을 중심으로 일어나는 독특한 운기 행공에 힘쓰느라 정신없었다.

둘은 조용히 석실을 빠져나와 청동단검을 옆으로 돌렸다.

그르르르릉.

이관문이 닫혀갔다.

유라는 닫힌 석문을 하얀 손으로 만지며 입을 열었다.

"사형, 잘되겠지?"

"난 하나도 걱정 안 돼요. 저분이 누굽니까? 아니, 난 오히려 기대됩니다. 이번엔 또 우릴 얼마나 놀라게 하는 기록을 세울지."

구위영의 말에 유라도 화답했다.

"호호호, 맞아. 기록에 의하면 평균 이관문을 나오는 데 걸린 시일이 사흘이었지."

이관문의 도전자가 해야 할 일은 하나였다.

상단전과 중단전을 잇는 선천지기의 고리를 만드는 것이고, 종선기를 생성하는 것이다. 그리그 그건 일관문을 통과한 사람에게는 그리 어려운 일이 아니었다.

소요 시일이 가장 짧은 이관문이지만 관문을 나온다고 다 끝나는 것이 아니었다. 천부 팔관을 모두 통과할 때까지, 그리고 평생 혼원일기공을 익혀야 했다.

지금의 과정은 그 바탕을 만드는 것뿐이었다.

무루가 천부 이관을 나온 것은 닷새 만이었다.

이관은 일관처럼 들락날락거리는 곳이 아니었다. 그동안 물 한 모금 마시지 못하는지라 유라는 자신의 속이 새카맣게 타들어가는 것을 느꼈다.

수련에 매진하면서도 툭하면 멍하니 이관의 석문이 언제나 열리나 쳐다만 보고는 했다. 특히 나흘재부터 닷새째까지는 그런 경향이 더 심했다.

그리고 마침내 이관의 문이 열리는 소리가 들렸을 때, 검을 휘두르고 있던 유라는 옆에 있던 물통을 들고는 무루에게 달려갔다.

애지중지하던 검마저 팽개쳐 버린 채.

"오라버니, 갈증이 심하죠? 여기, 물 마셔요. 어?"

무루 앞에 선 유라가 큰 눈을 휘둥그레 뜨며 멍하니 무루를 보았다.

하의는 챙겨 입었지만 상의는 어깨에 걸친 무루였다. 그런데 그의 몸이 변해 있었다.

상처들이 눈에 띄게 흐려져 있었다. 얼굴에 있던 깊은 검상도 흐릿해져 버렸다. 더욱 유라를 당혹스럽게 한 것은 무루의 몸 주변을 흐르는 기운이었다.

어린 나이에 비해 내력이 심후한 유라는 그것을 감지할 수 있었다.

뭐랄까, 서기(瑞氣) 같은 상서로운 기운이 몸을 흐르고 있었다. 특히나 눈빛은 뭐라 말할 수 없을 정도로 형형히 빛났다.

무루가 살짝 웃으며 유라가 건넨 물통을 받아 들고는 마셨다.

"시원하군. 고맙다."

"아, 예."

유라는 자신도 모르게 고개를 숙이며 물통을 받아 들었다. 얼굴이 화끈거렸다. 심장이 미친 것처럼 고동쳤다.

"피곤하군. 조금 자야겠어."

수련하던 구위영도 다가왔다가 무루가 변한 것을 감지하고는 눈을 치켜떴다.

무루는 자신의 암혈로 들어가 버렸다. 그 뒷모습을 보던 구위영이 '하아!' 하는 탄성을 흘리다가 유라를 보았다.

"사매, 뭐 해요, 고개 숙이고?"

“어? 아, 아무것도 아냐.”

유라는 뭔가 비밀스런 것을 들킨 것처럼 놀라서는 호들갑스럽게 손사래를 쳤다. 구위영이 그녀 옆으로 다가와 팔로 어깨를 툭 치며 말했다.

“혹시 사매도 느꼈나요? 서기가 흐르는 거.”

“응.”

“그 느낌, 정말 강렬하지 않았어요?”

“그, 글쎄.”

“점점 더 강렬해지겠지요. 그러다가 나중엔 안으로 갈무리될 테고. 정말이지, 형님은 끊임없이 우리에게 뭔가를 기대하게 한단 말입니다. 앞으로 어떻게 변할지. 안 그래요?”

유라가 본심을 숨기려 퉁명스럽게 대꾸했다.

“뭔 상관이야. 내 수련만도 벅차 죽겠는데.”

“응? 사매, 오늘따라 자꾸 왜 이럽니까? 평소와 조금 다른 거 같은데?”

“다르긴 뭐가 달라?”

그녀가 빽 소리를 지르자 구위영이 눈을 가늘게 뜨며 손가락으로 그녀의 얼굴을 가리켰다.

“허허허, 알겠어요. 오늘 한 달에 한 번 바로 그날이지요?”

퍼억!

구위영의 얼굴에 유라의 주먹이 꽂혔다.

“난 아직 달거리 시작 안 했단 말이야!”

“설마…….”

퍼억!

2

천부 삼관.

그 관문은 기초적인 권각술을 배우는 곳이었다.

삼관 안에서부터는 다시 석실 내부에 진법이 펼쳐져 있었다. 그곳에 하나의 인물이 환영으로 나타나 권법, 각법, 조법 등등 여러 가지를 펼쳐 보였다.

무루가 해야 할 것은 두 가지였다.

환상 속의 인영이 무서울 정도로 빠르게 펼치는 그 동작들을 한 치의 오차 없이 똑같은 속도로 소화하는 것, 그리고 그 동작 하나하나에 상단전과 중단전을 연결하는 고리 위에서 생성되기 시작한 종선기(從先氣)를 주입하는 것이었다.

눈이 핑핑 돌 정도로 빠른 속도를 감당하기도 어려운데 희미하게 느껴지는 종선기를 동작마다 주입하라는 것은 어려운 요구였다.

그러나 무루는 불평 한번 하지 않고 묵묵히 도전했다. 불평한다고 상황이 바뀌는 게 아니라는 것을 그는 잘 알고 있었다.

천부 삼관은 팔관 중 가장 오랜 시간이 걸리는 관문이었다. 기록에는 평균 소요 시간이 팔 년이었다.

그렇게 많은 시간이 걸리는 데에는 까닭이 있었다.

동작을 단순히 따라 하는 것이라면 채 일 년도 걸리지 않을 것이다. 하지만 종선기를 완전히 자신의 것으로 만들어야 했다.

구위영은 무루가 사 년이면 삼문을 돌파할 것이라 했고, 유라는 오 년을 예상했다. 참으로 후하고 후한 예상이었다.

하지만 무루는 삼관을 일 년 반 만에 돌파했다. 그 놀라운 기록 앞에서 무루는 투덜거렸다.

"제길, 시간을 너무 많이 지체했어."

그날 구위영과 유라는 하루에 내쉰 한숨의 숫자 기록을 깼다. 그 후유증은 열흘 가까이 지속되어 둘이 아무것도 못하게 만들 정도였다.

천부 사관은 실전관이었다.

삼관에서 배운 바를 바탕으로 환영 속에서 괴인과 싸우는 것이다. 그곳에서 무루는 진심으로 천부의 진법에 대해 다시 감탄했다.

현실과 똑같았다.

그들의 공격을 맞으면 아픔을 느꼈다. 몸속의 종선기가 사관의 특유한 진법과 연결되어 머리가 인식하게 만들었고, 그 인식은 실제 몸으로 전달돼 정말 아픈 것처럼 통증을 느껴야 했다.

사관은 여섯 단계로 이뤄졌다.

처음엔 한 명이 나타났고, 그자를 해치우면 두 명이 나타났다. 그리고 다섯 명, 열 명, 오십 명, 백 명의 단계였다.

무루는 첫날 이단계인 다섯 명까지 겪었다. 이 역시 기록임은 두말할 나위가 없었다.

사관 돌파 평균 소요 시간 이백 일.

무루는 사관의 기록도 갈아치웠다, 칠십 일로.

그때부터 구위영과 유라는 더 이상 늘라지 않기로 결심했다.

아예 무루의 모든 기록을 사람의 기준에서 제외시키기로 한 것
이다.

"형님은 무조건 예외예요."

"맞아."

"예상을 하면 안 돼요. 기록을 갈아치우듯이 예상도 번번이
깨잖아요."

"내 말이."

"……."

"……."

최근 들어 무루에 관한 얘기를 하면 빠른 속도로 대화가 끊기
는 둘이었다.

천부 오관은 자연기인 음양오행의 기운을 다스리는 것을 배
우는 관문이었다. 동시에 그동안 익혀온 혼원일기공의 오의를
더 깊은 곳까지 공부하는 곳이었다.

종선기와 자연기의 관계를 정립한다. 더 나아가 종선기로 자
연기를 이용하는 방법을 배우는 것이었다. 이것을 거치고 나면
무루는 구위영과 유라를 본격적으로 도울 수 있게 된다.

음(陰)과 양(陽)의 기운.

흙[土], 나무[木], 쇠[金], 불[火], 물[水]의 기운.

무루는 이곳에서 벽에 빽빽이 쓰여 있는 글들을 읽고 명상과
참선을 병행하며 팔 개월을 거처했다.

그는 이곳에서 모든 오의를 깨닫지는 못했다. 하지만 어차피
깨달음이란 것은 천천히 이루어질 터였다. 중요한 것은 기본 원

리를 알고 그것을 확실하게 인식하는 것이므로 무루는 나름 만
족하며 오관을 나왔다.

그때까지만 해도 무루는 이 오관에서 배운 것이 얼마나 대단
한 것인지 깨닫지 못했다. 그저 가끔 신기해했을 뿐.

천부 오관은 세상천지를 탄생시킨 기(氣)의 비밀이 존재하는
곳이었다. 그리고 세상을 무너뜨릴 수도 있는 힘을 숨긴 비고(秘
庫)였다.

천부 육관과 칠관은 상승 무공관이었다. 바로 무루가 예전 민
음촌의 동굴에서 보았던 무적야수포와 구극검경의 일부 그림,
그 그림의 전체가 각각의 석문 앞에 그려져 있었다.

야율강은 이 그림들을 잊지 못하고 죽기 전에 민음촌의 동굴
벽에 새겨 넣었던 것이다.

무루는 육관에서 팔 개월을, 칠관에서 십사 개월을 소비했다.
물론 이 기록도 예전의 기록을 많게는 다섯 배, 적게는 두 배를
뛰어넘는 것이었다.

무루는 마지막 관문인 천부 팔관의 입구에 서 있었다.

천부에 든 지 어느새 사 년 반이란 세월이 훌쩍 지나가 있었
다.

한때 무루의 신형에서 점점 강렬해지던 서기는 어느새 안으
로 상당량 갈무리되어 있었다. 그리고 무루의 몸에 무수히 많던
상처들은 언제부터인가 찾아볼 수 없었다.

변한 것은 무루뿐만이 아니었다.

구위영은 스물한 살의 청년이 되어 있었다. 병약해 보이는 것은 여전했지만 상당한 미남자로 성장했다.

한 대 툭 치면 쓰러질 것 같은 모습과는 다르게 그의 신형은 마치 한 자루의 잘 벼린 명검을 보는 기분이 들게 했다.

묘한 부조화.

무엇이든지 베어버릴 것 같은 예기가 전신에서 은연중에 흘러나왔다. 그러나 한두 명을 상대하면 바로 지쳐 버릴 것 같은 허망함도 동시에 느껴진다고 할까?

어쨌든 아는 사람만 아는 것이지만 구위영의 절기는 검이 아니었다.

진법과 주술이었다.

특히나 그의 진은 점점 더 정교해지고 있었다. 그리고 그것이 가능한 이유는 무루가 있기 때문이었다.

구위영이 사용할 수 있던 청동환은 총 열여섯 개였다. 천부에 남아 있던 종선기의 기운이 갈무리된 구슬의 숫자가 그뿐이었던 것이다. 그런데 무루가 평범한 청동환에 틈틈이 종선기를 주입해 주었다.

종선기가 들어간 수백 개의 청동환을 갖게 된 구위영. 그것은 구위영의 진법과 주술 공부에 날개를 달아주었다.

그리고 유라는 어느새 스물을 앞둔 열아홉이었다.

점점 더 아름다워지는 그녀는 범인(凡人)이라면 똑바로 쳐다보기가 어려울 지경이었다.

예전 무루가 그녀를 처음 보았을 때 생각했던 것처럼 경국지색(傾國之色)이란 말은 그녀를 위해 있는 말 같았다.

큰 눈 안에 담긴 눈동자는 은하수를 담은 양 반짝거렸고, 유려한 선을 자랑하며 올라선 코와 도톰한 붉은 입술은 그녀를 처음 보는 사내로 하여금 일순간 말을 잃게 할 정도로 아름다웠다.

천부 팔관(天府八關).

―지금까지의 모든 것을 잊는다. 무념무상(無念無想). 망각의 시간 속에서 진정한 힘이 축적된다. 모든 것을 버리고 다시 깨어날 때 진정한 천부의 힘을 갖게 될 것이다. 사욕(私慾)을 버리고 나서야 대의(大義)가 확립될 것이며, 자아(自我)가 천명(天命)과 이어질 것이다.

팔관의 석문 앞에 선 무루는 묘한 감정에 휩싸였다.

마지막이었다.

이 관문을 끝으로 자신은 고향으로 돌아갈 것이다. 무루는 팔관의 석문에 새겨진 글을 다시 읽으며 웃었다.

"모든 것을 다 잊는다. 사욕을 버려라……. 재밌는 말이군."

그의 미소에 옆에서 바라보던 유라의 방심이 꿈틀거렸다. 오라버니의 미소는 가히 살인적이었다.

종선기는 단지 힘으로만 표출되지 않았다. 일종의 선천지기인 종선기는 거부할 수 없는 마력, 상대를 끌어당기는 힘도 가지고 있었다.

모든 기의 요체이자 주인인 종선기. 그것은 상대방의 심장까지 들썩거리게 만들었다.

그나마 지금은 나은 것이었다. 저놈의 종선기가 갈무리될 생각은 안 하고 점점 강렬해질 때에는 유라는 감히 무루를 쳐다볼 수조차 없었다.

그저 바라보는 것만으로도 숨이 찰 지경이었으니까.

구위영이 약간은 걱정스러운 눈빛으로, 그러나 믿는다는 표정으로 입을 열었다.

"형님, 꼭 팔관에 드셔야겠습니까? 굳이 팔관에 들지 않아도 형님을 능가할 자는 세상에 없을 것이라 장담합니다."

무루는 고개를 저었다.

천부 육관과 칠관의 상승 무공인 무적야수포와 무극검경. 그 무공의 성취는 육성 이상에서 더 나아가지 못했다. 그 무공들의 완성은 천부 팔관을 나서고야 가능하기 때문이다.

"여기에서 꼬리를 말란 말이냐?"

"그런 뜻이 아니지 않습니까?"

구위영은 진심으로 걱정된다는 어조로 항변했다. 무루를 전적으로 신뢰하는 그가 이런 말을 하는 데에도 이유가 있었다.

천부 팔관.

그건 심마관(心魔關)이라고 했다. 역대 천부 팔관을 도전했던 사람들 중에서 팔관을 넘어선 사람은 겨우 두 명에 불과했다.

천부를 탄생시킨 개파조사 천군(天君)과 그 천부를 세상에서 거둔 칠대부주 천신공(天臣公).

유라도 구위영의 말을 거들었다.

"그건 사형 저 자식 말이 맞아요. 부율에 따르면 칠관까지 통과한 사람은 부주의 자격이 주어져요."

“그건 내가 용납할 수 없다.”

“오라버니!”

“이쯤에서 됐다. 그런 생각을 갖는 순간 퇴행이 시작된다. 하나를 마무리할 때도 확실히 하지 않으면 나중에 후회하게 되지. 왜 그때 그렇게 하지 않았을까 하고.”

“……”

“하루하루 지나가는 시간이 더 아쉽고 간절한 건 내가 너희들보다 더할 것이다. 짐작하다시피 나는 꼭 해야 할 일이 있으니까. 그래도 일단 시작한 일은 반드시 끝내야 한다. 그래야 다음 일도 할 수 있지.”

유라가 무루를 째려보며 아랫입술을 대자로 내밀었다.

“알았어요. 하여간 그 똥고집, 누가 말려. 사형이나 제가 왜 만류하는지는 하나도 모르면서.”

“너희들이 내 걱정 하는 거 안다. 그러나 걱정하지 마라. 지금까지 잘해왔듯이 난 또 잘해낼 테니까.”

“느낌이 안 좋단 말이에요. 농이 아니라 정말이에요. 여자의 직감이 얼마나 무서운 건데.”

유라는 가슴을 제 손으로 쾅쾅 내려치며 고개를 옆으로 홱 돌렸다. 아무리 그래도 그의 앞길을 막을 수 없음을 잘 알고 있었다.

자신의 예감이 아무리 불안하더라도 그에게 그건 작은 장애물도 되지 않음을 모르지 않았다.

그래서 왠지 더 화가 났다.

자신이 계속 간청해도 일체 무시하는 그가 밉기까지 했다. 전날부터 만류하던 구위영도 체념했는지 한숨만 쉬어댔다.

무루가 구위영을 향해 말했다.

"석문을 열어라."

"예, 형님."

구위영이 팔관을 여는 청동단검을 꺼내 들었다. 그리고 이내 팔관의 문이 굉음을 일으키며 열렸다.

심호흡을 한 무루는 그 안으로 걸어 들어갔다.

마치 천부 일관처럼 칠흑 같은 어둠이 가득했다.

석문이 서서히 닫혀갔다. 유라는 자신의 손을 맞잡은 채 사라지는 무루의 뒷모습을 바라보았다.

쿵!

마침내 팔관의 석문이 닫혔다.

어둠 속에서 무루는 가만히 서 있었다.

팔관에 관한 내용은 아무것도 없었다. 그래서 딱히 무엇을 대비해야 할지 알 수가 없었다. 구위영과 유라도 부율이라면서 말해주지 않았다. 그러나 무루는 자신이 있었다.

예전의 자신이 아니었다.

자신은 강했다.

어떤 상황이 닥쳐도 냉정을 잃지 않고 극복할 수 있음을 추호도 의심하지 않았다.

그리고 그것이 오만이라는 것을 깨닫기까지는 오래 걸리지 않았다.

어둠 속에서 한줄기 빛이 보이더니 그 빛이 점점 강렬해졌다. 지독한 광채에 무루는 눈을 뜨고 있기조차 힘들었다.

빛 속에 목소리가 있었다.

"반갑구나, 연자여. 나는 이곳의 칠대부주인 천신공이다."

"……!"

"지금 네가 듣는 이 목소리는 내 모든 힘과 좌호법의 주술 도움을 받아 나의 사념을 이 작은 공간 안에 새긴 것이다. 비록 나는 죽게 될 것이지만 내 생각과 목소리, 그리고 나에게 남아 있던 힘은 남아서 그대를 기다리고 있었다."

무루는 빛을 마주 보며 엷은 한숨을 내쉬었다.

이천오백 년이란 시공을 넘어서 만난 인물. 그의 능력 앞에서 무루는 자신이 얼마나 작고 초라한 존재인지 느꼈다.

너무나 거대해 믿겨지지 않는 현상 앞에서 무루는 실소를 지을 수밖에 없었다.

"그대가 가지게 된 종선기의 힘은 이곳 팔관을 거치면서 완벽하게 될 것이다. 그대는 이곳에서 삼십삼 일간 잠을 자게 될 것이다. 그동안 이 안에 남아 있는 나의 힘이 그대의 육신으로 스며들어 가 그대의 미약한 종선기와 합쳐져 하늘의 힘을 잉태시킬 것이다."

무루는 주먹을 불끈 쥐었다. 역시 팔관에 들어온 것은 현명한 선택이었다. 칠관에서 머물렀다면 자신은 천부의 힘을 반의반도 가지지 못했을 터였다.

"하늘의 힘은 놀라우나 그만큼 두려워해야 한다. 그래서 나는 그대가 그 힘을 사리사욕을 위해 쓰지 않도록 작은 안배를 만들었다. 그대는 매일 삼십삼 일 동안 꿈을 꾸게 될 것이다. 하나의 꿈은 하나의 인생. 서른세 번의 인생을 거치고 나서야 천부의 모든 힘을 얻게 될 것이다. 그 모든 꿈은 네가 가장 고통스러운 기억을 가지고 있던 때부터 시작할 것이고, 그리고 그 모든 꿈속에서의 그대는 자신의 의지대로 삶을 살 것이다."

무루의 눈에 이채가 스쳤다. 평범한 꿈이 아닌 잔인한 꿈이 될 것이란 직감을 했다. 그리고 가장 고통스러운 기억을 가진 때라면 가족을 잃었을 시점이다.

일장춘몽(一場春夢).

서른세 번의 인생은 부귀영화의 덧없음을 골수에까지 각인시킬 것이다. 과연 천부다운 안배였다.

꿈이 매일 이어지면서―인생이 서른세 번이나 반복되면서―지독한 허무감에 시달릴 것이다. 만약 그것을 이겨내지 못하면 심마에 빠지게 되리라.

"연자여, 그저 잠을 자면 되는 것 같겠지만 가장 길고 고통스러운 관문이 될 것이다. 길고 긴 꿈속에서 그대가 지켜야 할 중요한 것, 그대가 지키려 했던 가치있는 무언가를 잊지 말기를. 그것을 영영 놓치게 된다면… 그대는 망각의 바다 속에서 결코 돌아오지 못할 것이다."

"……."

"그대는 서른세 번의 생을 충실히 살아야 한다. 긴 시간 속에 지쳐갈 지라도 그 허무함과 권태 때문에 자살 같은, 스스로를 망치는 행위는 금지한다. 천운이 그대와 계속 함께하기를 빈다."

그 말을 끝으로 빛이 서서히 잦아들었다. 동시에 천장에서 청동 침상이 밑으로 내려왔다.

그르르룽! 쿠우웅!

청동 침상이 바닥에 닿으며 멈췄다.

무루는 침상의 위로 올라가 누웠다. 싸늘한 감촉이 전신에 느껴졌다.

"삼십삼 일이라……."

온몸의 활동을 중지시키고 심장의 박동마저 최소한으로 만드는 귀식대법을 펼쳐야 할 것이다.

이틀마다 구위영이 잠깐씩 들어와 물을 입에 흘려 넣어주기야 하겠지만 꽤나 허기질 것이다. 아마 팔관을 나설 쯤에는 구위영보다 더 홀쭉한 몸이 되어 있을지도.

빛이 완전히 소멸하고 어둠이 내려앉은 석실 안에서 무루는 잠에 빠져들어 갔다. 그리고 의지를 담은 꿈이 시작되었다.

第十章
돌아온 기억

1

팔관에서의 삼십삼 일.

그 후유증으로 기억을 잃어버린 이 년의 세월.

한무루.

자신의 이름조차 제대로 기억 못하는 청년의 사라졌던 기억
은 벼락처럼 갑자기 찾아왔다.

나뭇가지를 잔뜩 지고 하산하는 길에 우연히 마주치게 된 무
림인들 간의 싸움.

시간이 지체되어서 지름길을 택한 것이 화근이었다.

그들의 칼이 상대의 피부를 찢고 가르며 튀는 핏방울과 비명
소리. 뱃가죽을 비집고 쏟아져 나오는 내장과 부서지는 뇌수.

처음엔 비슷한 장면을 어디선가 본 것 같은 느낌이 들면서 호
흡이 거칠어졌다. 그리고 그것은 자신이 가끔씩 꾸는 악몽과 비

슷함을 깨달았다.

그것을 떠올린 순간 청년은 자신도 모르게 몸이 와들와들 떨려왔다. 다리가 후들거려 도저히 서 있을 수가 없어 주저앉았다.

숨이 막혔다. 심장이 터져 나갈 것만 같았다.

목전(目前)에서 싸우면서 죽어가는 이들의 비명이 그의 머리를 뒤흔들었다.

눈앞에서 펼쳐지고 있는 목불인견(目不忍見)의 장면보다 수백, 수천 배는 더 끔직하고 고통스러운 영상들이 단편적으로 끊임없이 떠올랐다.

백주에 생생하게 눈을 뜨고 있는 상황에서 마주한 악몽이었다. 청년은 간질이라도 인 듯이 발작이 심해졌다. 온몸의 털이 곤두서고 눈동자가 상하좌우로 마구 흔들렸다.

세상이 팽이처럼 빙글빙글 돌았다. 구름이 땅으로 처박혔고, 수목이 새 떼처럼 날아올랐다. 극도의 혼돈과 공포에 빠진 청년은 벌벌 떨면서도 엉금엉금 기었다. 이미 지게는 팽개친 지 오래였다.

그때였다.

한 복면인이 던진 암기가 그의 엉덩이로 쇄도한 것은.

청년은 암기를 보지 못했다. 그럼에도 불구하고 그는 몸을 옆으로 비틀었다. 마치 뒤통수나 둔부에 눈이라도 달린 것처럼 말이다.

청년은 간발의 차이로 아슬아슬하게 암기를 피했다.

하지만 그는 발작 중에 무리하게 몸을 비튼 탓으로 중심을 잃고 옆으로 나동그라졌다. 그런데 하필 그가 구르는 곳에 뾰족한 돌덩이가 있었다. 그리고 청년은 돌에 머리 한쪽을 깊게 찍혔다.

"크윽, 끄아아아!"

가뜩이나 어지러운 판에 머리가 쪼개질 것 같은 통증이 엄습했다. 그의 비명 소리가 허공을 갈기갈기 찢었다.

그런데 이독제독의 효과였을까?

한참 비명을 지르며 데굴데굴 구르던 그가 돌연 멈췄다. 끊임없이 흔들리던 눈동자가 서서히 중심을 찾아갔다. 몸에 이는 발작도 훨씬 줄어들었다.

"나, 나는… 내 이름은 무루, 한구루!"

떨리는 청년의 입술 사이로 핏물과 함께 나지막한 목소리가 흘러나왔다.

머리는 여전히 깨질 듯이 아팠다. 그러나 그 와중에서도 조금 전까지 어지럽게 떠오르던 단편적인 영상들이 하나하나 자리를 잡아가며 순차적으로 재배열되었다.

간혹 밤에 꾸는 악몽.

비명을 지르다가 깨고 나면 식은땀에 흠뻑 젖어 있는 자신을 발견하게 만드는 꿈. 그런데 지금은 왠지 담담하게, 그리고 차분히 그 광경들을 마주할 수가 있었다.

머리는 아팠지만 머릿속은 오히려 맑아졌다. 그동안 짙은 안개에 가려 있던 기억들이 모습을 드러내고 있었다.

무루의 눈에서 부지불식간에 눈물이 주르륵 흘러내렸다. 수많은 기억이 그의 머리에 차분하게 침잠했다.

유년 시절 청송표국에서 행복했던 삶, 남창으로 간 유학 생활, 가족의 죽음, 육 년간의 낭인 생활, 운남의 밀림, 백호 진충과의 인연, 민음촌의 동굴.

그리고 천부(天府)!

기억은 그렇게 벼락처럼 다가왔다.

눈물이 멈추지 않고 폭포처럼 쏟아져 나왔다.

기억이 정리될수록, 선명하고 또렷해질수록 가슴이 미어졌다. 그냥 아무 이유 없이 눈물이 쏟아졌다.

그리움과 증오가 범벅이 되어 무루의 가슴을 후벼 팠다. 잊었던 무수한 감정들이 폭발하듯 무루의 가슴에 회오리를 일으켰다. 어떻게 이 모든 것을 그동안 망각하고 살 수 있었을까? 그는 가슴을 부여잡고 소리없이 오열했다.

감정의 홍수 속에 무루는 천부 팔관에서 겪은 서른세 번의 인생을 기억해 냈다. 바로 천부 팔관이 자신의 기억과 감정을 잠시 동안 모두 막아버렸던 것이다. 곧바로 실제의 삶에 복귀한다면 후유증이 너무 클 것이기에.

천부 팔관!

그곳에서 끊임없이 돌고 돌았던 꿈과 인생.

예상했던 것처럼 무루는 지독한 허무감에 시달렸다.

인생사 빈손으로 왔다가 빈손으로 간다는, 공수래공수거(空手來空手去)란 말이 꼭 들어맞았다.

통쾌한 복수도 했고, 거대한 부를 쌓기도 했으며, 중이 되어 선사에서 삶을 마치기도 했다.

무림에서 천하제일인이 몇 차례 되었었고, 농부나 어부로 평범한 삶을 살기도 했다. 때로는 주루의 점소이나 광산의 광부로 살았다.

그렇게 수없이 많은 삶을 사는데도 항상 똑같은 것은 죽는 순간에 느끼는 허망함이었다. 허망함이 권태로 이어져 나중에 이어지는 꿈속의 삶은 지겹기까지 했다.

천부 팔관.

잠을 자되 의지는 계속 깨어 있는 곳이었다.

그리고 그건 아주 잔인한 형벌이었다.

꿈속에서도 깨어 있는 그의 의지는 하루하루를 살면서 지쳐 갔다. 꿈일 뿐이라 외쳐 봐도 그 안에서 느끼는 하루의 시간이 단축되지는 않았다. 지긋지긋하다 못해 미칠 것만 같았다.

꿈속에서의 하루, 한 달, 일 년, 십 년, 오십 년, 그리고 또다시 처음부터 반복되는 아스라이 긴 시간들은 그의 정신과 의지를 갉아먹었다.

'이제 그만!' 이라고 외친 것이 수만 번이었다.

만약 야수무적포와 무극검경의 오의를 파고 또 파는 일마저 없었더라면 그는 예전에 모든 것을 포기하고 말았을 터였다.

그렇게 서른 번의 꿈이, 인생이 지나고 결국 필사적으로 버티던 무루는 모든 것을 포기하고픈 순간에 다다랐다. 그의 정신과 의지는 피폐해질 대로 피폐해져서 갈기갈기 찢겨진 넝마와 다름없었다.

남은 것은 불과 세 번. 그러나 그 세 번은 지난 서른 번의 꿈과 인생보다 수십 배 더 지겹고 아득하게 느껴졌다.

꾸고 싶지 않았다. 살고 싶지 않았다.

이젠 그만해도 충분했다.

그가 결국 삶을 향한 의지를 놓으려 할 때였다. 차라리 미쳐 버리는 것이 나을 터였다.

그때 팔관의 문이 열리며 구위영이 들어왔다. 무루의 입에 물을 흘려 넣으려 들어온 것이다.

잠 속에서도 의지만은 깨어 있는 무루는 그 사실을 알고 있었다. 구위영에게는 이틀마다 보는 무루일지 모르나 무루에게는 정말이지, 아득한 시간마다 보는 것과 같아서 잊을 만하면 다시 기억하게 만들었다. 이틀마다의 잠깐의 방문. 그건 무루가 실제의 기억을 완전히 놓치게 하지 않으려는 최소한의 장치였던 셈이다.

구위영이 나직이 입을 열었다.

"사매, 또 왜 기어들어 옵니까?"

"그냥 보기만 할게."

"조심하고 조용해야 합니다."

"치. 알았다니까. 거 되게 비싸게 구네."

구위영이 조심스럽게 무루의 입에 물을 주입하는 모습을 보며 유라가 말했다.

"오라버니는 지금도 꿈을 꾸고 있을까?"

"글쎄. 아마 지금은 그냥 자고 있을 겁니다. 매일 꿈을 꾼다지만 실제로 꾸는 시간은 많지 않으니까. 물론 형님이 느끼는 시간은 지긋지긋하게 길겠지만……. 그리고 나도 팔관에 대해서는 잘 알지 못합니다."

"그런가? 그런데 대체 무슨 꿈을 꾸실까?"

"당연히 복수의 꿈 아닐까요?"

"휴우, 지겹겠다."

"응?"

"아무리 간절히 원하던 복수라지만… 서른 번이나 복수하는 삶이라면 지겨울 것 같아서."

"그렇겠지요."

둘의 대화를 잠 속에서도 듣고 있던 무루는 정신이 확 깼다.

서른 번의 삶.

다양하게 살았다. 하지만 그 모든 삶에서 복수를 잊은 적은 없었다. 그 결과로 자신은 농부가 되든 어부가 되든, 아니면 무림에서 살아가든 늘 시작은 복수였다.

무루는 복수를 잊어야 되는가 하는 고민에 빠졌다. 다음번 꿈, 다음번 인생에서는 복수를 버려야 하는가?

그럴 수 있을 것 같았다. 왜냐하면 이젠 지긋지긋했으니까. 그렇게 무루는 그 다음번 생에서는 의식적으로 복수를 하지 않는 삶을 살기 위해 애썼다.

그러나 결과는 더욱 비참했다. 잊으려 하면 할수록 복수에 대한 집념은 더욱 커졌다. 수많은 복수 끝에 잊어가던 증오심마저 다시 되살아났다.

결국 무루는 다시 복수를 시작했다. 그리고는 다시 지독한 허탈감에 빠졌다.

진퇴양난(進退兩難).

어디로도 길은 없었다.

무루는 서서히 미쳐 갔다. 그리고 자신이 미쳐 가고 있다는 것을 알았다. 모든 것을 부수고 싶은 충동에 끊임없이 시달렸다.

마침내 서른세 번째 꿈. 꿈속에서의 마지막 인생.

무루는 자신이 선택해야 할 길이 하나밖에 없음을 깨달았다.

이대로 꿈에서 깨어난다면 자신은 세상을 피로 물들일, 피에 미친 광인이 되거나 인간의 감정에 무감각한 살인마가 될 것이다.

자신을 아꼈던 소유량이나 진충도 몰라볼 것이고, 구위영과 유라가 실성한 자신의 칼에 당하는 첫 제물이 될 터였다. 가족에 대한 추억과 그리움마저 영영 기억하지 못할 것이다.

그런 자신이라면 그건 자신이 아니었다. 이지를 상실한 괴물일 뿐.

"후후후후."

무루는 웃었다. 그리고 그 꿈에서 자신의 의지를 베었다. 자신의 심장을 칼로 찔렀다. 찢어진 가슴 위로 지독한 통증과 함께 핏물이 흘러나왔다.

동시에 꿈속이 아닌 실제로 무루의 입에서도 핏줄기가 흘렀다.

자살은 금지되었다.

그러나 무루는 그 규칙을 깼다.

꿈은 깨졌다.

그리고 그는 모든 것을 잊었다, 기억마저도.

멀어져 가는 기억 속에서 빛을 보았다. 휘황찬란한 빛 속에서 천신공이 말했다.

"축하한다. 넌 마지막 관문을 통과했다. 스스로의 삶을 포기한 이유가 허무함에 진 것이 아니고 천하를 위함이었으니, 그대는 천의를 담는 그릇이로다. 이제 그대는 진정한 스스로의 삶을 살 자격이 있다. 천부의 힘을 누릴 자격이 있다. 모든 것이 너로 인하여 새롭게 되리라."

무루는 눈이 스르르 감기는 와중에도, 자신의 모든 기억이 소멸해 가는 도중임에도 남은 힘을 쥐어짜 너 물었다.

"크크큭, 모든 것을 놓았습니다. 그런데 이제 절 보고 무엇을 다시 시작하라는 겁니까? 이제 모두 끝인 것을. 제 운명이 여기까지인 것을."

"끝이 새로운 시작임을 알지 않느냐? 네가 옳다고 믿는 것을 행하라."

"하늘의 뜻은 너무 커 짐작지도 못하고, 제 운명은 가혹해 한 치 앞도 어둡습니다. 무엇을 어찌 선택할 수 있겠습니까? 나는… 감히 무엇이 옳고 그른지 알지 못합니다."

천신공이 부드럽게 미소 지었다.

"그것이 앎의 시작이다."

무루의 눈꺼풀이 기억과 함께 갇혔다.

2

무루가 과거의 시간을, 특히 천부 팔관에서 겪은 서른세 번의 악몽을 더듬는 동안 무림인들의 싸움이 끝났다. 수적인 열세를 극복하지 못한 열두 명의 회의인(灰衣人)은 모두가 차가운 시신이 되어 땅에 누워 있었다.

서른 명의 복면인도 절반 가까운 사상자를 내는 피해를 입었다.

살아남은 복면인 중 하나가 멍하니 앉아 있는 청년을 보며 혀를 찼다. 좀 전까지는 소리 죽여 오열하더니 지금은 잠잠했다.

"쯧쯧, 뭐 저런 게 다 있어? 운 좋게 암기를 피하고도 살았으면 빨리 도망갔어야지. 뭐, 도망가 봤자 결국 우리에게 죽었겠지만."

복면인은 고개를 돌려 무리의 수장으로 보이는 자에게 물었다.

"죽여야겠지요?"

"물론! 살인멸구(殺人滅口)!"

복면 수장의 단호한 말은 평소엔 인적 드문 산속의 소도(小道)를 나지막이 울렸다.

상관의 명을 받은 복면인은 들고 있던 곡도(曲刀)를 흔들어대며 청년에게 다가들었다.

아직 열기가 식지 않은 붉디붉은 핏방울이 낙타 등처럼 굽은 곡도의 은빛 칼날을 타고 밑으로 후두두 떨어졌다.

"이놈아, 저승에 가서라도 우리 원망은 하지 말거라. 네놈이 하필 이때 이곳에 있었던 것이 죄인 것이다. 크크큭."

그 순간 복면인은 청년의 눈동자와 마주쳤다.

스산하게 웃던 곡도의 복면인은 순간 갑자기 공기가 차가워지는 것을 느꼈다.

해는 중천에 떠 있고, 때는 무더위가 활개치는 여름이었다.
아무리 울울창창한 깊은 산속이라고는 하나 이런 서늘함이 갑
자기 들이닥치는 것은 흔한 일이 아니었다.

복면인은 자신도 모르게 한차례 몸을 부르르 떨었다. 알 수
없는 한기가 뼈를 지나 심장까지 파고드는 듯한 괴이한 느낌이
들었다.

그의 팔뚝에 소름이 돋아났다. 멀쩡한 의식이 끝을 알 수 없
는 무저갱으로 추락하는 듯한 느낌에 자못 당황스러웠다.

"응? 이건 뭐지? 갑자기 날씨가 왜 이래?"

복면인은 눈살을 찌푸리며 하늘을 올려다보았다. 간간이 하
얀 구름이 박혀 있었지만 눈이 시리게 푸른 하늘이었다.

이렇게 화창한 날씨에 까닭을 알 수 없는 한기라니?

그는 이해할 수 없다는 듯이 고개를 갸웃거렸다. 그때 청년이
부스럭거리며 일어서는 소리를 듣고는 정신을 차렸다.

"야! 어차피 영원히 누워 있을 텐데 고생스럽게 일어날 필요
가 있을까?"

무루는 대꾸없이 일어서서는 머리칼을 덮고 있는 흰 두건을
젖혔다. 출렁거리며 드러난 그의 장발 의로 나뭇잎의 그림자가
어른거리며 파도를 탔다.

찢어진 입술에서 흐른 핏방울이 그의 턱에서 방울졌다가 바
닥으로 툭 떨어졌다. 돌에 찍혔던 머리에서 흐르는 피가 목덜미
를 거쳐 등으로 파고들어 가 옷을 적시고 있었다.

무루는 두건으로 눈가를 살짝 훔치고는 이내 한숨과 함께 하
늘을 바라보았다.

파랗다.

저 파란 하늘은 꿈이 아니었다.

고개를 내려 주변을 훑었다.

푸른 나무들이 숨 쉬는 소리가 들렸다.

나무들이 간직하고 있는 선천지기와 목(木)의 자연기가 무루의 피부에 살갑게 느껴졌다.

역시 꿈이 아니었다.

무루는 바로 옆에 있는 나무에 가만히 손을 대보았다. 나무가 가지고 있는 기운이 소리없이, 형체없이 스르르 무루의 장심을 통해 들어와서는 전신으로 퍼져 나가 상쾌한 기분을 만들었다.

상단전과 중단전의 고리를 이용해 종선기를 일으켰다. 그러자 종선기는 나무의 기운을 감싸며 심신을 더욱 청량하게 만들었다.

실소가 절로 흘렀다.

서른세 번의 꿈, 서른세 번의 인생.

그것도 결국엔 일장춘몽일 뿐이었다.

무루의 고개가 이윽고 정면으로 돌아왔다.

살기에 찌든 복면사내들.

그들은 무루를 보며 고개를 갸웃거렸다. 갑자기 나무에 기대더니 행복한 미소를 짓는 작태가 심히 어처구니없었다. 미쳐도 제대로 미쳤다고 볼 수밖에.

무루의 눈가가 살짝 일그러졌다.

"꺼져라!"

뜬금없는 중저음의 목소리.

복면인들은 당황해 말을 잃었다. 무루의 말이 이어졌다.

"기회는 한 번이다."

마음에 들지 않는 자들이다. 그러나 저들 덕분으로 기억을 되찾은 것이기에 무루는 기회를 주기로 했다.

맴맴맴, 매애애앰―

잠시 멈췄던 매미 소리가 어디에서인가 희미하게 들렸다. 복면인은 영문 모를 한기와 더불어 눈앞의 이상한, 아니, 정확히 말하면 실성한 청년도 마음에 들지 않았다. 그래서 어서 이 자리를 떠나고 싶다는 생각이 들었다.

"푸하하! 네놈이 겁에 질려 제대로 미쳤구나. 그런데 네놈은 정말 이상한 녀석이야. 다른 놈 같았으면 죽어라 도망가고 있을 텐데 말이지. 흥! 다리가 후들거려 도망도 못 갔나 보지? 한심한 겁보 같으니라고."

그의 뒤에서 동료 하나가 불평을 터뜨렸다.

"대체 뭐하자는 거야? 아까부터 한 말 또 하고. 죽을 놈한테 웬 훈계야. 후딱 해치우고 뜨자고."

비꼬는 투로 말하는 자는 기분이 아주 좋지 않았다. 이번 싸움에서 절친한 동료를 잃은 탓이었다. 그의 말에 곡도를 쥔 복면인의 얼굴이 홧홧 달아올랐다.

자신도 이렇게 시간을 끌고 싶은 마음은 없었다. 그런데도 알 수 없는 무언가가 자신의 속에서 나직하지만 분명하게 외치고 있었다.

'건드리면 안 돼! 피해야 한다고!'

대체 왜 이런 황당하고 쓸데없는 생각이 자꾸만 드는지 알 수가 없었다. 평소 감각이 예민한 편인 그는 숨을 들이켜며 동료에게 과장되게 대꾸했다.

"알았어, 알았다고. 너는 정말이지, 살인의 미학을 몰라. 이렇게 약한 놈은 쉽게 죽이면 별 재미가 없는 거야. 약간의 뜸을 들이면서 공포를 느끼게 하는 것이……."

그는 말을 잇지 못했다. 무루가 갑자기 입을 연 것이다.

"말이 많군."

나직이 울던 매미 소리가 동시에 뚝 끊겼다.

복면인은 순간 숨을 쉴 수가 없었다. 태어나 이렇게 무감정한 음성은 들어본 적이 없다. 그래서 무서울 정도로 차갑게 들렸다. 유부(幽府)의 악귀들이 이승으로 나와 말을 한다고 해도 이보다 더 차갑고 소름 끼치지는 않으리라.

가슴 한 자락에서 올라오는 '도망가야 해' 라는 외침이 어느새 우레가 되어 전신을 울렸다.

허공으로 잠시 시선을 돌렸던 무루가 고개를 돌려 복면인을 다시 직시했다. 그 얼굴을 본 복면인은 육신과 혼백이 마비되는 듯한 느낌에 사로잡혔다.

청년의 얼굴엔 색깔이 없었다. 대체 무슨 생각을 하고 있는지 전혀 알 수가 없었다.

무채색의 얼굴.

시신에서나 볼 수 있는 무표정이었다. 그런 청년이 문뜩 입꼬리를 말며 미소를 머금었다.

보일 듯 말 듯한 잔주름이 입가에 그려졌다.

살짝 드러나는 하얀 이 위로 터진 입술에서 나온 붉은 핏물이 흘렀다.

영문을 알 수 없는 작은 미소.

그 미소는 왠지 너무나 처연하게 느껴져서 복면인은 가슴이 저미는 느낌을 받았다.

상황에 전혀 걸맞지 않은 청년의 이런 반응이 공포로 화해 복면인의 몸과 마음을 적셨다.

청년의 얼굴은 계속 변화하고 있었다.

슬픔에서 무표정으로, 그리고 기쁜 듯했다가 다시 슬픔으로 화했다. 그리고 알 수 없는 무언가를 향한 분노의 일그러짐으로 변할 때 복면인은 더 이상 가만히 있을 수가 없었다.

결국 복면인은 마치 무언가에 쫓기는 듯한 심정으로 곡도를 휘둘렀다. 더 이상 애송이 청년과 마주하다가는 머리가 돌아버릴 것 같았다. 그러나 그의 곡도가 허공을 가르고 청년의 목에 닿기 직전에,

파앗!

난데없이 무루의 수도(手刀)가 복면인의 눈앞을 지나갔다. 눈앞이 뿌옇게 변한다 싶더니 붉어졌고, 이내 캄캄한 암흑이 되었다.

"으아아아아악!"

인두에 지진 듯한 뜨겁고 화끈한 고통이 복면인의 양 눈에서 일었다. 그러나 비명 소리는 오래가지 못했다.

우두툭!

청년이 양손으로 그의 목을 잡아 비틀자 곡도의 복면인은 입을 쩍 벌린 채 축 늘어졌다. 열린 입에서는 비명 대신 핏물이 흘

러나왔다. 부릅떠진 그의 눈에는 아직도 불신의 빛이 어른거리
고 있었다.

창졸지간에 일어난 이 상황에 흑의복면인들은 자신들의 눈을
의심했다.

무루는 잡고 있던 복면인의 머리를 내려놓으며 담담하게 중
얼거렸다. 그러나 담담한 목소리와는 달리 말하는 내용은 섬뜩
했다.

"살 기회를 차버렸군."

"이놈이!"

지척에 있던 두 명의 복면인이 칼을 앞세워 달려들었다. 그러
자 무루는 한 발을 살짝 움직이는 것만으로 두 개의 칼을 피했
다.

그 모습이 어찌나 자연스러운지 복면인들이 일부러 무루가
피할 방향으로 칼을 긋는 것처럼 보일 정도였다. 그리고는 순식
간에 무루가 둘의 안으로 파고들어 멱을 움켜쥐었다.

"컥!"

"큭!"

고통의 단말마가 그들의 입술 사이로 터져 나왔다. 목울대를
잡혀 버린 그들은 비명조차 제대로 지르지 못했다. 무루는 지체
없이 둘의 머리를 충돌시켰다.

콰직!

머리가 깨지며 피와 육편(肉片)이 분수처럼 사방으로 비산했
다. 둘의 신형도 축 늘어졌다. 박살 난 뒤통수에서 피가 튀어 무
루의 얼굴을 덮쳤다.

어마어마한 괴력!

그제야 복면인들의 눈동자와 어깨가 거칠게 흔들렸다.

"고, 고수!"

복면 수장은 자신의 입술을 질끈 깨물었다. 저자의 손속은 매우 빠르고 잔인했다. 본능적으로 상대하기가 매우 까다로운 자임을 직감했다.

결코 평범한 나무꾼이 아니었다. 나무꾼이었다면 자신의 수하 셋을 그렇게 간단히 황천길로 브낼 수 없었다.

세상을 등지고 사는 기인이사의 제자쯤 되는 녀석인가? 하지만 지금 중요한 것은 저자의 정체가 아니었다.

기인이사의 제자가 아니라 기인이사 당사자라 할지라도 자신들이 자행한 살육 장면을 본 자를 살려둘 수는 없었다.

이 일이 세상에 알려지면 자신들뿐만 아니라 소속 전체가 존립하지 못할 것이다.

하필 이 자리에서 저런 자와 마주친 것은 확실히 불운이었다. 그러나 지금은 불평을 늘어놓고 있을 때가 아니었다. 죽여야 했다. 그렇게 입막음을 해야 했다.

그가 공격 명령을 내리려는 순간, 그의 눈동자가 무루와 시선을 마주쳤다.

왜일까?

갑자기 뼛속까지 시린 한기가 들었다. 입술이 살짝 떨리기 시작했다.

"귀, 귀하가 강한 것은 알겠으나 중과부적일 것이오."

복면 수장은 애써 지금의 당혹감과 불안감을 지우기 위해 허세를 부렸다. 그건 수하들에게 작금과 같은 돌발 상황에서 자신감을 심어주기 위한 배려이기도 했다.

그러나 무루는 별 감흥 없다는 얼굴로 물끄러미 그를 바라볼 뿐이었다.

"우리의 피해가 클지라도 결코 당신을 살려둘 수 없소. 그 점… 유감으로 생각하오."

무루는 여전히 침묵으로 복면 수장의 말을 묵살했다. 그런 무루의 오만해 보이는 태도가 그의 눈에 쌍심지를 피우게 만들었다.

"얘들아!"

수장의 외침에 십여 명의 수하가 알아서 각자 자리를 잡았다. 무루를 두고 반원의 포위가 이루어졌다. 그러나 무루는 미동도 없이 우두커니 서 있었다.

"나는 한 명을 상대로 한 본 대의 반원진에서 살아남은 사람을 보지 못했소. 귀하도 예외는 아닐 것이오."

"……."

"귀하는 누구시오?"

무루가 마침내 입을 열었다.

"너도 꽤나 말이 많군. 가지 않겠다면 와라."

복면 수장의 얼굴이 무참하게 구겨졌다.

그는 쥐고 있는 검파를 힘주어 잡았다.

어차피 죽여야 할 자.

죽여 입을 막으면 되는 일이었다. 돌이켜 냉정히 생각해 보면 저 청년의 말이 맞기도 했다. 복면 수장은 자신이 왜 그리 주저리주저리 잡담을 늘어놨는지 이해가 가지 않았다. 상대가 강하더라도 죽여야 하는 것! 이 자리에 진실이 있다면 바로 그것뿐이었다.

복면 수장은 청년을 매섭게 쏘아보다가 명을 내렸다.

"쳐라!"

"옛!"

복면인들이 무루를 향해 떼로 달려들었다. 그러나 무루는 여전히 무표정이었다. 복면인들이 지척까지 다가왔다. 그들의 전신에서 뿜어져 나오는 살기가 무루 주변의 공간을 압박했고, 도검이 폭풍처럼 쇄도했다.

담담하던 무루가 피식 웃었다. 그 실소에서는 지독한 냉기가 묻어났다. 무루가 내려서 있던 양손을 천천히 위로 올렸다.

"내세에서는 이딴 식으로 살지 마라."

혼잣말 같은 나직한 목소리.

그 음성 위로 복면인들의 도검이 쏟아져 내렸다. 오도카니 서 있던 무루가 벼락처럼 그들의 속으로 파고든 것은 그때였다.

그리고 잠시 후, 그는 피바다 위에 서 있었다.

한바탕 폭풍이 지나간 그 자리에 다시 매미 울음이 자리했고, 멀리 창공에서 까마귀 울음도 들렸다.

순식간에 홀로 남은 복면 수장은 눈을 부릅뜬 채 그 자리에 얼어붙었다. 무루가 그를 빤히 타라보다가 물었다.

"흑룡문이라고 아나?"

"가, 강서성의 최대 방파가 아닙니까? 호, 혹시 그곳에 계신 분입니까?"

무루는 흑룡문이 강서 땅의 최대 방파라는 말에 씩 웃었다.
예전엔 강서의 삼대방파였다. 그동안의 세월에 훨씬 커졌다는
의미다. 그것이 무루에게는 즐거움으로 다가왔다. 복수의 재미
가 더할 테니까.

꿈에서의 복수는 지긋지긋했지만 현실에서의 복수는 이제 시
작이었다.

"아니, 그곳을 자근자근 밟아줄 사람이지."

"……!"

무루가 쓰러진 복면인들 중 곁에 있는 자의 검에 손을 뻗었
다.

지이이잉.

검이 혼자서 울며 몸을 떨더니 마치 날개라도 달린 듯이 무루
의 손으로 빨려들었다. 복면 수장의 턱이 밑으로 떨어졌다. 그
의 몸이 사시나무처럼 떨렸다.

"허억! 겨, 격공섭물(隔空攝物)!"

무루가 그를 보며 검을 내리그었다. 무루와 그와의 거리는 검
의 길이의 몇 배인 사 장 반.

그러나 복면인은 눈을 부릅떴다. 보이지 않지만 항거할 수 없
는 무형의 거대한 힘이 자신을 덮치고 있음을 느꼈다. 그리고
그건 절대로 피할 수 없음을 직감했다.

눈앞의 공기가 일그러지는 것이 보였다.

믿을 수 없었다. 공기의 일그러짐이 보이다니!

"고, 공기가 파도를!"

그 순간 복면인의 가슴에서 '콰아앙!' 하는 폭음이 터졌다.

후두두둑!

산산조각 난 육편이 사방으로 비산하다가 추락했다. 무루는 시신의 파편을 보다가 한숨을 쉬었다.

"힘 조절이 어렵군."

무극검경 제일초식 파(波), 제이초식 폭(爆).

그 두 가지를 합친 것이었다.

무루는 서른세 번의 인생 중에서도 무공만은 끊임없이 공부했다. 오랜 시일에 걸친 그는 마침내 무적야수포와 무극검경의 상승 무공을 대성하는 깨달음을 얻었다. 그리고 나중에는 전혀 새로운 무적야수포와 무극검경을 탄생시켰다.

절정의 무공을 재정립한 것이다.

그러나 나중에는 어이없게 다시 원래의 무적야수포와 무극검경으로 되돌아왔다. 하지만 돌아온 천부의 상승 무공은 그 초식에서는 형태가 똑같았으나 위력에서는 천양지차였다.

무루는 원래의 모습으로 복귀한 무공을 즉흥적으로 분해하기도 하고 합치기도 했다. 그런 무적야수프와 무극검경을 서른세 번째 가상 인생에서는 종종 사용했는데, 현실 세상에서는 처음으로 구사한 것이다.

놀랍게도 꿈속의 인생에서 느낀 깨달음과 종선기의 운용은 현실에서도 먹혔다. 문제는 익숙한 것 같으면서도 왠지 모르게 낯선 느낌이 든다고 할까?

무루는 두 상승 무공을 생각하다가 천부 오관에서 익혔던 종선기와 음양오행의 자연기와의 관계를 생각했다.

꿈속의 가상 인생에서는 상승 무공을 대성하는 데 주력했었다. 하지만 가장 재미있었던 것은 바로 자연기를 이용하는 음양오행이었다. 무공이라 부르긴 뭐했지만 소소한 일에 꽤 재미를 주는 일을 제공하고는 했다. 물론 그것도 나중엔 시들해졌지만.

무루는 피비린내 나는 시신을 잠시 보다가 상단전과 중단전의 고리를 회전시키기 시작했다.

뭉클뭉클.

몸 전체로 뜨거우면서도 차갑고 동시에 상쾌한 기운이 퍼져나갔다. 그는 그 기운의 일부를 오른손의 장심으로 모아서는 밖으로 배출했다.

그의 우수가 잠시 안개에 휩싸였다. 그 하얀 안개가 몸 밖으로 흘러나왔다. 그것은 땅으로 스며들어 무루의 의지에 따라 주변으로 퍼져 나가며 흙을 일깨웠다. 아니, 정확히 말하면 흙이 가지고 있는 토(土)의 기운을.

무루의 눈이 잠시 빛을 발했다.

그 순간 무루 주변의 땅이 허공으로 치솟았다. 그 흙이 삼 장여까지 치솟다가 비로 화해 쏟아졌다.

투투투투툭—

토우(土雨)! 흙비였다.

흙 알갱이들과 돌멩이들이 바닥과 충돌하며 시끄러운 잡음을 일으켰다. 그 소리와 함께 시신들이 묻혀갔다.

무루는 시신이 모두 시야에서 사라진 것을 보고는 천천히 걷기 시작했다. 딱히 방향을 정한 것은 아니었다. 그저 발길 닿는 대로 걸었다. 그렇게 한참을 걷던 그는 어느 단애 앞에 머물러 있었다.

사방이 탁 트여 장관이 펼쳐져 있었다.

그는 주변의 가까운 소나무 밑으로 걸어가 털썩 기대앉았다. 나무의 기운과 땅의 기운이 그를 반겼다. 그는 나무에 등을 기댄 채 펼쳐지는 산하를 내려다보았다.

침묵의 사위 위에서 그는 망부석처럼 꼼짝도 하지 않았다. 태양이 기울고 하늘엔 노을이, 대지엔 어스름이 깔렸다. 그리고 어둠 위로 샛별이 올라섰고, 초승달이 천공을 느릿느릿 가로질렀다.

그의 침묵은 다음날 동이 틀 때까지 계속되었다.

第十一章
돈 뜯기는 살문(殺門)

1

산중턱에 위치한 작은 모옥.

사립문 안의 마당에 위치한 널찍한 평상에 무루는 누워 있었다. 지붕에 앉은 산새가 쫑알거리다가 날아갔고, 다람쥐 한 쌍이 마당에 들어섰다가 무루를 잠시 쳐다보았다.

그 한 쌍은 무루에게 쪼르르 다가오더니 이내 배 위로 올라가 서로 한참 장난을 쳐댔다. 그러나 무루가 영 반응이 없자 싫증이 났는지 부엌으로 쪼르륵 달렸다.

하늘은 구름이 낮게 깔린 흐린 날이었다.

그물그물한 날씨. 바람이 적당히 불어 모처럼 더위를 잊게 하는 한가로운 정중(正中:한낮).

어디서 나비 한 마리가 날아와 무루의 어깨에 앉더니 날갯짓의 피곤을 달랬다. 그 넉넉한 조막 속에서 무루는 가만히 누워 있었다. 꼬박 하루를 보내고서야 세세한 것까지 모두 떠올릴 수 있었다.

갑자기 무루의 눈에 빛이 일었다. 사람들이 다가오고 있었다. 꾸벅 졸던 나비가 놀라 허공으로 날아올랐다.

무루는 느껴지는 익숙한 기운에 미소를 지었다.

구위영과 유라였다. 천부 팔관에서 기억을 잃은 자신을 이 년 동안이나 수발들고 지켜준 고마운 녀석들이다.

"사형, 마을을 샅샅이 뒤져 본 거 맞아? 밤새도록 술 퍼마시다가 이제 기어들어 오는 건 아냐?"

"천벌 받을 소리입니다. 그러는 사매야말로 산을 제대로 뒤져 본 겁니까?"

"갈 만한 곳은 다 살펴봤어."

"천부는 가봤고요?"

"당연하지. 어쨌거나 알아서 해. 만약 이대로 오라버니가 사라지면 난 사형을 결코 용서하지 않을 거야. 죽여 버릴 거야."

그 차분하고 예의 바른 구위영이 발끈했다.

"그러지 않아도 심란해 죽겠는데 왜 사매까지 그러는 겁니까?"

"사형이 오라버니한테 일 시켰잖아. 그깟 나무해서 돈 몇 푼이나 번다고. 가뜩이나 정신이 안 좋은 사람한테 그런 일을 시킬 수가 있어?"

"뭐라고? 지금 말 다 했습니까? 사매도 찬성한 거잖습니까? 그냥 하루 종일 멍하니 있는 형님을 지켜보기 솔직히 힘들었잖아요. 뭐라도 하고 움직여야 낫지."

“난 안 힘들었어. 그냥 가만히 있어도 괜찮았다고.”

“휴우. 그래, 알았어요. 이 사형이 잘못했어요. 다 내 잘못이라고요. 됐습니까?”

“알면 됐어. 그러니까 당장 찾아내라고!”

“나도 지금 미치겠단 말이에요. 사매만 형님 걱정하는 줄 알아요? 나도 사매만큼, 아니, 사매보다 훨씬 더…….”

“됐어, 됐다고. 어서 오라버니 찾아내!”

“사매, 너 정말……. 알았어요. 내가 천하를 뒤집어서라도 찾아냅니다. 찾아서…….”

사립문 안으로 먼저 들어오던 구위영이 평상에 누워 있는 무루를 보고는 말을 이었다.

“찾았다.”

뒤따라 들어오던 유라도 무루를 보고는 반가움에 얼굴이 환해졌다. 그러나 곧 눈을 표독하게 뜨며 외쳤다.

“오라버니! 대체 어디를 쏘다닌 거예요?”

“형님! 괜찮으세요?”

무루는 일어서며 다가오는 둘을 보며 고개를 끄덕였다. 뚱하게 있던 유라의 눈이 화등잔만 해졌다. 무루의 입술에 있는 작은 상처를 본 것이다. 그리고 옷에서 말라붙은 혈흔을 발견했다. 물론 그 핏자국은 복면인들의 것이었다. 그녀가 평상 위로 덮치듯 날아와 무루의 입술을 매만졌다.

“이 상처, 어떻게 된 거예요?”

무루는 코앞에 있는 유라를 보며 벙싯 소리없이 웃었다. 유라는 여전히 아름다웠다.

그런 유라를 보는 무루는 기분이 봄날의 햇볕마냥 따뜻해졌다. 오래전에 죽은 누이를 보는 느낌이 이러할까? 무루의 시선이 유라를 지나쳐 구위영을 향했다. 여전히 마르긴 했지만 예전보다는 살이 올랐다.

기억이 돌아와서 다시 보는 그 둘을 보며 무루는 가족과 함께 있는 것 같은 느낌을 받았다. 같이 있다는 것만으로도 가슴이 편하고 따스해지는 기분.

무루가 오랜만에 느끼는 행복에 취해 있는 동안, 유라는 혼자 씩씩거리며 무루의 입술을 계속 매만졌다.

"어떤 놈이 우리 오라버니를……. 죽여 버릴 거야."

구위영도 놀랐다가 머리를 굴리더니 물었다.

"형님, 어제 사매와 산을 뒤지다가 보지 못했던 큰 봉분이 생겨서 파헤쳐 봤는데… 형님이 그런 겁니까?"

"놈들이 날 죽이려 하기에, 살 기회를 줬는데도 차버리더군."

무루가 답하자 구위영이 웃음을 터뜨렸다.

"허허허, 기억을 잃었어도 역시 형님이십니다. 솔직히 그 허술한 무덤을 파면서 얼마나 조마조마했는지 아십니까? 혹여 형님이 그 안에 있을까 봐. 어쨌든 놈들도 운이 없군요. 하필 형님을 건드리다니. 허허허."

구위영의 애늙은이 웃음.

예전에 적응했다지만 속내는 여전히 징글징글했는데 그것마저도 반가웠다.

"어쨌거나 앞으로 그런 일 생기면 우리를 먼저 찾으세요. 괜히 나나 사매 가슴 졸이게 하지 말고. 그나저나 형님도 참 특이

하십니다. 형님을 공격한 적들을 묻어주시다니. 허허허."

무루는 피식 웃었다. 동정심에 묻은 건 절대 아니었다. 그저 무공을 시험해 봤을 뿐.

어쨌거나 자신을 걱정해 주는 녀석들의 정이 느껴지는 것이 좋았다. 그러나 그는 이내 그런 감정을 천천히 갈무리했다.

자신은 이런 곳, 이런 사람들과는 어울리지 않았다. 기억을 되찾고 힘을 얻은 자신이 가야 할 길은 그런 길이 아니었다.

유라는 복수할 상대가 다 죽었다는 것에 시큰둥한 표정을 지으며 일어섰다.

"배고프죠? 고기반찬 해올게요."

"유라야."

"왜요?"

부엌으로 가려던 유라가 새침하게 물었다.

"여름인 건 알겠지만… 옷차림이 그게 뭐냐? 어디 술집 작부도 아니고. 그렇게 대충 걸치고 날 찾아다닌 거냐?"

"잉? 갑자기 왜 그런대? 말은 그렇게 해도 매번 나 훔쳐보는 거 다 알거든요. 호호호."

그 말에 무루는 대답이 궁색해졌다. 지난 이 년을 돌이켜 보면 자신은 정말 그랬다. 지독하게 게을렀다. 그리고 평범했다. 고개를 절레절레 흔들며 무루가 말했다.

"앞으로는 그런 일 없을 테니 옷차림에 신경 써라."

"흥! 며칠 전에만 해도 나 개울가에서 닦는 거 몰래 훔쳐봤으면서 갑자기 웬 성인군자 타령?"

무루의 눈가가 씰룩거렸다. 그러고 보니 그랬다. 예전의 기억에 치중하다 보니 최근의 기억에 너무 소홀했던 것이다.

"그건… 실수였다."

"치! 그러면서 오늘 밤도 나 개울가 갈 때 몰래 따라올 거면서."

"실수라고 했다."

무루가 차가운 눈빛을 지으며 서늘하게 말했다. 그 단호한 어투에 구위영의 눈이 번쩍 뜨였다. 그러고 보니 지난 이 년 동안의 어눌한 말투가 아니었다.

입술을 삐죽거리던 유라도 뭔가 이상함을 깨닫고는 무루를 직시했다.

"오, 오라버니!"

"형님, 서, 설마 기억… 돌아온 겁니까?"

둘이 무루에게 바짝 다가섰다. 무루가 구위영을 바라보았다.

"위영아."

"예, 형님."

"이제부터 너는 천부의 좌호법이 아니다."

"……!"

"반년 전에 네 공부의 팔성에 올랐지? 축하한다. 이제부터 넌 자유다."

구위영의 몸이 부르르 떨렸다. 무루는 유라에게 시선을 옮기며 말을 이었다.

"너는 아직 칠성 수준이지. 하긴 그렇게 게으름 피우는데도 그 경지까지 오른 게 놀라울 지경이다."

"오라버니!"

"너도 자유다. 이제 너희 정도의 실력이라면 강호에 나가서도 제 한 몸 지키는 것은 어렵지 않을 것이다. 정말 고마웠다. 이 은혜, 잊지 않겠다."

무루가 평상에서 나와 마당을 가로질렀다. 그가 섬돌 위에 신을 놓고 마루로 올라서는 순간 멍하니 있던 유라가 외쳤다.

"지, 지금 뭐 하는 거예요?"

"너희를 자유롭게 해주는 거다. 더 이상 말도 안 되는 부율 따위로 호법을 가둬두는 악습은 없을 거야."

"오라버니! 아니… 야! 내가 언제 호법에서 풀어달라고 했어? 내가 사형처럼 자유를 달라고 했어? 왜 네 멋대로 지랄이야, 지랄은!"

무루가 뒤돌아보자 눈이 충혈된 채 자신을 쏘아보고 있는 유라가 어깨를 들썩이며 있었다. 독이 오를 대로 오른 모습이었다. 그 모습이 오히려 짠했지만 여기서 연을 끊는 것이 저 녀석들에게 더 좋을 것이다.

"네 녀석의 걸쭉한 입담은 도대체 고쳐지지가 않는구나. 나중에 좋은 사람 만나면 절대 그 성격 보이지 마라. 네 미모가 아무리 출중해도 세상에 어느 남자가 널 진심으로 사랑할 수 있겠냐?"

유라는 가슴을 부여잡고 떨었다. 무투의 말이 그녀의 심장을 아프게 헤집었다. 세상에 어느 남자도 자신을 진심으로 사랑해주지 않을 거란 말인가? 그 말엔 무루 오라버니도 포함되어 있는 것인가?

감정이 다친 그녀의 목소리가 더 앙칼지게 나왔다.

"야! 누가 그런 걱정 해달래? 너는 뭐가 그렇게 잘났기에 오갈 데 없는 기억 잃은 병신 챙겨줬는데… 이제 와서 우리보고 떠나라고? 이젠 우리 따위는 필요없다 이거지? 너는 은혜를 이 따위로 갚으라고 배웠냐? 지금 토사구토라도 하는 거야?"

"사매, 토사구토가 아니라 토사구팽(兎死狗烹)이에요."

구위영이 유라의 말을 정정해 주었다. 그리고는 자신도 한마디 거들었다.

"섭섭합니다. 물론 형님이 예전에 저한테 해줬던 말을 기억해 주시고 있는 점은 고맙습니다. 하지만… 저는 그에 대한 대답을 드린 적이 없는데요."

지원군을 얻은 유라가 고개를 끄덕이며 말을 받았다.

"하여간 저 인간이 저렇게 독선적이라니까. 오라버니가 뭐라고 해도 난 계속 우호법 할 거야. 내가 왜 일자리를 때려치워야 해! 어디 가서 일자리를 찾으라고. 홍루에 가서 몸이라도 팔까? 엉? 지난 세월 동안 우리가 먹을 거 다 줬으니 앞으로는 오라버니가 우리 책임져!"

유라의 과격한 말에 구위영이나 무루 둘 다 한숨을 내쉬었다. 구위영이 유라를 진정시키려 어깨를 두드렸다.

"사매, 아무리 그래도 사매도 말이 지나쳐요. 형님은 우리를 생각해서 그런 말을 하신 거잖아요. 사매도 알면서 왜 그럽니까?"

"아니까, 아니까 더 화나는 거라고. 왜 혼자만 우리를 생각하는 척하냐고. 그냥 겉으로 드러내는 것처럼 실제로도 자기 혼자만 생각하면 차라리 그러려니 하지."

유라가 다시 무루를 향해 외쳤다.

"진심으로 우리를 생각한다면 멋대로 머리 굴리지 말고 가슴으로 우리를 봐줘야지! 우리가 진짜 원하는 것이 무엇인지 물어봐 줘야지!"

무루가 지그시 입술을 깨물며 둘을 바라보았다. 그는 한숨을 쉬며 섬돌로 내려와 마루 위에 걸터앉았다.

"그래, 그럼 말해봐라. 너희들이 진짜 원하는 것을. 너희들은 그럼 계속해서 천부를 이어나가고 싶은 거냐? 그래서 자유가 아닌 속박을 당하고 싶은 거냐?"

"그러면 어쩔 건데? 그러고 싶다면 그렇게 할 거야? 난 사형처럼 자유를 원한다는 말 한 적 없어. 오라버니와 떨어지면 난 하늘로부터 벼락을 맞는다고!"

예상치 못한 대꾸에 무루가 미간을 찌푸리며 입을 다물자 유라의 기세가 더 올랐다.

"저 봐. 말 못하잖아. 대신 벼락을 맞기는 싫은 거지? 흥! 그러면서 나나 사형을 위하는 척하지 말라고, 이 위선자야! 자기가 천부에 구속되는 것이 싫으니까 괜히 우리 핑계를 대는 거 누가 모를 줄 알아?"

무루가 입술을 잘근 깨물었다. 유라가 의도하고 말한 바는 아니겠으나 나름 정곡을 찔린 것이다. 그는 사실 천부를 없앨 생각이었다.

천부는 자신에게 기연을 가져다준 소중한 성지였다. 하지만 그 성지를 지키기 위해 지난 이천오백 년 동안 많은 사람들의 자유를 억압시킨 곳이기도 했다.

자신이 죽고 나면 또 그렇게 오랜 시간 애꿎은 사람들을 희생
시킬 수도 있었다. 무루는 이제 천부의 역사를 스스로 끝내야
한다고 믿었다.

구위영이 쭈뼛거리다가 입을 열었다.

"사매의 진짜 속내는 그런 거 아닌 거… 아시죠? 그냥 화가
나서 그런 겁니다. 형님이 우리를 자꾸 밀어내시니까."

"……."

"형님은 우리에게 우상이었고 부모였으며 스승이었고 친구
였습니다. 또한 정인이었습니다. 하지만 형님에게 우리는 뭐였
습니까?"

"……."

"우리는 그저 형님이 천부 팔관을 통과하기 위해 필요한 도
구였습니까?"

무루는 깨문 입술이 터져 핏물이 턱으로 내려서는 것을 느끼
고는 소매를 들어 훔쳤다. 그리고는 아픈 눈으로 유라와 구위영
을 바라보았다. 둘이 자신의 대답을 기다리고 있었다.

무루는 한참을 침묵하다가 고개를 끄덕였다.

"그래. 미안하지만 내 복수에 필요한 도구였다."

"형님!"

"이제 속이 시원하냐?"

무루가 섬돌을 딛고 다시 일어나 마루로 올라설 때 유라의 눈
에서 눈물이 주르륵 쏟아졌다.

"역시 천재는 재수없어. 혼자 잘난 맛에 산다니까."

방으로 향하는 무루의 걸음이 멈췄다. 유라의 말이 이어졌다.

"거짓말쟁이. 지금 그 말을 나보고 믿으라고?"

"……."

"넌 그게 문제야. 늘 나를 바보 취급했어."

"그런 적 없다."

"없다고? 그런데 어떻게 그따위 거짓말을 하니? 응? 이 잘난 오라버니라는 작자야."

결국 무루는 다시 돌아 유라를 보았다.

"내가 무슨 거짓말을 한다는 거냐?"

"병신."

"유라야, 너 정말!"

"멍청이! 바보! 해삼! 말미잘!"

구위영이 평상에 털썩 앉으며 끼어들었다.

"정말 너무하십니다. 우리가 그렇게 못 미더우십니까? 우리를 아끼는 거 다 압니다. 하지만 그게 정말 아끼는 거라고 생각하십니까?"

"……!"

"그냥 함께하자고 말하면 안 됩니까? 그게 자존심이 그렇게 상하는 겁니까? 우리를 도구로 이용했다는 거짓말을 할 만큼!"

무루는 상황이 점점 꼬인다는 것을 느끼며 얼굴을 찌푸렸다.

"구위영, 너까지 무슨 말을 하는 거냐?"

"형님, 지난 천부에서의 세월 동안 형님이 자면서 잠꼬대를 얼마나 많이 했는지 아십니까? 아침에 본 형님 베갯잇이 눈물로 가득한 것을 우리가 여태 몰랐을 것이라 생각하세요?"

"……!"

"얼마나 숱한 밤을 악몽에 시달렸는지 유라와 저는 압니다. 그 악몽을 조금이라도 피하기 위해서 더 미친 듯 수련에만 매진한 것도 알고 있습니다."

유라가 눈물을 계속 흘리며 말을 받았다.

"그렇게 안으로만 꽁꽁 숨겨두니까 악몽 같은 거나 꾸지. 우리한테, 아니면 누구한테라도 얘기했으면 그렇게 힘들진 않았을 텐데. 바보! 왜 진심을 말하지 않는 거야. 그러니까 그렇게 힘든 거지. 그러니까 기억 같은 거나 잃는 거지."

"형님, 부모님 원수를 갚으려고 하는 거 알고 있습니다. 잠꼬대로 수없이 말하던… 흑룡문 맞죠?"

무루는 고개를 돌리며 한숨을 삼켰다. 다른 사람이라면 몰라도 이 녀석들 앞에서는 감정 조절이 잘되지 않았다. 어느새 이 녀석들은 진짜 가족과 같은 존재가 되어 있었던 것이다.

그랬다.

자신이 이 녀석들을 밀쳐 내는 이유는, 천부의 존속 여부 따위가 아니었다. 물론 그런 이유도 있긴 하지만 진짜 속내는 이 녀석들을 자신의 복수에 끌어들이고 싶지 않아서였다.

"내가 갈 길은… 너희들과는 어울리지 않아."

"그걸 어떻게 아십니까?"

"나는 잔인해져야 하고 더 잔인해질 것이다. 나는 지옥 속에서 살아갈 거야."

"그럼 제 속마음을 말씀드릴까요? 형님이 물어봐 주길 기다렸는데, 결국 그냥 말해야겠네요. 저는 말입니다, 따분한 극락보다 지옥이 좋습니다."

유라가 냉큼 말을 받았다.

"나도 지옥이 좋아."

"제가 자유를 원했다면 벌써 떠났습니다. 저나 사매나 지난 이 년간 기억을 잃은 형님 수발을 대체 왜 들었다고 생각하십니까? 다시 한 번 말씀드리지만 저는 말입니다, 형님이 없는 무릉도원보다 형님과 함께하는 지옥이 더 좋습니다."

유라가 다시 동조했다.

"내 말이."

"사매, 내 말 좀 그렇게 간단히 따라 하지 마세요. 이 진중한 순간에 그런 식으로 말하고 싶습니까?"

"염병."

"사매, 정말이지? 어휴, 관두죠. 하여간 형님, 이것만 알아두십시오. 형님 혼자 떠나고 싶다던 떠나실시오. 대신 저는 형님 하시는 일이라면 죽어라 쫓아다니며 방해할 겁니다. 형님이 어떤 복수를 원하시든 간에 그 흑룡문, 내가 먼저 부숴 버릴 겁니다."

"간만에 사형답네."

유라가 속이 시원하다는 얼굴로 구위영의 어깨를 툭툭 쳤다. 구위영이 기가 차다는 눈으로 유라를 보다가 피식 웃었다.

"뭐? 간만에요? 허허허, 좋아요. 그렇단 말이죠. 그럼 사매, 술상 좀 봐오세요. 내 비록 만악의 근원인 술을 꺼린다 하나 오늘은 예외! 오늘은 형님이 기억도 찾고 했으니 낮부터 취해보죠."

"인마, 네가 차려. 네가 뭔데 나한테 차리라 마라 그래? 지금 내가 술상 차릴 기분이냐?"

"이럴 때 사형 체면 한 번 세워주면 안 됩니까?"

"염병."

"하여간 사매는 대체 어떻게 그 예쁜 입술에서 나오는 말들마다 참……."

둘이 다시 티격태격했다. 언제 그렇게 심각했느냐는 듯이. 그 둘의 모습을 보면서 무루는 씁쓸하기도 하고 어이가 없기도 했다.

잠시 그들을 지켜보던 무루는 결국 고집을 꺾고 말았다. 또 꺾지 않으면 어떻게 하겠는가? 이 녀석들은 정말로 자신을 훼방 놓으려고 할 터인데. 충분히 그러고도 남을 작자들이었다.

"너희는… 바보다. 나보고 바보라 했지만 진짜 바보는 너희들이다."

말다툼하던 구위영과 유라의 고개가 무루를 향해 옆으로 홱 돌았다.

"더 편하고 좋은 삶을 살 수 있을 터인데, 그동안 고생한 게 아깝지도 않냐? 그렇게 내 졸개 따위로 살고 싶은 거냐?"

구위영이 어깨를 으쓱하며 대꾸했다.

"형님이 바보니 동생도 바보일 수밖에 없지요."

"나중에 후회해도 소용없다."

구위영과 유라의 얼굴이 기쁨에 잠겨들었다. 구위영이 평상에서 벌떡 일어서며 외쳤다.

"형님!"

무루가 그를 향해 어쩔 수 없다는 표정을 지었다가 이내 픽 웃었다. 정말이지 간만에 보는 따스한 미소였다. 이 녀석들은 어느새 무루의 가슴 깊은 곳까지 스며들어 있었다. 피로 맺어지진 않았지만 가족이 된 것이다.

무루의 따스한 미소를 다시 보게 된 유타의 눈가에 눈물이 핑 돌았다.

무루가 마루를 내려서며 말했다.

"너희들은 최악의 선택을 한 거야. 왜냐하면 이제부터 내가 너희들한테만은 속내를 보일 거거든. 그러면서 막 부려먹을 거거든."

"오라버니, 제발 그래 주세요."

"어? 방금 전까지 내 호칭은 '야!', '너!', '당신!', '병신!, 바보!'가 아니었나? 편하게 하라고. 갑자기 존대하니 영 껄끄럽네. 하하하!"

무루의 대꾸에 구위영이 손으로 입을 가리고 폭소를 터뜨렸다. 그러자 얼굴이 붉어진 유라가 우물쭈물하다가 괜한 구위영을 향해 눈을 부라렸다.

"사형! 넌 웃지 마!"

"허허허, 웃긴 걸 어떻게 합니까?"

무루가 둘 사이로 파고들며 말했다.

"오늘은 대낮부터 취해볼까?"

유라가 손을 번쩍 들며 외쳤다.

"술상 봐올게요."

웃던 구위영이 미간을 찌푸렸다.

"아까 내가 말할 때에는……."

유라의 발이 구위영의 정강이로 향했다.

퍼억!

"컥!"

구위영이 타격당한 발을 올려 손으로 잡고는 방방 뛰자 유라가 혀를 날름거리고 부엌으로 사라졌다.

잠시 후, 한가로운 햇살이 내리쬐는 평상에 모인 셋이 잔을 서로 부딪쳤다.

무루가 친동생을 바라보는 듯한 눈빛으로 둘을 바라보며 말했다.

"위영, 유라, 어쨌거나 당분간 곁에서 너희를 지켜주겠다. 사실… 나 역시 너희들만 두고 이대로 떠나는 것이 마음이 편하진 않았으니까."

구위영이나 유라는 아직 세상 경험이 적었다. 괜한 사기꾼에게 걸리기라도 하면 어쩌나 하는 우려가 있었던 것도 사실이다. 이들의 힘이 누군가에 의해 악용된다면 그것처럼 끔찍한 일도 없을 터였다.

당분간 옆에 두고 세상살이에 익숙해질 때까지 지켜보는 것, 그것이 이 녀석들에게 해주어야 할 최소한의 보답일지도…….

보내는 건 천천히 해도 되겠지라고 생각했다.

유라가 성질을 못 이겨 막 내뱉은 말이 목에 가시처럼 걸렸다. 그러고 보니 자신은 이 녀석들한테 제대로 해준 것이 없었다.

천부 육관과 칠관에 도전하는 시간 동안 청동 구슬에 종선기를 불어넣어 준 것이나, 유라의 내공 증진을 도운 것밖에 없었다. 그리고 그건 사실 심심풀이로 해도 될 만큼 쉬운 일들이었으니까.

'그래, 이 녀석들한테 받았던 도움, 이젠 나도 조금은 돌려줘야지. 좋은 인연들 만나면 혼례도 올려주그.'

무루의 상념을 깨며 유라가 힐난하는 어투로 말했다.

"흥! 오라버니의 그 지켜주겠다는 표현은 마음에 안 들어요. 우리가 애도 아니고. 하지만… 일단 우리 곁에 있겠다니 봐줄게요."

구위영이 들고 있는 잔에 힘을 주며 말했다.

"형님, 저도 형님을 진심으로 받들어 모시겠습니다. 유비, 관우, 장비는 도원결의를 했다지만 우리는 이 모옥에서 모옥결의를 하는 것 어떻습니까? 결코 오늘의 이 다짐을 잊지 않기로!"

유라는 자신도 구위영처럼 뭔가 그럴듯한 말을 하고 싶었다. 그러나 마땅한 말이 떠오르지 않자 입맛을 다시며 말했다.

"내 말이!"

"하하하하!"

셋이 모두 웃음을 터뜨렸다. 그 광경을 다람쥐 한 쌍이 마당 구석에서 지켜보고 있었다.

2

"대체 무슨 일을 이따위로 처리하느냔 말이다. 그것도 하필 부문주님께서 와 계신 지금!"

호통과 함께 꽤 비싸 보이는 벼루가 허공을 날았다. 그 벼루

는 부복하고 있는 중년인의 이마에 부딪치며 퍽 하고 깨져 나갔
다.

이마가 찢어져 피가 주르륵 흘렀다.

그러나 부상 입은 중년인은 미동도 하지 않은 채 입을 열었
다.

"죄송합니다."

"그깟 놈들 처리하는데 양패구상이라는 게 말이 된다고 생각
하나? 기습했고, 무공도 밀리지 않았을 것이다. 또한 인원은 갑
절이었다."

"……."

"분명 모종의 개입이 있었을 것이다."

중년인이 고개를 들고 말했다.

"저도 그렇게 생각합니다. 하지만 이 근방에는 그럴 만한 자
나 세력은 없습니다."

그러면서 중년인은 고개를 갸웃거렸다. 수하들을 죽인 자들
이 누구인지는 모르겠으나 무덤을 만들었다가 다시 파헤쳤다.
그 이유를 당최 알 수가 없었기에 일부러 보고에서는 빼버렸다.

"멍청한! 그래서 손 놓고 이대로 종결 짓자는 것이냐? 그딴
보고를 하려고 들어온 것이냐?"

"아닙니다. 목격자가 있습니다."

"목격자가 있다고?"

대머리에 사자코를 한 노인이 눈을 번뜩였다. 그는 살문의 호
광 분타주였다.

살문(殺門)!

대륙엔 수많은 자객 집단이 존재했다. 그중에서도 서열 삼위의 단체였다.

"예. 근처에서 부러진 지게를 확인했습니다. 마을 사람들을 수소문한 결과 축융봉(祝融峯)의 서쪽 중턱에 위치한 모옥에 사는 청년의 것으로 확인됐습니다. 얼마 전부터 가끔 나무를 팔러 내려왔다고 합니다."

"그래? 그렇단 말이지?"

"예. 그래서 지금 그놈을 생포하러 출발한다는 보고를 드리러 들어온 겁니다."

"알았다. 반드시 죽이지 말고 생포해야 한다. 대체 무슨 일이 있었는지 반드시 알아내야 해. 이번 일은 이런 식으로 불안하게 종결되어서는 안 된단 말이다."

"옛!"

사자코노인은 조심스럽게 뒤로 물러가는 수하를 보며 태사의에 등을 깊숙이 묻었다.

이번 일은 액수가 상당히 큰 건이었다. 동시에 살문의 존속 여부를 결정지을 수도 있는 위험한 일이었다. 그렇기에 부문주께서 친히 본타에서 내려와 계신 것이다.

그런데 일이 이렇게 애매모호하게 되어버렸으니 부문주의 심기가 어떨지 상상하는 것은 그리 어렵지 않았다. 만약 이 일이 이상하게 흘러간다면 자신의 목숨은 백 개라도 부지할 수 없었다.

부문주가 이 일을 깔끔하게 마무리하길 바란다며 내려준 시한은 이틀이었다. 그리고 벌써 하루가 지났다.

초조함이 극에 달해 몸 여기저기가 가렵기까지 했다. 이렇게 자리에만 앉아 있을 수가 없었다. 그는 문을 닫고 나가려는 수하를 멈춰 세웠다.

"잠깐!"

"……?"

"내가 직접 가겠다."

중년 수하는 예의 허리를 꺾었다.

＊　　＊　　＊

별이 하나둘 떠올랐다. 대낮부터 시작된 술판은 담가두었던 술독 다섯 개 전부를 다 동내고 나서야 끝이 났다.

취기가 오른 그들은 평상에 나란히 널브러져 하늘만 바라보았다. 아무 말도 없었지만 고즈넉한 분위기가 나쁘지 않았다. 좌측에 누워 있던 유라가 몸을 돌려 무루의 옆얼굴을 보았다.

괜히 웃음이 나왔다. 좋았다. 그저 바라보는 것만으로도 좋았다. 그러는 한편으로는 불안하기도 했다.

지난 이 년간, 그녀는 차라리 무루가 영영 백치로 사는 것이 더 좋겠다는 생각을 수없이 했다. 그와 함께 이 모옥에서 평생 살아갔으면 했다. 하지만 그 소박했던 바람은 이제 깨졌다.

이제 그는 세상을 향해 나아갈 것이다. 그 과정에서 무수히 많은 일이 생길 것이다. 그리고 여인들도 생겨나겠지. 그것이 못내 싫었다.

하지만 꼭 안타까운 것만은 아니었다.

그가 백치로 지내며 밤마다 악몽에 시달리는 것을 볼 때마다 얼마나 가슴이 아렸던가. 유라는 지그시 입술을 깨물며 속으로 마음을 다잡았다.

'그래, 차라리 잘된 거야. 어차피 내 치마 폭에 싸여 평생을 보낼 오라버니는 아니었으니까. 단약 그런 오라버니라면… 그건 내가 사모하는 오라버니가 아닐 테니까.'

유라가 그렇게 혼자만의 상념에 빠져 있을 때, 무루가 불쑥 말문을 열었다.

"유라야, 무슨 할 말이라도 있나?"

유라는 속마음을 들킨 것 같아 짐짓 태연을 가장하며 물었다.

"예?"

"아까부터 나 보면서 뭔가 생각에 빠져 있는 것 같은데, 할 말 있는 거 아냐?"

"음, 하나 물어볼 게 있긴 해요."

유라는 일단 대답은 했는데 질문이 궁했다. 그녀는 필사적으로 머리를 굴리다가 배시시 웃었다.

"오라버니, 가족의 복수를 먼저 할 거죠?"

무루는 잠깐 대꾸하지 못했다.

천부 팔관에서의 기억이 아직 그의 뇌리에 깊게 남아 있기 때문이다. 팔관에서의 모든 꿈이 결국 일장춘몽이라 해도, 그것을 극복했다고 해서 그 지긋지긋했던 감정이 완전히 사라진 건 아니었다.

무루는 이내 고개를 끄덕였다. 그 꿈은 천부의 진정한 힘을 가질 수 있는지에 대한 의지를 시험하는 관문이었고, 천신공이 남긴 힘을 흡수하는 과정일 뿐이었다.

그리고 이제부터는 현실과 마주해야 했다. 긴 실제의 인생이 앞에서 기다리고 있었다. 그 길을 제대로 걷기 위해서라도 가슴을 짓누르고 있는 원한부터 말끔히 해결하는 것이 좋을 터였다.

"암, 먼저 그것부터 해결해야지."

"그다음은요?"

"응?"

"그러니까 복수를 하고 그다음은 뭘 할 거냐고요."

무루의 오른쪽에 누워 있던 구위영도 무루를 향해 돌아 모로 누웠다.

"맞아요. 저도 그 질문을 하고 싶었는데. 그다음엔 뭘 할 겁니까?"

"글쎄. 예전의 낭인 생활로 돌아가야 하려나? 아니면 아버지처럼 표사를 해볼까? 배운 것이 무공밖에 없으니 관련있는 일을 하게 되지 않을까 막연히 생각하긴 했는데……."

무루는 말을 하며 생각에 잠겨들었다. 그는 여전히 하늘의 뜻이나 인연 같은 것을 믿지 않았다. 그러나 자신이 천부와 인연을 맺은 과정을 살피면 천의(天意)라는 것이 전혀 없다고 부인하기도 어려웠다.

'모르지. 어쩌면 내가 이런 기연을 얻은 데에는 해야 할 어떤 일이 있는 것일지도…….'

생각에 잠긴 무루를 유라가 혀를 차며 구박했다.

"하여간 사내들은 다 이렇게 단순하다니까. 좀 크고 높은, 그리고 장기적인 꿈을 꿔야죠."

구위영이 상반신을 들어 무루 너머의 유라를 보며 물었다.

“그럼 사매는 무슨 대단한 계획이라도 있는 겁니까?”

“당연하지. 내가 단순한 사내 같은 줄 알아?”

“뭡니까, 그게?”

유라가 쑥스러운 표정을 지으며 하얗기 웃었다. 사랑하는 정인과 혼례를 올리고 살림을 차리는 것이다. 물론 그 정인은 바로 옆에 있는 오라버니이고. 이 어찌 원대한 포부가 아니라 할 수 있겠는가?

“호호호, 비밀. 사형 같은 중늙은이는 평생 가도 모를 거야.”

잔뜩 기대한 구위영이 맥 풀린 얼굴로 고개를 저었다.

“하여간 여자들은 뭔 비밀이 그렇게 많은지. 쯧쯧. 그런데 여자의 비밀이란 것치고 대단한 거 없더군요.”

“흥! 연애 한 번도 못한 사람이 그걸 어찌 알까?”

“꼭 봐야 아는 건 아니지요? 척하면 척이지.”

은근 무시하는 말투에 유라가 암고양이마냥 눈초리를 치켜세웠다.

“흥! 그러는 사형은 무슨 계획이라도 있어?”

“물론 있지요. 형님과 함께하는 거.”

“그건 아까 결의한 거잖아. 그거 말고.”

“음, 당연히 있지요. 비탄에 잠긴 세상을 구할 것이며, 약자를 도와 정의와 협을 이 땅 위에 굳건히 할 겁니다.”

“흥! 지랄 맞게 거창하네. 사형은 제 몸이나 잘 간수하라고.”

“허허허, 뱁새가 어찌 봉황의 뜻을 알리요.”

“봉황이 다 죽었나 보네.”

"쯧쯧, 관둡시다. 그럼 대체 사매의 꿈은 뭡니까?"

"알려 하지 마. 다쳐. 호호호!"

유라는 생각만 해도 즐겁다는 듯이 웃으며 몸까지 배배 꼬았다. 그 모습에 고개를 갸웃하던 구위영은 이내 관심없다는 듯이 다시 벌렁 누웠다. 그리고는 무루를 향해 조심스럽게 말했다.

"형님, 그럼 흑룡문이 있다는 곳으로 곧바로 움직이시겠네요?"

"그래. 그럴 생각이다. 왜, 무슨 문제라도 있나?"

구위영이 어깨를 으쓱하고는 답했다.

"그게 사실은… 달포 뒤에 천부로 사람들이 오거든요."

무루가 무슨 뜻이냐고 눈으로 물었다.

"황금련입니다."

유라가 끼어들었다.

"예전에 말한 적 있잖아요. 십 년마다 사람들 보내 약간의 예물을 바친다고."

무루는 기억난다는 듯이 '아!' 하고 물었다.

"달포 뒤가 십 년째란 말이군."

구위영이 고개를 끄덕이며 답했다.

"예. 뭐, 굳이 우리가 없어도 상관없긴 하겠지만……. 그래도 어쨌거나 이천오백 년 동안이나 맺은 인연이 있으니까요."

유라가 입술을 쭉 내밀고는 시큰둥하게 말했다.

"이제 부주님도 계신데 이번 기회에 한번 혼쭐 좀 내주자. 예물이라고 해봐야 쥐꼬리만큼 내어주면서 어찌나 생색을 내는지. 난 아직도 십 년 전 일을 생생하게 기억해. 우리 사부님들한테 어찌 그리 대놓고 면박을 주는지."

구위영도 동의하는 어조로 말을 받았다.

"형님, 혼낼 필요까지야 모르겠지만 따끔한 일침은 해야 할 것입니다. 그리고 어쨌거나 형님께서 정식으로 부주님으로 탄생하신 것이니 황금련과의 관계도 재정립해야 합니다. 누가 뭐라 해도 우리가 본가이고 황금련은 분가이니까요."

구위영과 유라는 이번 기회에 무너진 천부의 지위를 원래대로 격상시키고 싶은 마음이 가득했다. 그러나 무루는 솔직히 굳이 그럴 필요를 느끼지 못했다.

비록 그들이 천부를 무시했다고 하지만 그래도 잊지 않고 십년마다 꼬박꼬박 약간의 예물이나마 바치고 있었다. 그것이 무려 이천오백여 년이었다.

'이천오백 년이라……'

무루는 그 세월이 주는 묵직함에 잠시 한기를 느꼈다.

어쨌거나 그 긴 세월의 인연을 이대로 보지도 않고 끝내는 것은 예의가 아니란 생각이 들었다. 굳이 구위영이 그렇게 강조하는 예의를 내세우지 않아도 말이다.

천부의 역사를 자신이 종결짓기 위해서라도 그전의 인연은 정리할 필요가 있었다.

"이렇게 하자. 여기서 달포간 기다리는 것은 좀 그렇고, 황금련에 미리 기별을 넣어 내 고향인 안의(安義)에서 만나기로 하지. 그곳의 가장 큰 객잔에서 말이야."

"시일과 장소는 그렇게 하면 되겠군요. 이번엔 본 부의 부주님이 탄생하셨으니 황금련에서도 련주와 핵심 인사들을 오라

하겠습니다."

"음, 그래. 이번엔 그곳의 련주를 보아야겠지."

"암요. 그래서……."

무루가 팔짱을 풀고는 한 손을 들어 구위영의 말을 제지시켰다.

"그 이야기는 좀 있다가 천천히 하자. 지금 쥐 떼가 오고 있거든."

구위영과 유라는 뭔 말이냐는 얼굴로 무루를 보았다. 유라가 먼저 씩 웃었다.

"그러네요. 서른 마리?"

유라의 말에 무루는 속으로 감탄했다. 유라의 수준이 상당하다는 것을 깨닫는 순간이었다. 어쨌든 그는 유라의 답을 약간 정정해 주었다.

"서른두 마리."

"오라버니, 근데 갑자기 웬 쥐 떼일까요?"

"느껴지는 기로 봐서 어제 복면인들과 비슷하구나."

"복수하러 오나?"

무루가 고개를 저었다.

"그건 아닐걸. 내가 그랬다는 것을 알 수 없을 테니까. 다만 내가 그곳에 두고 온 지게를 통해 목격자가 있다는 것을 알았겠지. 수소문 했을 테고, 지금 오는 것일 게야. 생각보다 이렇게 급히 온다는 것은 저들이 꽤나 다급하다는 뜻이다. 조금이라도 빨리 진술을 확보하고 증인을 인멸하려는 거지."

구위영이 불만스러운 어조로 말했다.

"형님, 일부러 저들을 불러들이신 겁니까? 하필 왜 오늘…….
이렇게 기분 좋게 취해 있는데 말입니다."

"뭐, 우리 사이가 이렇게 화기애애해질 줄은 아까 전까지 몰
랐으니까. 원래는 헤어지려고 했잖아."

무루의 말에 구위영과 유라가 동시에 흐뭇하게 웃었다. 유라
가 물었다.

"근데 저들을 왜 유인한 거예요?"

"뭐, 노자 좀 달래려고. 고향으로 가는데 거지 행색으로 갈 순
없잖아."

천연덕스러운 무루의 말에 구위영과 유라가 배를 잡고 쿡쿡
웃었다. 잠시 그렇게 웃다가 다시 평상에 누웠을 때, 쥐 떼는 모
옥 앞까지 다가와 있었다.

3

살문의 호광 분타주, 대머리에 사자코노인이 사립문을 열고
들어서며 실소를 흘렸다.

평상에 널브러져 있는 세 연놈이 얼마나 술을 처마셨는지 얼
마 전부터 후각을 자극하는 주향(酒香) 때문에 머리가 지끈거릴
정도였다.

근처에 모닥불까지 피워놓은 것이 아주 제대로 진탕 논 듯싶
었다. 그 뒤를 따라 세 명의 수하가 안으로 들어섰고, 나머지는
사립문 가에 대기했다.

"나는 두 번 묻지 않는다. 어제 싸움을 목도한 나무꾼이 누

구냐?'

호기롭게 질문을 던지는 사자코노인의 눈에 가장 가까운 쪽의 여인의 등이 들어왔다.

어깨에서부터 허리로 가파르게 떨어지고 둔부로 급히 치솟았다가 발목까지 서서히 내려앉은 유려함에 그의 목젖이 절로 꿀렁거렸다.

'뒤태 하나만큼은 가히 천하제일이겠군.'

다급한 와중에서도 눈길을 사로잡을 만큼 고혹적인 선이었다. 그리고 더워서 그런지 여인이 입고 있는 얇은 옷은 노출이 많았다. 그런데 그 살짝살짝 드러난 피부도 만지면 미끄러질 것 같이 맑고 고왔다. 그러나 사자코노인은 큰 기대를 하지 않았다.

뒤태야 그럴지 몰라도 앞태는 끔찍할 것이다. 그리고 얼굴은 참담할 것이다. 이런 산 구석에 처박혀 사는 젊은 여인네이니 보지 않아도 빤했다. 하지만 저런 뒤태는 난생처음인지라 사자코노인은 시선을 좀처럼 떼지 못했다.

얼굴이 아무리 박색일지라도 몸매만은 충분히 가치가 있는 여인이었다.

무루가 기지개를 켜며 상체를 일으켰다.

"나요."

그가 일어나자 유라도 따라 일어섰다. 그리고는 허리를 틀며 사자코노인을 보며 말했다.

"우리 오라버니는 왜 찾나요?"

그리고 구위영은 둘이 일어서느라 생겨난 그늘 속에서 앞으로 어떤 전개가 펼쳐질지 흥미롭게 지켜보았다.

사자코노인의 눈이 휘둥그레졌다. 아니, 그뿐만 아니라 그와 함께 안으로 들어온 수하들도 그랬다. 사립문 밖에 있던 수하들은 둘러친 담에 바짝 붙었다.

모두가 서로 속으로 외쳤다.

'심봤다!'

모닥불과 달, 그리고 별빛에 반짝이는 흑단 같은 머리가 미풍에 살랑거렸다.

아아! 드러난 얼굴을 보라.

숨이 막혔다. 그전에 미인이라고 으스대던 여인들의 얼굴을 확 뭉개 버리고 싶은 충동까지 일 정도였다.

절반만 드러난 앞태는 또 어떠한가? 자객은 어떤 무인보다 소리를 죽이는 데 철저하다. 그러나 그들의 격하게 고동치는 심장 소리가 밖에까지 들리는 듯했다. 호흡이 제멋대로 헝클어질 정도였다.

사자코노인은 가슴을 부여잡으며 힘겹게 입을 열었다.

'차 한잔하겠소?' 라는 질문이 잘못하면 혀끝에서 튀어나갈 뻔했다. 그는 극도의 인내심을 발휘하며 말했다. 아쉽지만 지금은 차를 나눌 겨를이 없었다. 하지만……

"소저는 누구시오?"

살문 전체의 존망이 걸린 다급한 일이었다. 한시라도 급히 나무꾼의 입에서 진실을 들어야 했다. 그런데 정작 입 밖으로 나간 말은 엉뚱했다.

문제는 수하 모두가 그것을 전혀 이상하게 여기지 않는다는

점이었다. 모두가 눈이 호강하는 것을 즐기고 귀를 쫑긋 세우며
여인의 입술을 바라보았다.

"오라버니를 찾는 게 아니라 저를 찾으시는 건가요?"

유라의 말에 사내들은 행복한 표정을 지었다.

저 붉은 도톰한 입술 사이로 빛나는 하얀 치아, 그 붉은 혀에
서 흘러나오는 옥 같은 음성.

이 광경을 지켜보던 무루는 유라가 지금 장난을 치고 있음을
깨달았다. 구위영이 전음으로 무루에게 말했다.

[색향미혹공(色香迷惑功)이라는 잡공(雜功)이에요. 유라보다
내력이 동등하거나 얕으면 거의 성공률 구 할이죠. 특히나 이런
달빛이 쏟아지는 밤에 사용하면 월하미인(月下美人)이라 더할
나위 없고요. 제대로 걸리면 옆에서 부모 자식이 죽어도 유라의
얼굴만 볼 걸요?]

무루가 유라의 어깨를 툭툭 치며 장난은 그만 치라는 신호를
보냈다. 유라가 어깨를 으쓱하며 색향미혹공을 거둬들였다.

그 순간 사자코를 포함한 모든 살문도가 동시에 한숨을 터뜨
렸다.

"하아아아!"

그들이 내뱉는 한숨은 여운이 길고도 깊었다. 색향미혹공은
사라졌지만 그녀의 미모는 변한 것이 없었기 때문이다. 만약 평
범한 미녀가 시전했다면 그들은 분명 사술에 당한 것을 알아챘
을 것이다.

그러나 시전자는 유라였다.

현실에서는 존재하지 않을 것 같은 그녀의 아름다움은 자신

들이 조금 과민한 반응을 했다 생각했을 뿐 그것을 지나치게 이
상하게 생각하지 않았다.

　가장 빠르게 이성을 회복한 사자코노인은 자신의 추태가 부
끄러웠다. 지금은 일단 저 나무꾼을 생포해야 했다. 그런데도
그의 눈은 여전히 유라에게 꽂혀 있었다.

　그렇게 유라를 보면서 무루를 향해 입을 열었다.

　"흠흠. 자네 어제 그곳에서 본 것을… 처음부터 끝까지 말씀
좀 해……. 아, 아니, 말해라."

　그 순간 유라가 고개를 돌려 무루를 보았다.

　그녀의 얼굴이 사라지자 살문도들은 짙은 아쉬움을 느꼈다.
그리고 그녀가 무루를 보는 것에 대한 강한 질투도 느꼈다. 그
질투심이 점차 살기로 화했다.

　사자코노인의 시선도 유라의 검은 머리칼에서 무루에게로 옮
겨졌다. 그의 목소리가 처음 사렴문을 들어설 때처럼 낮고 스산
해졌다.

　"당장 말하지 않으면 네 목숨은 없다."

　"말하겠소. 대신 조건이 있소."

　무루의 말에 사자코노인이 코웃음을 쳤다. 자꾸만 참을 수 없
는 부아가 치밀었다.

　"크크큭, 조건? 조건이라고 했나? 지금 너는 두 가지 선택만
있을 뿐이다. 말하지 않고 뒈지느냐, 말을 한 다음에 살려달라
고 간청하느냐? 알았느냐?"

　"내 조건은 괜찮은 말 세 필과 은자 오십 냥이오."

　사자코노인은 잠시 자신의 귀를 의심했다. 그는 어이없다는

얼굴로 짐승처럼 으르렁거렸다.

"네놈이 귀가 먹은 것이냐? 나는 네놈이 어제 본 것을 이실직 고하라고 명했다."

"거래 조건이 바뀌었소. 은자 백 냥이오."

"크크크큭, 이제 보니 술에 취해도 단단히 취했구나. 아니면 실성했거나."

"방금 이백 냥으로 정정됐소."

"그래, 그렇게 나온다 이거지. 이 미친새끼. 애들아!"

"오백 냥이오. 참고로 공격 명령을 내린다면 당신은 수하 대부분을 잃게 될 것이오. 또한 거래의 대가는 천 냥이 될 것이오.

"크크크큭, 크하하하!"

사자코노인이 기가 차서 웃었다. 웃는 그의 눈가가 미미하지만 경련을 일으켰다. 대체 저자는 뭘 믿고 저렇게 미친 짓을 하는가? 아무리 봐도 평범한 나무꾼으로밖에 보이지 않는데.

그때 그의 눈에 아직도 평상의 뒤쪽에 누워 있는 청년이 들어왔다.

"......!"

노인의 눈이 어지럽게 흔들렸다. 고수란 직감이 뇌리를 스쳤다. 안력을 높이니 추측이 확신이 되었다.

한 자루 잘 벼린 검을 느끼게 만드는 자였다. 고수도 평범한 고수가 아니었다.

노인은 저울질을 해댔다. 저 청년 고수와 수하들이 맞붙으면 어떻게 될까?

자신이 훨씬 우세하다는 결론이 나왔다. 저 청년이 상당한 고수 같았지만 병약해 보이는 안색으로 보아 오래 싸울 수 있는 체력은 없어 보였다. 그는 씩 웃었다. 수하들을 잔뜩 끌고 오길 잘한 것이다.

다만 걱정스러운 건, 저놈이 수장인 자신만 노릴 때였다. 체력이 약한 놈들은 당연히 최소의 움직임으로 최대의 효과를 노릴 터이니 말이다.

그런 위험이 존재했지만, 이건 무조건 해야 하는 일이었다. 자신이 직접 나섰는데 저 나무꾼을 두고 그냥 갈 수는 없었다.

그리고 가장 무엇보다 중요한 건 저 여인을 가질 수 있다는 점이었다. 아니, 저 여인은 너무 아름다워서 감히 자신이 건드리면 안 될 것 같기도 했다.

'음, 부문주님께 상납할까? 아니, 아니야. 기회를 봐서 문주님께 바쳐야 해. 으음, 왠지 좀 아쉽군. 저 계집이라면 내 목숨을 걸어볼 만하지 않을까? 누구에게도 주기 싫단 말이지.'

혼자 제멋대로의 상상의 나래를 펼치던 그는 한시라도 빨리 저 미녀를 제 앞에 꿇리고 싶어 얼른 공격 명령을 내렸다.

"저놈을 당장 내 앞에다 무릎 꿇려라!"

"존명!"

서른한 명의 수하가 대동단결하여 동시에 답했다. 그들은 지금 자객의 본분을 잃고 질투심으로 부글부글 심장이 끓고 있었다. 그만큼 유라의 아름다움은 독보적이었다. 그들은 기다렸다는 듯이 사립문을 발로 박차고 안으로 벌 떼처럼 달려들었다. 모두가 선두에 서려고 발로 힘껏 땅을 박찼다.

그 무절제한 모습에 유라가 고개를 절레절레 흔들었다.

"쟤네 살수 맞아?"

구위영이 웃으며 나직이 대꾸했다.

"이번 일은 숨어서 살인하는 일이 아니니까. 그랬다면 지금처럼 흐트러진 모습은 보이지 않았을 거예요. 물론 결과가 바뀌는 건 아니었겠지만. 그리고 사매의 잡공이 저들의 심기를 어지럽힌 것도 한몫한 것 같아요."

사자코노인은 누워 있는 청년이 일어설 생각을 하지 않는 것을 보고는 속으로 쾌재를 불렀다. 그의 머릿속으로는 이미 답이 나와 있었다.

병약한 청년 고수는 상관하지 않겠다는 신호를 보낸 것이다. 대신 자신을 건드리지도 말아달라는.

약간 불안하던 감정이 한결 누그러졌다. 수하들의 예닐곱 선두는 이미 평상으로 뛰어오르고 있었다.

그때 무루의 주먹이 횡으로 움직였다.

부우우웅!

갑자기 모든 것이 정지된 듯싶었다 모든 것이 정지된 순간에 무루의 주먹만이 공간을 갈랐다.

구위영의 눈이 번쩍 떠졌다.

이런 빠름이라니! 청동환의 힘을 빌려 한껏 올린 자신의 안력으로도 무루 형님이 지금 내지른 주먹의 빠름을 쫓을 수가 없었다. 오로지 잔상만이 안개로 화했다.

그리고 그는 또다시 눈을 치켜떠야 했다.

주먹이 가르는 공간들. 허공이 움푹 꺼지고 있었다.

믿기지 않지만 사실이었다. 공기가 소용돌이치며 부채꼴의 깊은 고랑을 만들며 파여가는 것이 일부 보였다.

맑은 물이 아주 미세한 떨림을 갖는 것 같다고 할까? 그 떨림은 파도가 되어 뻗어나갔다.

퍼퍼퍼퍼퍼어억!

평상 위로 올라서려던 살문도들의 몸에서 타격음이 터져 나왔다. 당최 무슨 공격에 당했는지조차 알 수 없는 그들은 정신을 잃거나 즉사했다. 그리고 그들의 몸이 땅에 떨어지지도 않고 직선으로 뒤로 뻗어나가 동료들과 충돌했다.

"끄아아악!"

"뭐, 뭐야? 꺼억!"

무루가 평상을 툭 치며 바닥으로 내려섰다. 그리고 떨어진 검 중 하나를 격공섭물로 끌어들였다.

사자코노인을 제외한, 그중 가장 고수인 중년인이 그를 향해 검을 휘둘렀다.

쇄애애액!

검끝에서 발생한 예리한 검기가 검풍을 일으키며 무루를 향해 짓쳐들었다. 무루는 방금 쥔 검을 한 바퀴 빙글 돌렸다.

스르르르.

검풍과 검기가 순식간에 소멸했다. 중년인은 눈을 부릅뜨며 입을 쩍 벌렸다. 방금 그 느낌이 너무 생소하고 황망해 믿을 수가 없었다.

나무꾼, 아니, 실력을 숨겨두었던 저 청년 고수가 장난치듯 빙글 검을 돌릴 때 그 검에서 기이한 기운이 흘러나왔다. 그리고 그 기운과 자신의 검기가 충돌하는 순간 검기가 사라져 버렸다.

충돌한 것도 아니고 밀린 것도 아니었다.

그냥 솜에 물이 빨려 들어가듯이 사라져 버린 것이다. 애초에 자신이 내뻗은 기운 따위는 존재하지도 않았다는 듯이.

"대, 대체 이게 무슨……?"

그때 그의 눈에 나무꾼이 검을 휘두르는 것이 보였다.

부우우웅!

검에서 정체불명의 기운이 파생되는 것이 느껴졌다. 그건 기존의 자신이 알고 있는 기운과는 거리가 멀었다. 불가나 도가 쪽은 아니다. 그렇다고 마공 쪽도 아니었다.

유명 검가에서도 저런 괴이한 검기가 있다는 정보는 들은 적도 없었다.

숨을 들이켜는 그의 눈에 거대한 힘이 느껴졌다. 그건 정말이지, 태어나 처음으로 느끼는 무지막지할 정도로 거대한 힘이었다.

파직!

그의 얼굴이 피투성이가 되었다. 그 혼자만이 아니었다. 근방에 서 있던 살문도들의 얼굴이 동시에 찢어지며 즉사했다.

유일하게 서 있는 사람은 사자코노인이었다. 그는 얼굴과 양팔을 벌벌 떨며 서 있었다. 그리고 놀란 얼굴을 하고 있는 사람은 그 외에도 두 명이 있었다.

구위영과 유라였다.

그들은 무루의 실전을 처음 보았다. 물론 수련하는 것을 본 적이 있기는 하지만 그럴 기회는 많지 않았다. 또한 무루가 팔관을 통과하며 기억을 잃어버린지라 무적야수포나 무극검경의 상승 무공이 얼마나 성취했는지 본 적이 없었던 것이다.

구위영과 유라도 눈을 치켜뜬 채 멍하니 있었다. 그리고 무루의 시선을 받는 사자코노인은 망연자실한 표정으로 서 있었다.

덜덜 떨리는 입술 사이로 흘러나오는 건 그저 신음뿐이었다. 뭔가 말을 해야겠는데 떨리는 입술은 그저 떨리는 데에만 충실했다. 무루가 차갑게 말했다.

"거래 조건이 또 바뀌었소. 이천 냥이오."

평범한 사람이 전혀 쓰지 않고 평생을 모아야 가능한 큰 액수다. 그러나 사자코노인은 무조건 고개를 끄덕였다. 세상에 그 어떤 것도 목숨보다 소중한 건 없었다.

"아, 알겠습니다."

무루는 누워 있는 살문도 중 한 명을 바라보았다. 그는 눈을 부릅뜨고 입을 쩍 벌린 채 죽어 있었다.

아니, 죽은 척하고 있었다. 자객은 최악의 순간엔 자신을 감춘다. 그리고 재도전할 기회를 찾거나 탈출을 노린다.

그와 무루의 눈동자가 마주쳤다.

죽은 척하고 있던 살문도는 무루를 속이기 위해 호흡까지 멈춘 상태였다.

그는 자신을 바라보는 무루의 눈을 직시하면서도 꼼짝도 하지 않았다. 그의 눈은 이미 생기가 빠져나간, 죽은 자의 눈동자였다.

무루가 그에게 다가들었다. 그런데도 그는 정말 시신마냥 일체의 움직임도 없었다.

그의 지척에 선 무루가 입을 열었다.

"나는 확인 사살을 좋아하지."

죽어 있던 살문도의 몸이 번개처럼 움직였다. 그야말로 전광 석화처럼 무릎을 꿇었다.

"대혀업! 사, 살려주십시오!"

무루는 사자코노인을 인질로 삼고 죽은 척했던 살문도로 하여금 돈을 가져오라고 풀어주었다.

그를 통해 이 사실을 알게 된 살문의 부문주가 가만히 있을 리가 만무했다. 그는 대로해 호광분타의 전 살문도를 소집했다. 그들과 함께 자신을 지키는 친위호위대를 대동하고 새벽에 모옥에 들이닥쳤다.

물론 그는 호광분타주처럼 어리석지 않았다. 살수 특유의 은밀한 움직임으로 접근해 무루의 목숨을 노렸다. 그러나 결과는 호광분타주와 별반 다르지 않았다.

결국 그는 호광분타주와 함께 곡소리 나게 맞고는 은자 일만 냥을 뜯겼다.

살문 부문주는 그 다음날 살문주에게 전서구를 띄웠다. 그 서신에는 무루란 새로운 척결 대상이 적혀 있었다. 그것도 특급으로.

특급 척결 대상은 살문의 전력 삼 할 이상을 투입해야 하는 초절정고수를 뜻했다.

그러나 상황은 엉뚱하게 흘러갔다.

생판 듣도 보도 못한 젊은 초고수의 출현을 믿기엔 살문주는 의심이 많았다. 살문주는 부문주와 호광분타주에게 총타 소환

령을 내렸다. 돈을 횡령하려고 거짓을 고한 것이라 판단한 것이
다.

　그러나 살문주의 성격을 익히 잘 아는 부문주와 호광분타주
는 자취를 감춰 버렸다.

　전 살문에 그 둘을 향한 최우선 척살령이 떨어졌다.

第十二章
돌아온 무루, 복수의 시작

절대고수 絶代高手

1

소유량은 최근 들어 울적해졌다.

가장 절친했던 동료이자 벗이었던 한철혼의 열네 번째 기일이 다가오고 있어서 그렇기도 했고, 표두에서 표사로 강등된 이유도 있었다. 맑은 가을 하늘을 올려다보는 그는 억지로 얼굴을 폈다.

까악, 깍깍깍!

까치가 청송표국의 정문에서 울어대며 아침을 열었다.

"허허, 반가운 손님이 오려나? 허허, 하긴 그 처녀가 반가운 손님이 맞군."

그는 아직 아무도 나오지 않은 연무장을 천천히 가로질렀다. 그나마 근 몇 년 내에 반가운 소식이 있다면 무루가 살아 있다는 소식을 들은 것뿐이었다.

"무심한 놈. 살아 있으면 좀 오지. 십 년도 아니고 벌써 십사 년인데……."

말은 쌀쌀맞게 했지만 눈에는 그리움이 가득했다. 그는 고색이 창연한 기와를 얹은 낮은 담벼락을 따라왔다가 갔다가를 반복했다. 그곳에는 표국으로 들어오는 길목이 있었다. 그는 손님을 기다리는 중이었다.

매달 보름에 자신을 찾는 손님이 이른 아침에 오기 때문이었다. 그리고 오늘은 보름날이었다.

자신은 평생 표행을 하면서 예쁜 여인을 꽤 많이 보았다. 그러나 그렇게 맑은 여자는 처음 보았다.

이름도 외모만큼이나 고운 처녀였다.

설(雪)!

무루의 소식을 전해준 것이 바로 그녀였다.

소유량은 삼 년 전 그녀가 자신을 처음 찾아왔을 때를 떠올렸다. 다짜고짜 자신을 찾아온 그녀는 혹시 한무루라는 청년을 아느냐고 물었다.

그 이름을 들었을 때의 느낌은 아직도 생생했다. 기쁘기도 하면서 두렵기도 했다. 좋은 소식인지 나쁜 소식인지 구분할 수가 없었기 때문이다. 결과적으로 나쁜 소식은 아니었다. 무루가 어딘가에서 객사하지 않고 잘 살아 있다는 소식이었기 때문이다. 그녀는 자신의 투박한 손을 붙잡고 간절히 말했다.

"분명 그 사람은 다시 여기에 돌아올 거예요. 그것이 언제가 될지는 모르지만. 그럼 꼭 제가 올 때까지 붙들어주세요. 제가 한 달에 한 번씩 이곳에 올 테니까요. 매달 보름에 오겠어요."

"대체 무슨 일로 그러시는 거요?"

"제 조부님 성함을 알려주면 그 사람은 분명 저를 만나겠다고 할 거예요. 할아버지의 성함은 진 자, 충 자. 진충이세요. 그 사람이 잘 기억하지 못한다면 운남성 서남 밀림에서의 인연을 말하면 반드시 기억해 낼 거예요.'

"음, 대체 무슨 일인지는 모르겠지만 알겠소. 그 녀석이 돌아온다면 말은 건네보겠소."

"고맙습니다, 정말 고맙습니다."

그녀는 눈물까지 흘리며 고마워했다. 귀한 집 자제로 보이는 여인이 그렇게까지 저자세로 나오자 소우량이 오히려 겸연쩍어질 정도였다.

"나는 표국에 몸담고 있는 사람이오. 오랜 시간 이곳에 없을 때도 있소. 그리고 있다 하더라도 낮에는 외근을 할 수도 있고."

"그럼 이른 아침에 오겠어요. 표국을 오래 비우시는 건 어쩔 수 없지요. 하지만 그 사람은 분경 표두님을 보러 올 거예요."

그리고 그날 이후, 그녀는 약속을 지켰다. 자신이 표행으로 자리를 오래 비웠을 때를 제외하고는 그녀는 매달 보름날 아침마다 자신을 찾았다. 비가 오는 날도, 폭설이 오는 날도 그녀는 거르지 않았다.

늘 수확없는 허탕이었지만 그녀는 포기하지 않았다. 대체 어떤 절실한 사연이 있는지는 알 수 없지만 어느새 소유량도 매달 그녀를 기다리게 되었다.

어쩌면 그건 무료한 삶에서 가끔 만나는 일종의 재미 같은 것이기도 했다.

과연 멀리서 두 마리의 말이 이곳으로 흙먼지를 일으키며 질
주해 왔다. 소유량은 자신도 모르게 반색하며 표국의 정면으로
뛰었다. 그리고는 정문 앞에 이르러서는 천천히 호흡을 가다듬
었다.

그가 문을 열 때쯤은 설이라는 여인이 자신의 호위무사와 함
께 지척에 다가와 있었다.

"안녕하셨어요?"

설이 말 등에서 훌쩍 뛰어내리며 인사를 했다. 소유량은 답례
로 목례를 하며 웃었다.

"허허허, 아가씨도 그간 잘 계셨소이까?"

"예. 표두님 덕분에요."

소유량은 표사로 강등된 자신을 생각하며 고소를 삼켰다.

"혹시 한무루라는 사람은 안 왔나요?"

매번 똑같은 과정이었다. 인사와 질문.

늘 소유량으로 하여금 가슴 아프게 하는 점은 자신이 항상 고
개를 저어야 한다는 것이었다. 역시 예전과 같은 과정이 반복됐
다. 실망하는 기색. 그러나 어깨를 으쓱하며 억지로 웃는 처녀.

"그렇군요. 늘 이렇게 수고를 끼쳐 드려서 죄송해요."

"아니오. 나야말로 늘 고개만 저으니 미안하지."

"어머! 그러시지 마세요. 그럼 제가 더 미안해지지요."

"허허허."

"표두님, 며칠 후면 그 사람 가족의 기일이지요?"

소유량은 자신이 작년에 알려줬던 것을 기억하는 처녀의 용
의주도함에 속으로 혀를 내둘렀다.

"사흘 뒤요. 이번에도 그냥 지나가려는지……."

"이번엔 저도 이곳 안의(安義)에서 닷새간 머무를 거예요. 혹시 길주객잔(吉珠客棧)이라고 아세요? 제가 그곳에서 머물 거거든요."

작은 규모의 객잔이었지만 꽤 오랜 세월 있었기에 소유량도 알고 있었다.

"아오. 그 빌어먹을 불효자 놈이 오면 꼭 연통을 넣으리다."

진설이 방긋 웃으며 고개를 숙였다. 그 맑은 웃음이 좋아 소유량은 허허 웃었다.

"고맙습니다. 참, 그리고 사흘 뒤에 그 사람 가족묘에 가실 때 함께 가도 될까요?"

"응? 처녀도 가겠다는 거요?"

"예. 실례가 되지 않는다면……."

소유량은 고개를 갸웃거리며 처녀를 눈여겨보았다.

'혹시 그 녀석이 아이에게 사고 친 거 아닐까?

그렇지 않고서야 처녀가 생면부지 타인의 가족묘에 갈 리가 없었다. 아니면 무슨 사연이 있는 것일지도 몰랐다. 어쨌든 소유량은 내색하지 않으며 고개를 끄덕였다.

"그렇게 합시다. 늘 나 혼자였는데 동행이 있으면 나야 좋지. 심심하지도 않고."

"예. 그럼 사흘 뒤 언제쯤?"

"진시(辰時)가 어떻겠소?"

"예, 그렇게 하지요. 진시 초에 이곳으로 오겠습니다."

진설은 정중히 인사를 하고는 말에 올랐다.

“그럼 부탁드리겠습니다.”

말머리를 돌린 그녀는 다시 빠르게 말을 몰았다. 멀어져 가는 뒷모습을 보며 소유량은 등을 쭈욱 폈다.

“허허허, 한철혼 이 친구야. 어쩌면 자네 이번 기일엔 며느리 얼굴을 볼지도 모르겠구만. 허허허.”

그는 기분이 밝아져서 환한 얼굴로 돌아섰다. 그러나 그의 유쾌함은 오래가지 못했다. 정문에서 비대한 몸집의 청년이 뱀눈을 더 가늘게 찢으며 다가왔다. 그는 이 년 전에 청송표국의 새로운 국주로 오른 인물이었다.

아주 오래전에 무루와 가죽신 도난을 두고 사연이 있기도 한.

“흐흐흐, 소 표사가 한 달에 한 번씩 젊은 미녀와 밀회를 즐긴다는 소문이 사실이었군요.”

“흠흠, 밀회는 무슨. 오해이십니다.”

“아침 댓바람부터 주책이십니다. 그 나이에 무슨 호사를 누리겠다고.”

“정말 아닙니다.”

국주가 가는 눈을 음흉하게 빛내며 키득거렸다.

“크크큭. 그래요? 알았습니다. 잘됐습니다. 수하의 여자를 강탈하는 상관이란 소문은 제가 싫어하거든요.”

소유량의 눈가가 파르르 떨렸다. 제 버릇 개 못 준다고, 미인을 보니 여색을 탐하는 음심이 발동한 것이다.

소유량은 그녀와 함께 있던 호위무사를 생각하며 불안감을 지우려 애썼다. 기골이 장대하고 눈매가 날카로운 것이 꽤 실력 있는 무인으로 여겨졌다. 그래도 불안해서 이따 몰래 조심하라는 전갈이라도 보내야겠다고 마음먹었다.

평야의 대로를 달리는 진설의 표정은 한없이 우울했다. 청송 표국을 방문할 때에는 늘 기대심으로 들떠서 말을 몰았고 돌아올 때에는 항상 기분이 가라앉았다. 그러서인지 돌아가는 길에 말을 모는 것은 매번 격해졌다.

뒤에서 따라오는 중년의 호위무사가 그녀를 불렀다.

"아가씨, 말이 지쳤습니다. 조금 천천히 모시지요."

"아! 미안. 헤헤, 늘 이러네."

그녀가 호위무사를 보며 웃고는 속도를 늦췄다. 그렇게 한참을 가는데 길이 합쳐지는 곳으로 향해오는 인마(人馬)가 있었다.

이남 일녀(二男一女).

흑의를 입은 두 사내와 죽립에 면사로 얼굴을 가린 여인이었다. 그들의 등에, 혹은 옆구리에 칼을 차고 있는 것으로 보아 무림인이 분명했다.

호위무사가 경계하며 말했다.

"무림인인 것 같습니다. 이대로 가면 마주칠 것 같습니다. 속도를 더 늦추시지요."

"알았어."

그녀는 말고삐를 조금씩 더 잡아당겼다. 그런데 그들의 속도도 비슷한 시점에 같이 느려졌는지 교차 지점을 향한 거리가 여전히 비슷했다.

"아가씨, 수상합니다."

"속도를 현저히 늦춰보자. 그냥 걷는 속도로."

따각따각.

어느새 말은 한가로이 걷고 있었다. 그런데 공교롭게도 상대의 말도 걷고 있었다. 진설의 얼굴이 굳어들었다. 호위무사는 검파에 손을 대고는 진설의 앞쪽으로 나섰다. 그렇게 다섯 사람이 교차 지점에서 딱 마주쳤다. 호위무사가 여유로움을 가장한 미소로 말했다.

"먼저 가시오."

선두의 흑의사내가 담담한 표정으로 대답했다.

"아니. 먼저 가시오. 말도 지치고 해서 우리는 천천히 움직일 생각이오."

대꾸하는 사내는 무루였다. 고향에 돌아온 그는 변하지 않은 풍경을 둘러보면서 구위영과 유라에게 천천히 가자고 했던 것이다.

호위무사는 곤혹스러웠다. 아무리 봐도 저자들의 말은 활기가 넘쳐흘렀다. 그가 머뭇거리자 진설이 그 옆으로 나란히 섰다.

"보아하니 저희의 말이 훨씬 더 지친 것 같습니다. 그런 저희들이 앞을 가로막는 것은 예의가 아니지요."

무루가 그들의 말 상태를 보고는 고개를 끄덕였다.

"알겠소. 어쨌든 우리는 주변의 풍광을 훑으며 천천히 갈 것이니 혹여 추월할 생각이 있으면 말을 해주시오."

"그리하지요."

진설이 생긋 웃으며 뒤로 말을 물렸다. 웃는 그녀의 등 뒤로 식은땀이 흘렀다. 저들이 끝까지 뒤에 서겠다고 할까 봐 우려했던 것이다. 등 뒤에서 갑자기 공격을 해오면 방어하는 것이 쉽지 않았다. 순식간에 황천길로 갈 수도 있었다.

진설이 호위무사에게 눈짓으로 자신들을 노리는 자들은 아닌 것 같다는 신호를 보냈다. 호위무사는 고개를 끄덕였지만 방심의 끈을 놓지 않았다.

그렇게 어색한 동행이 시작됐다.

무루 일행은 정말로 천천히 말을 몰았다. 뒤에서 지켜보는 진설에게 그들은 영락없이 풍경을 유람하는 자들의 모습이었다.

그러나 그것이 더욱 수상쩍었다.

딱히 대단한 경관이 있는 것도 아니었다. 그저 허허벌판일 뿐. 그리고 무림인이 이른 아침부터 풍경 유람이나 한다는 것도 있기 어려운 일이었다.

잠시 안도했던 진설은 다시 불안해졌다. 자신들을 안심케 하고 갑자기 공격하려는 것은 아닐까? 오만가지 가정이 그녀의 머리를 복잡하게 만들었다. 그녀는 냉정을 잃지 않으려 자꾸만 가빠지려는 호흡을 다스리기에 애를 썼다. 그녀는 과감히 말머리를 돌려 도망쳐야 하나 고민에 빠졌다. 저들이 자신들을 노리는 자들이 아니라면 그것처럼 우스운 일도 없을 것이다.

하지만 그 정도 망신은 상관없다고 판단을 내리려는 시점이었다.

두두두두두!

반대편에서 무수히 많은 인마가 질주해 왔다.

진설은 흠칫 놀라 눈을 치켜떴다. 행색으로 보아 관군은 아니었다. 호위무사가 그녀를 향해 말했다.

"흑룡문입니다. 잠시 길가로 피해야 할 것 같습니다."

"응."

그녀는 대로에서 벌판으로 빠져나왔다. 적당한 거리에 자리를 잡은 그녀는 돌아보다가 눈을 휘둥그레 떴다.

앞에 있던 세 사람.

그들은 아직도 대로 위에 자리하고 있었다.

말까지 옆으로 돌려세워 길을 막겠다는 뜻을 반대편에서 달려오는 무수한 무림인들에게 명확히 하고 있었다. 호위무사가 긴장한 어조로 진설에게 말을 건넸다.

"아가씨, 아무래도 조짐이 좋지 않습니다. 조금 거리를 더 벌려두시는 것이……."

"그래, 그러는 것이 좋겠어."

"아니면 지금 벌판을 가로질러 다른 곳으로 갈까요?"

"아니. 그럴 필요는 없어. 우리는 그저 저들과 한패가 아닌 것만 보여주면 돼."

"하지만……."

"확실한 건 흑룡문이 우리를 노리는 건 아니란 거야. 지레 겁먹을 필요는 없어. 그럼 괜한 의심을 살 뿐이야."

"예, 알겠습니다."

2

무루가 말을 옆으로 돌려세우자 그 의도를 알아챈 구위영과 유라도 따라 길을 막았다.

"형님, 설마 흑룡문입니까?"

무루가 묘한 눈빛을 지으며 고개를 끄덕였다.

"맞다. 가슴팍에 흑룡(黑龍)이라고 쓰어 있다."

유라가 안력을 높여 보다가 마음에 안 든다는 표정으로 킥킥거렸다.

"크큭, 무복이 뭐 저렇게 촌스러워? 오라버니, 어떻게 할 거야?"

"귀향 첫날이기는 하나 그냥 이대로 지나치기는 아쉽군. 몇 가지 물어볼 것도 있고."

흑룡문도들이 점점 빠른 속도로 다가왔다. 그들을 바라보는 무루의 눈빛은 깊숙이 침잠했다. 가슴이 쿵쾅거리며 뛸 줄 알았다. 분기가 하늘 높은 줄 모르고 치솟을 것이라 생각했다. 그런데 이놈의 심장은 평소 때와 다름없이 조용했다.

팔관에서의 무수한 복수 탓일까? 무루는 자신도 모르게 냉소만 짓고 있었다. 유라가 고개를 갸웃거리며 입술을 열었다.

"어어? 안 멈출 생각인가 보네. 설다 우리를 그냥 짓밟고 가려는 건 아니겠지? 설마… 미친놈들도 아니고."

구위영의 이맛살에도 주름이 깊어졌다.

"허허허, 저 사람들, 미친놈들 맞는 것 같아요. 이렇게 길을 막고 있으면 무슨 사정이 있는 거냐고 물어보기라도 해야 하는 거 아닌가? 쯧쯧, 강서 땅에서는 흑룡문의 말이 법이라더니 그 말이 사실이었나 봐요. 그래도 이건 좀 심한데……. 쯧쯧. 예의가 없는 자들이로다."

유라도 어이가 없다는 듯이 눈가를 찌푸리다가 피식 웃었다.

"피해라, 그러면 살 것이다. 버텨봐라, 그러면 밟아준다. 화끈한데! 나, 흑룡문이 좋아질 것 같아. 호호호!"

구위영과 유라가 흑룡문의 무도함에 고개를 절레절레 젓다가 무루를 보았다. 말 위에 오도카니 앉아서 다가오는 그들을 지켜보던 무루의 한쪽 눈가가 위로 치솟았다.

가장 선두에서 흉소를 터뜨리며 말을 몰고 있는 다섯 인마! 그중 세 마리의 말 뒤에 사람이 한 명씩 묶여 있었다. 일체의 반응도 없는 것이 죽은 자들이었다.

무루의 심장 박동이 그제야 빨라졌다. 먼 기억 속에 있던 하나의 편린이 날카롭게 심장을 긁어댔다.

자신의 부모와 누이가 저랬다고 했다. 흑룡문도들은 자신의 위엄을 보이려고 종종 산 자나 죽인 자들을 말 뒤에 묶고 돌아다녔다. 자신들에게 대적하는 이들의 말로가 어떠한지 사람들에게 보여주는 것이었다.

무루는 흐트러진 호흡을 가라앉히고는 천천히 입을 열었다. 약간 붉어졌던 신색이 곧 정상을 찾았다.

"구위영."

"예, 형님."

"저들을 세워라."

구위영은 무루의 말에서 얼핏 살기가 감도는 것을 느꼈다. 그것은 매우 찰나였지만 분명한 살기였다.

"부주님의 첫 명을 받습니다."

구위영은 고개를 갸웃거리며 대답했다. 무루의 반응이 왠지

이상했다. 좀 전까지는 덤덤했는데 갑자기 화가 난 이유를 알
수 없었다.

그는 구슬을 다섯 개씩 나눠 세 번에 걸쳐 땅에 뿌리는 동시
에 중얼거리듯이 주문을 외웠다.

"옴마사바니 야하라우지……"

유라가 짧은 주문을 끝낸 구위영한테 급히 물었다.

"무슨 진이야?"

"백장단애진(百丈斷崖陣)."

유라가 웃음을 참으며 달려오는 흑룡문도들을 보았다.

살기와 광기에 휩싸인 눈동자들.

그들은 흑룡문에서도 가장 손속이 독하다는 흑겁단(黑劫團)
이었다.

고수들이 많은 흑룡문 내에서 무공 수준이 뛰어난 단체는 아
니었다. 하지만 포악한 성정의 사내들만 모아놓은 집단으로 아
무런 이유도 없이 강간과 살인을 자주 저질러 세인들이 가장 두
려워하는 단체였다.

그들이 언제 어느 곳을 지나간다는 소문이 나면 사람들은 제
집안의 여인들을 숨기기에 바쁠 정도였다. 그렇게 악명 높은 그
들이 어느새 지척까지 다가와 있었다.

달려오는 이들의 눈빛이 요사스럽게 빛났다. 특히나 선두의
자들은 무루 일행을 어서 밟아버리그 싶다는 표정을 노골적으
로 내비쳤다.

그 모습에 유라가 진저리를 쳤다.

"살육에 미친 자들이야, 진짜 미친놈들이라고."

구위영도 얼굴을 굳혔다. 자신들을 그대로 짓밟으려는 의도도 곤혹스러웠지만, 말 뒤에 매달린 시신을 본 것이다.

이제 남은 거리는 불과 십여 장.

그런 흑룡문도들의 눈앞에 갑자기 자욱한 안개가 피어올랐다.

"뭐, 뭐야? 갑자기 무슨 안개가?"

곧 듣게 될 애송이들의 비명을 생각하며 오싹한 즐거움을 만끽하던 선두의 한 흑겁단원. 그는 눈앞의 광경에 대경해 낮은 신음을 질렀다.

그 짧은 외침이 채 끝나기도 전에 안개가 비 맞은 눈처럼 싸악 사라졌다. 그리고 그들의 앞에 홀연히 나타난 건 천 길 낭떠러지였다.

"으어어억!"

선두에서 나란히 달리던 이들이 놀라 있는 힘껏 말고삐를 잡아당겼다. 말들도 놀랐다. 그러나 달리던 가속도가 있는데 급제동은 불가능했다. 앞에 있던 말들의 앞발이 꺾이며 고꾸라졌다. 그 위에 타고 있던 자들의 신형은 허공으로 날아가거나 말과 함께 땅으로 처박혔다.

"으아아악! 피, 피해!"

바짝 뒤를 따르던 흑겁단원들도 재앙을 피할 수 없었다. 순차적으로 말이 고꾸라지고 사람들이 허공과 땅에 처박혔다. 구슬픈 말의 비명이 이른 아침의 대로에서 연방 울려 퍼졌다.

사람들의 비명도 잇따랐다. 말이 사람을 밟고, 사람이 말 위로 떨어졌다. 칠십여 명의 흑겁단은 순식간에 일 할이 넘는 심각한 부상자를 내고 말았다.

가장 후위에 있다가 얼떨결에 말을 서운 흑겁단의 단주 패겁혈마(覇劫血魔)는 전혀 예상치도 못한 상황에 성난 고함을 질렀다.

"이게 대체 무슨 일이냐? 선두에 있던 놈들이 왜?"

뒤에 있던 이들은 구위영이 펼친 백장단애진을 보지 못했다. 그리고 지금은 쓰러지면서 청동환을 건드린 자들로 인해 진이 사라진 상태였다.

구위영이 쓰러져 신음을 흘리고 있는 흑겁단원들 사이로 천천히 말을 몰았다. 그는 뒤쪽에 있어서 횡액을 면한 흑겁단원들을 향해 나아가며 휘파람을 불었다.

"휘이익! 장관이었습니다."

패겁혈마가 발끈하며 수하들을 제치고 앞으로 나섰다.

"뭐? 뭐라고? 지금 네놈이 뭐라 했어?"

"아! 당신이 수장인가 보군요. 우리 형님께서 당신에게 좀 물을 것이 있답니다. 우리가 나란히 말을 옆으로 세웠으면 알아차리셨어야지요. 쯧쯧. 무슨 급한 일이라도 있었나 봅니다. 우리를 밟아 죽이려 했을 만큼!"

패겁혈마는 눈을 부라리며 구위영을 노려보았다. 애송이긴 하지만 말하는 본새가 여유로우면서도 그 속엔 시퍼렇게 날 선 칼이 숨어 있었다.

본능적으로 만만치 않은 놈이란 예감이 뇌리를 스쳤다. 하지만 창백한 안색을 보아하니 걱정할 만큼 고수는 절대 아니란 판단을 내렸다.

“네놈은 여기 사람이 아니구나. 이곳 사람이라면 감히 우리 앞을 가로막을 꿈조차 못 꿨을 터!”

“우리가 길을 막았으면 뭔가 할 말이 있는가 보다고 생각 못 하십니까? 아무리 무식하게 생겼어도 머리까지 그리 텅텅 비어서야. 쯧쯧.”

“네, 네가 감히! 지금 감히 나를 조롱하는 게냐?”

패겁혈마는 제 성질을 못 이겨 부들부들 떨었다. 새파란 애송이가 감히 누구한테 저따위 말들을 늘어놓는 건가? 그러나 구위영은 천연덕스럽게 대꾸했다.

“저는 단지 걱정이 되어서 충고를 드린 건데……. 그런데 그만 불난 집에 부채질한 격이 되었나요?”

결국 패겁혈마가 기형도를 빼내 들었다. 웬만한 어른 몸통만 한 크기의 도신이 번들거렸다.

“네놈이 죽어서도 주둥이를 나불거리는지 보겠다.”

“거참, 정말 한 성깔 하시는 분이군요. 지금은 먼저 부상당한 수하들을 챙기셔야 할 때가 아닙니까?”

구위영이 소매에서 청동환 몇 개를 꺼내 손가락 사이로 빙빙 돌리다가 한 알씩 손가락으로 튕겼다. 그 청동환들은 힘없이 날아가다 패겁혈마의 주변, 그리고 구위영과 그 사이로 떨어졌다.

패겁혈마는 별 볼일 없는 이 장난질에 기가 찼다. 구위영이 다시 천연덕스럽게 말했다.

“부상자들 안 챙기십니까? 빌어먹을 장수군요.”

“널 죽이고 나서 챙겨도 늦지 않다.”

패겁혈마는 말을 구위영에게 몰았다. 그 서슬 퍼런 기세에 구위영이 억울하다는 어투로 말했다.

"아니, 자신들이 엎어지고 난리치고는 왜 애먼 사람한테 성질입니까?"

"개소리 집어치워라! 내 수하들이 저리된 데에는 네놈들의 무슨 술수가 있음을 모를 줄 아느냐?"

패겁혈마는 혹시 저놈들이 길에 뱀이라도 풀었을지 모른다고 생각했다. 구위영이 놀란 토끼눈을 하며 감탄의 소리를 뱉었다.

"알아채셨습니까? 아주 바보는 아니었군요."

"허! 감히 나를 놀리는 네놈의 간덩이가 얼마나 부었는지 반드시 꺼내 확인해 주마."

"오오! 놀리고 있다는 것도 알다니 대단하시군요. 참, 미리 경고하는데 절 건드리면 애먼 사람이 그 피해를 고스란히 받을 겁니다."

그러면서 구위영은 자신과 가장 가까운 곳에서 흉흉한 눈빛을 흘리고 있는 사내에게 장난치듯 청동 구슬을 날렸다. 그는 흑겁단의 부단주였다. 부단주는 기가 차서 힘없이 날아오는 구슬을 한 손으로 잡아챘다.

성질 같아서는 자신이 죽여 버리고 싶었지만 단주가 직접 나선 터라 구경만 할 뿐이었다. 패겁혈마는 끝까지 장난이나 치는 구위영을 보며 혈압이 치솟았다.

"정말 네놈이 실성한 게 맞구나."

"누가 미쳤는지는 나중에 따져 보죠. 그전에 제가 궁금한 것이 하나 생겼습니다. 저기 있는 세 구의 시신, 대체 뭡니까? 무림인 같지는 않은데. 아무리 사파라고는 하나 설마 평범한 촌로

들을 저렇게 한 것입니까?"

구위영의 음성에 노염이 스며들어 있었다. 세 구의 시신은 먼지로 뒤덮여 제대로 형체를 살피기 힘들 정도의 노인들이었다.

"저승에 가서 그놈들한테 직접 물어봐라."

기형도가 다짜고짜 패겁혈마의 머리 위로 치솟았다가 밑으로 폭사했다.

쇄애애액! 슈각!

빨랐다. 그리고 그 빠름을 능가하는 힘이 공기를 갈랐다. 패겁혈마의 칼이 구위영의 몸을 일도양단하고는 그가 타고 있던 말허리까지 동강내 버렸다.

무지막지한 힘이었다.

『절대고수』 제2권에 계속…

저작권 보호!!

장르문학의 성장에 힘이 되어주십시오.

저작물의 무단 전재와 복제, 불법 다운로드!
이것은 관심이 아니라 무관심입니다!

작가님들은 창의적 열정과 시간을 투자해 자신의 꿈과 생계를 유지합니다.
한 권의 책을 만들어 많은 사람들은 자신의 인생과 미래를 설계합니다.

저작물 속에는 여러 사람의 노력과 희망이
담겨 있습니다!

저작물의 무단 전재와 복제, 불법 다운로드는 여러 사람들의 꿈과 생계를
위협함으로써 장르문학을 심각한 상황에 빠뜨리고 있습니다.

이제는 무관심이 아니라 관심으로 장르문학의
성장에 힘이 되어주세요.

[도서출판 **청어람**은 항시적인 저작권 보호를 통해 장르문학과
여러분의 희망을 지키겠습니다.]

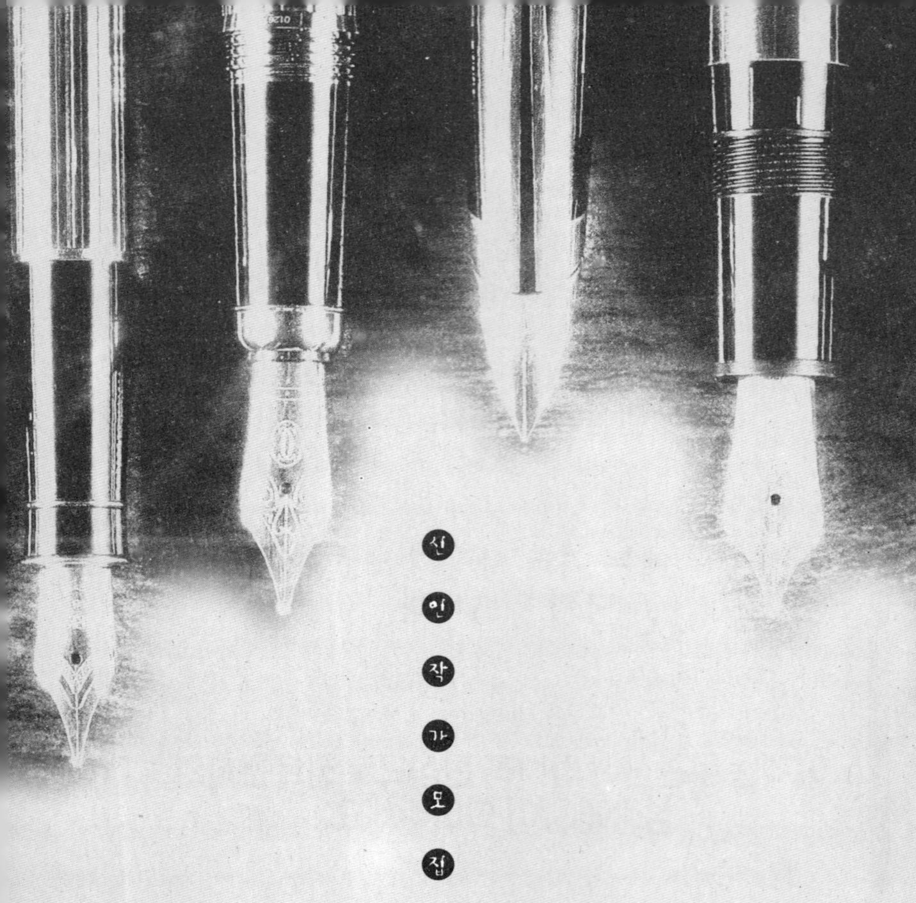

김용희 新무협 판타지 소설

天府天下
천부 천하

강호와 천하를 삼킨 천부(天府).
천부천하를 뒤흔든 게을러빠진 천재가 나타났다!

어떤 무공이든 한눈에 익힐 수 있는 공전절후한 무위,
좌수(左手) 마두, 우수(右手) 대협으로 펼치는 독창적인 무쌍류,
빼어난 요리 실력과 정도를 아는 횡령(?)까지.
놀라운 재능을 가진 무림의 신성 이무쌍!

그가 친우(親友) 소운과 자신의 안락함을 위해 강호에 섰다!
가슴 따뜻한 무쌍의 인정 넘치는 이야기.
천부천하(天府天下)!